Luigi Pirandello

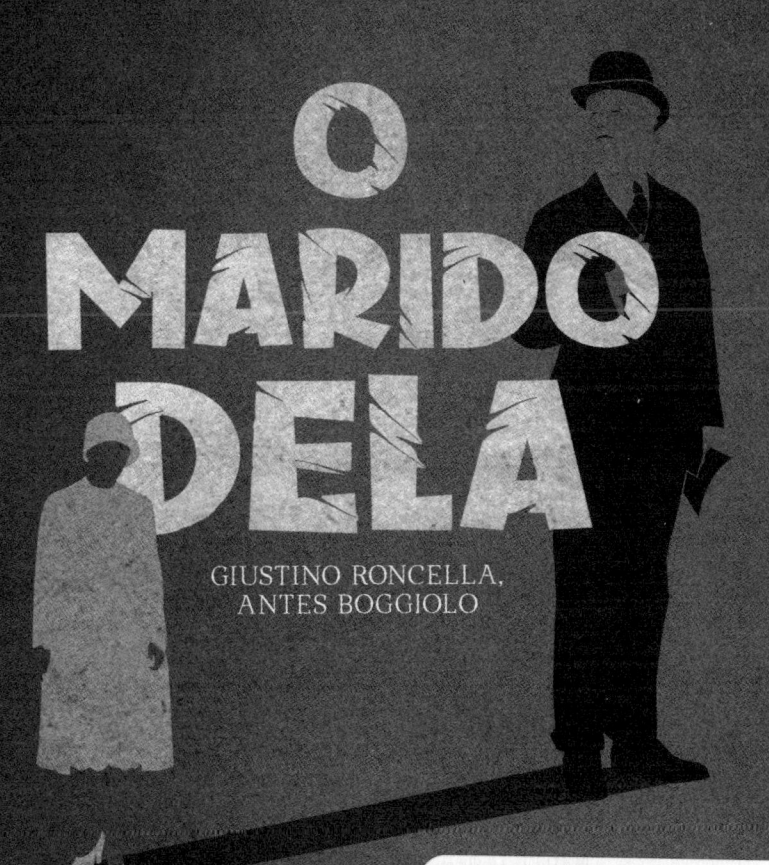

O MARIDO DELA

GIUSTINO RONCELLA,
ANTES BOGGIOLO

Tradução de Francisco Degani

NOVALEXANDRIA

Luigi Pirandello

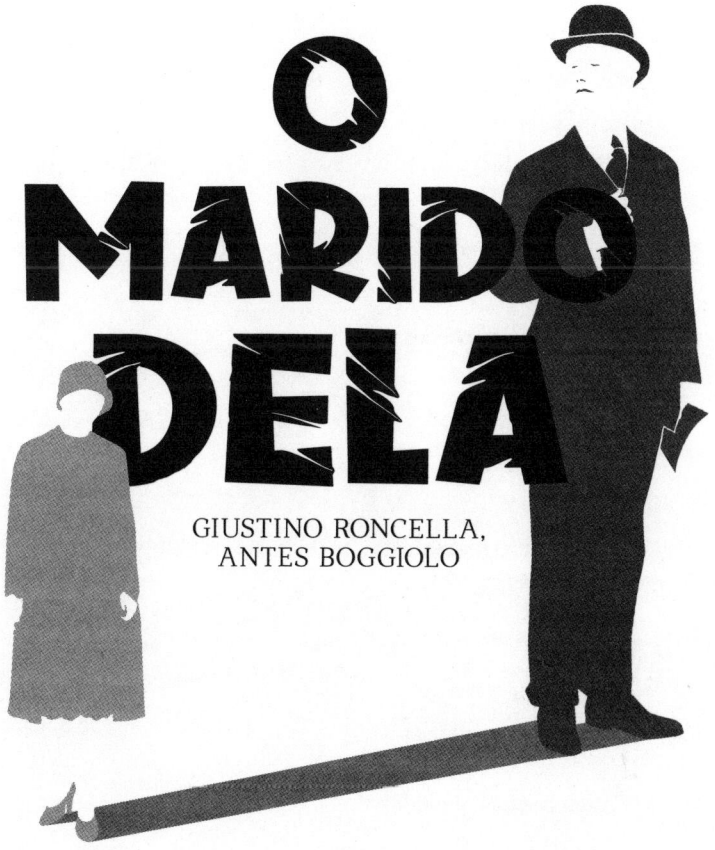

O MARIDO DELA

GIUSTINO RONCELLA,
ANTES BOGGIOLO

Tradução de Francisco Degani

1ª Edição – 2021

©Copyright Editora Nova Alexandria, 2021.
Em conformidade com a Nova Ortografia.

Todos os direitos reservados.
Editora Nova Alexandria Ltda.
Rua Engenheiro Sampaio Coelho, 111
04261-080 São Paulo, SP
Fone: (11) 2215-6252
Site: www.editoranovaalexandria.com.br

Coordenação Editorial: Nova Alexandria
Revisão: Nova Alexandria
Capa, Projeto Gráfico e Editoração Eletrônica: Maurício Mallet Art & Design

Dados Internacionais de Catalogação na Publicação (CIP)

Pirandello, Luigi (1867-1936)
 O Marido Dela / Luigi Pirandello; tradução de Francisco Degani. — São Paulo: Editora Nova Alexandria, 2021.
 304 p.

ISBN: 978-65-86189-80-3

Título original: *Suo Marito*

1. Literatura italiana 2.

16-0113   CDD 853

Índices para catálogo sistemático:
1. Literatura italiana

SUMÁRIO

Capitulo I   07

Capitulo II   47

Capitulo III   85

Capitulo IV   123

Capitulo V   167

Capitulo VI   219

Capitulo VII   259

Capítulo I.

O banquete

1.

Attilio Raceni, há quatro anos diretor da revista feminina (não feminista) *As Musas*, acordou tarde naquela manhã, e de mau humor.

Sob os olhos das inúmeras jovens escritoras italianas, poetisas, contistas, romancistas (algumas também dramaturgas) que o observavam das fotografias dispostas em vários grupos nas paredes, todas trazendo no rosto um ar particular de graça exuberante ou patética, saiu da cama – oh Deus, de camisolão, por sorte muito longo, até os tornozelos. Enfiou os chinelos e foi abrir a janela.

Em casa, Attilio Raceni conhecia-se muito pouco, tanto que, se alguém tivesse lhe dito: "Você acabou de fazer isto ou aquilo" – ele se rebelaria, vermelho como um peru.

– Eu? Não é verdade! Impossível.

E, no entanto, ali está ele: sentado de camisola ao pé da cama, com dois dedos lutando contra um pelo profundamente radicado na narina direita. Esbugalha os olhos, enruga o nariz, contrai os lábios para cima na intensa ansiedade daquele pinçar obstinado, até que, repentinamente, sua boca se abre e suas narinas se dilatam na imprevista explosão de um par de espirros.

– Duzentos e quarenta! – diz. – Trinta vezes oito, duzentos e quarenta.

Porque Attilio Raceni, extirpando aquele pelo do nariz, estava absorto no cálculo, se trinta convidados, pagando oito liras cada um, pudessem esperar champanhe ou qualquer outro vinho espumante mais modesto (ou seja, nacional) para o brinde.

Dedicando-se aos costumeiros cuidados pessoais, apesar de alçar os olhos, ele não via as imagens daquelas escritoras, solteironas a maior parte, apesar de todas, na verdade, demonstrarem em seus escritos ser bastante provadas e experientes no mundo. E por isso não notava que elas, com seu sentimentalismo afetado, pareciam aflitas ao ver seu belo diretor, na inconsciência do hábito, fazer coisas certamente não belas, embora naturalíssimas, e que sorrissem disso altivamente.

Attilio Raceni havia ultrapassado há pouco os trinta anos, e ainda não tinha perdido a desenvoltura juvenil. A pálida voluptuosidade do rosto, os bigodinhos recurvados, os olhos aveludados e amendoados, o ondulado topete negro, davam-lhe um ar de trovador.

No fundo, estava satisfeito com o reconhecimento que recebia como diretor daquela revista feminina (não feminista) *As musas*, embora tenha lhe custado não poucos sacrifícios pecuniários. Mas, desde o nascimento, ele se dedicara à literatura feminina, pois sua "mamã", Teresa Raceni Villardi, fora uma exímia poetisa, e na casa de "mamã" reuniam-se muitas escritoras, algumas já mortas, outras agora muito velhas, no colo das quais se podia dizer que ele crescera. E de seus mimos e carícias sem fim restara-lhe uma pátina indelével. Parecia que aquelas leves e delicadas mãos femininas, conhecedoras de todos os segredos, alisando-o, polindo-o, tivessem composto e preparado, para sempre, aquela sua ambígua beleza artificial. Umedecia frequentemente os lábios, curvava-se sorridente a escutar, endireitava o busto, voltava a cabeça, ajeitava os cabelos, tal qual uma mulher. Um amigo brincalhão uma vez estendera as mãos para seu peito, procurando:

— Você tem?

Seios! Grosseirão! E o fizera corar.

Ao ficar órfão e dono de uma modesta renda, primeiramente havia abandonado os estudos universitários e, para ter uma profissão, fundara. O patrimônio diminuíra, agora bastava apenas para que ele vivesse modestamente, mas completamente dedicado à revista, que já tinha, com as assinaturas coletadas com muito trabalho, sua existência assegurada e, além das preocupações, não lhe custava mais nada. Como também não parecia que escrever custasse muito às suas inúmeras colaboradoras, já que nunca tinham recebido remuneração por isso.

Naquela manhã, ele nem teve tempo para lamentar os muitos fios do topete negro que ficaram no pente depois de se pentear apressadamente. Tinha muito o que fazer!

Às dez horas, precisava estar na via Sistina, na casa de Dora Barmis, primeira musa da revista *As Musas*, sapientíssima conselheira de beleza, das graças naturais e morais das senhoras e senhoritas italianas. Devia acertar com ela detalhes do banquete, a fraterna ágape literária, que havia pensado oferecer à jovem e já muito ilustre escritora Silvia Roncella, recém-chegada de Taranto com o marido para se estabelecer em Roma, "*para responder* (como ele havia escrito no último número de *As Musas*) *ao primeiro chamado da Glória, depois da triunfal acolhida que recebera unanimemente da crítica e do público por seu último romance* 'A casa dos anões'".

Tirou da escrivaninha um maço de papéis, referentes ao banquete, deu uma última olhadinha no espelho, como que para se despedir, e saiu.

2.

Um alarido confuso distante, um corre-corre de gente para a praça Venezia. Consternado, Attilio Raceni aproximou-se, na via San Marco, de uma grande loja de artefatos de alumínio, cujo vendedor que se apressava em baixar as grades das vitrinas, e lhe perguntou polidamente:

— Por favor, o que é?

— Mas... dizem... não sei, — grunhiu ele em resposta, sem se virar.

Um varredor, sentado tranquilamente numa das barras de sua carreta, com a vassoura no ombro como bandeira, e um braço de contrapeso no cabo, tirou o cachimbo da boca, cuspiu e disse:

— *Ciarifanno*[1].

Attilio Raceni virou-se olhando para ele com compaixão.

— Manifestação? E por quê?

— Hum!

— Cachorros! — gritou o vendedor barrigudo, levantando-se ofegante e vermelho.

Debaixo da carreta estava deitado, mais tranquilo do que o varredor, um velho cão despelado, com os olhos semifechados de remela. Ao ouvir o vendedor dizer *Cachorros*! — apenas levantou a cabeça das patas, sem abrir os olhos, erguendo um pouco as orelhas. Falavam com ele? Esperou um chute. O chute não veio, então não falavam com ele, e voltou a dormir.

O varredor observou:

— O comício acabou...

— Agora querem quebrar as vitrines, — acrescentou o outro. — Está ouvindo? Está ouvindo?

Um turbilhão de assobios levantou-se da praça ali perto e, logo depois, uma gritaria que chegou aos céus.

O tumulto ali devia ser grande.

---

[1] Dialeto romano: "Lá vão eles de novo"

— Tem um cordão de isolamento, ninguém passa... — cantarolou o tranquilo varredor para a gente que continuava a chegar sem sair da barra da carreta, e cuspiu de novo.

Attilio Raceni saiu depressa, contrariado. Grande coisa, se não se podia passar! Tudo, todos os impedimentos daqueles dias, como se fossem poucas as preocupações, os cuidados e os aborrecimentos que o torturavam desde que tivera a ideia do banquete. Só faltava essa gentalha, que reclamava pelas ruas de Roma algum novo direito; e ainda, santo Deus, era abril e fazia um tempo estupendo, o forte calor do primeiro sol deixava tonto!

Diante da praça Venezia, o rosto de Attilio Raceni se alongou como se um fio interno o tivesse puxado de repente. O espetáculo violento encheu seus olhos e o segurou ali por um tempo de boca aberta, subjugado e absorto.

A praça regurgitava de gente. Os cordões de isolamento dos soldados estavam na embocadura da via do Plebiscito e do Corso. Muitos manifestantes tinham subido no bonde parado e de lá gritavam a plenos pulmões.

— Morte aos traidoreeees!

— Morteee!

— Abaixo o ministérioooo!

— Abaixoooo!

No raivoso desprezo contra toda aquela escória da humanidade que não queria ficar quieta, surgiu imprevistamente, para Attilio Raceni, o desesperado propósito de atravessar a praça, à fúria de cotoveladas. Se conseguisse, pediria ao policial que estava ali, de guarda no Corso, que o deixasse passar, por favor. Ele não iria negar. Claro! De repente, no meio da praça:

— *Pé-pé-péééé*.

A corneta. O primeiro toque. Tumulto, corre-corre. Muitos, levados pela multidão no auge do tumulto, queriam escapulir e sair dela, mas não podiam fazer mais do que se contorcer raivosamente, presos como estavam, comprimidos e acossados por todos os lados, enquanto os mais turbulentos, debatendo-se, queriam romper a multidão, ou melhor, tirá-la da frente, com assobios e berros ainda mais furiosos do que antes.

— Ao Palazzo Braschiii!
— Vamos! Avanteee!
— Vamos forçar os cordõõões!

E a corneta de novo:
— *Pé-pé-pééé*!

De repente, sem saber como, Attilio Raceni, sufocado, pisoteado, arfante como um peixe, viu-se lançado no Fórum de Trajano no meio da multidão fugitiva e delirante. Pareceu-lhe que a Coluna balançasse. Onde se abrigar? Por onde sair? Notou que o grosso do povo subia pela via Magnanapoli, então ele subiu como um cabrito pela via delle Tre Cannelle, mas ali também topou com soldados que já estendiam o cordão de isolamento pela via Nazionale.

— Não pode passar!
— Escute, por favor, eu preciso...

Um furioso empurrão cortou a explicação de Attilio Raceni, fazendo-o espirrar no rosto do oficial. Este, furioso, empurrou-o para trás imediatamente com socos na barriga, mas um novo e violentíssimo empurrão lançou-o contra os soldados que cederam ao impacto. Reboou na praça uma tremenda carga de fuzis. E Attilio Raceni, no meio da multidão enlouquecida de terror, achou-se perdido no meio da cavalaria que viera correndo, sabe-se lá de onde, talvez da via della Pilotta. Corre, corre com os outros, corre desabaladamente, ele, Attilio Raceni, seguido pela cavalaria, Attilio Raceni diretor da revista feminina (não feminista) *As Musas*.

Parou, porque não tinha mais fôlego, no início da via Quattro Fontane.

— Covardes! Canalhas! Sem-vergonhas! — gritava entre os dentes, entrando naquela rua, quase chorando de raiva, pálido, perturbado, tremendo. Apalpava as costelas, os lados, e tentava arrumar a roupa, para tirar logo qualquer traço da violência que sofrera e da fuga que o humilhava diante de si mesmo. — Covardes! Sem-vergonhas! — e se voltava, a olhar para trás, para ver se tinha alguém o vendo naquele estado, e estirava o pescoço, tremendo, com os punhos cerrados. Sim senhores, tinha um velhinho na janela de um mezanino, que estava se divertindo com a boca aberta, desdentada, coçando com satisfação a barbinha amarelada do queixo. Attilio Raceni enrugou o nariz e esteve para lançar impropérios àquele paspalhão, mas baixou os olhos, bufou e voltou a olhar em direção à via Nazionale. Ele gostaria, para readquirir o sentimento da própria dignidade mortificada, de voltar ali, enfiar-se novamente no entrevero, pegar pelo peito um por um daqueles safados e pisoteá-los, esbofetear a multidão que o havia assaltado de improviso tão selvagemente, e o fizera sofrer a desonra da fuga, a vergonha do medo, a perseguição, a zombaria daquele velho imbecil... Ah, animais, animais, animais! Como se levantavam triunfantes nas patas traseiras, berrando e se debatendo, para abocanhar a parte dos charlatães!

Essa imagem o agradou, e se sentiu um tanto confortado. Mas, ao olhar suas mãos... oh Deus, os papéis, onde estavam os papéis que trouxera ao sair de casa? A lista dos convidados... as adesões? Tinham-lhe sido arrancados das mãos ou os tinha perdido durante a confusão. E como faria agora para se lembrar de todos os que havia convidado? Daqueles que haviam aderido ou que se desculparam por não poder participar do banquete? Entre as adesões, havia uma que lhe agradava muito, realmente preciosa, que gostaria de mostrar para a Barmis e depois conservar e deixar exposta emoldurada em seu quarto: a de Maurizio Gueli, do Mestre, que a havia mandado de Monteporzio, escrita de próprio punho... — também estava perdida! Ah, o autógrafo de Gueli, lá, pisado pelos nojentos pés daqueles brutos... Attilio Raceni sentiu novamente tudo se misturar. Que nojo ele sentiu em viver em dias assim de horrível barbárie mascarada de civilização!

Com passo altivo e olhar de águia desdenhosa, já estava na via Sistina, junto à descida de Capo le Case. Dora Barmis morava ali, sozinha, em quatro pequenos cômodos, no primeiro mezanino, de teto baixo, quase escuros.

3.

Dora Barmis gostava que todos soubessem que era muito pobre, apesar dos ornamentos, luxos e roupas excentricamente elegantes. A pequena sala de estar, que também era escritório, o quarto de dormir, a sala de jantar e a entrada eram, como sua dona, decorados com extravagância e, com certeza, não pobremente.

Separada há anos de um marido que ninguém nunca conhecera, morena, ágil, esguia, com olhos levemente sombreados, a voz um pouco rouca, ela dizia claramente com olhares, sorrisos, com todos os movimentos do corpo como e quanto conhecia a vida, os frêmitos do coração e dos nervos, a arte de contentar, de despertar, de irritar os mais refinados e veementes desejos masculinos, que depois a faziam rir muito, quando os via arder nos olhos daqueles com quem falava. Mas ria muito mais ao ver alguns olhos se enlanguescerem na promessa de um sentimento duradouro.

Attilio Raceni encontrou-a na sala de estar, junto a uma pequena escrivaninha de ferro niquelado, cheia de arabescos, dedicada a ler, com um penhoar japonês amplamente decotado.

— Pobre Attilio! Pobre Attilio! — disse, depois de muito rir da narrativa da ingrata aventura. — Sente-se. O que posso lhe oferecer para acalmar o espírito exaltado?

E olhou-o com um ar de benévolo deboche, estreitando um pouco os olhos e curvando a cabeça sobre o provocante colo nu.

— Nada? Nada mesmo? Sabe de uma coisa? Você fica bem assim... um pouco desalinhado. Já lhe disse, querido: uma... uma *nuance* de brutalidade ficaria muito bem em você! Muito lânguido e... devo dizer? A sua elegância é, há algum tempo, um pouco... um pouco démodé. Não gosto, por exemplo, do gesto que você acabou de fazer ao sentar.

— Que gesto? — perguntou Raceni, pois não lhe parecia ter feito gesto algum.

— Você afastou as abas do casaco dos dois lados... E baixe esta mão, agora! Sempre nos cabelos... Nós sabemos que ela é bonita!

— Por favor, Dora! — suspirou Raceni. — Eu estou esgotado!

Dora Barmis começou a rir novamente, apoiando as mãos na escrivaninha e jogando-se para trás.

— Um banquete? — disse depois. — Tem certeza? Enquanto meus irmãos proletários reclamam...

— Sem brincadeiras, por favor, ou vou embora! — ameaçou Raceni.

Dora Barmis levantou-se.

— Estou falando sério, meu querido! Se eu fosse você não me preocuparia tanto. Silvia Roncella... antes de mais nada, diga-me como ela é! Morro de curiosidade de conhecê-la. Ainda não está recebendo visitas?

— Não... Somente há poucos dias eles encontraram casa, coitados. Você a verá no banquete.

— Diga ao menos alguma coisa, — disse Dora, — e depois responda francamente.

Acendeu um cigarro, inclinando-se e estendendo o rosto em direção ao fósforo que Raceni segurava; depois, entre a fumaça, perguntou:

— Vocês se apaixonaram?

— Está louca? — saltou Raceni. — Não me faça perder a paciência.

— Feinha, então? — observou a Barmis.

Raceni não respondeu. Cruzou as pernas, ergueu o rosto para o teto, fechou os olhos.

— Ah não, querido! — exclamou então a Barmis. — Assim não conseguimos nada. Você veio pedir ajuda, deve antes satisfazer a minha curiosidade.

— Desculpe-me! — voltou a suspirar Raceni, relaxando. — Mas você faz cada pergunta!

— Entendi, — disse a Barmis. — Uma das duas: ou vocês se apaixonaram mesmo, ou ela deve ser bem feia, como dizem em Milão. Vamos, responda: como se veste? Mal, sem dúvida!

— Muito mal. Inexperiente, você sabe.

— Entendo, entendo... — repetiu a Barmis. — Digamos que seja um patinho arrepiado?

Abriu a boca, enrugou o nariz e fingiu rir com a garganta.

— Espere, — disse depois, chegando perto dele. — O alfinete está caindo... Uh, como você deu o nó desta gravata?

— Ah — fez Raceni. — Com toda essa...

Interrompeu-se. O rosto de Dora estava muito perto. Ela, atentamente dando o nó da gravata, sentiu-se olhada. Quando terminou, deu-lhe um tapinha no nariz e, com um sorriso indefinível, perguntou:

— Então? Estávamos falando... ah, a Roncella! Não gosta de patinho? Que tal macaquinho?

— Você se engana, — respondeu Raceni. — É bonitinha, garanto. Talvez não muito, mas tem belos olhos!

— Pretos?

— Não, azuis, intensos, muito delicados... E um sorriso triste, inteligente... Deve ser muito, muito boa.

Dora Barmis atacou:

— Você disse boa? Boa? Deixe disso! Quem escreveu *A casa dos anões* não pode ser boa. Com certeza.

— Porém... — fez Raceni.

— Estou dizendo! — rebateu Dora. — Essa mulher anda armada, garanto!

Raceni sorriu.

— Deve ter um espírito afiado como faca, — continuou a Barmis. — Diga-me uma coisa, é verdade que ela tem uma verruga peluda no lábio?

— Uma verruga?

— Peluda, aqui.

— Não reparei. Não, quem lhe disse?

— Eu imaginei. Para mim, a Roncella deve ter uma verruga peluda no lábio. Sempre que leio as coisas dela, me parece vê-la. Diga: o marido? Como é o marido?

— Deixe para lá! — respondeu Raceni impaciente. — Não é da sua conta...

— Muito obrigada! — disse Dora. — Quero saber como ele é. Eu o imagino gorducho... É gorducho, não é? Por caridade, diga que ele é gorducho, louro, corado e... e sem malícia.

— Está bem: se é assim que você quer. Agora vamos falar sério, por favor.

— Sobre o banquete? — perguntou de novo a Barmis. — Escute: a Roncella, querido, não é mais para o nosso bico. A sua pombinha já levantou um voo muito, muito alto, atravessou os Alpes e o mar, e irá fazer seu ninho muito longe, com muita palha de ouro, nas grandes revistas da França, da Alemanha, da Inglaterra... Como você quer que ela bote algum ovinho azul, mesmo que seja muito pequeno, assim... no altar das nossas pobres *Musas*?

— Que ovinhos! Que ovinhos! — fez Raceni, sacudindo-se. — Nem ovinhos de pomba, nem ovos de avestruz... Ela não vai mais escrever para nenhuma revista. Vai se dedicar ao teatro.

— Ao teatro? Ah sim? — exclamou a Barmis, curiosa.

— Não para atuar! — disse Raceni. — Era só o que faltava! Para escrever.

— Para o teatro?

— Sim. Porque o marido...

— Ah, certo! O marido... como se chama?

— Boggiolo.

— Sim, sim, me lembro. Boggiolo. Ele também escreve.

— Nada disso! Trabalha no cartório.

— Tabelião? Meu Deus! Tabelião?

— Arquivista. É um bom rapaz... Agora chega, por favor. Quero sair o mais breve possível desta enrascada do banquete. Eu tinha a lista dos convidados, e aqueles cachorros... Mas vamos refazê-la. Escreva. Oh, você sabia que o Gueli tinha aderido? É a prova mais clara de que ele estima realmente a Roncella, como dizem.

Dora Barmis ficou um pouco absorta a pensar. Depois disse:

— Não entendo... o Gueli... me parece tão diferente...

— Não vamos discutir, — cortou Raceni. — Escreva: Maurizio Gueli.

— Se você não se importa, vou colocar entre parêntesis, *desde que a Frezzi permita*. Depois?

— O senador Borghi.

— Aceitou?

— Eh, caramba... Será o presidente! Publicou *A casa dos anões* na sua revista. Escreva: dona Francesca Lampugnani.

— A minha simpática presidenta, sim, sim, — disse a Barmis, escrevendo. — Querida, querida, querida...

— Dona Maria Rosa Borné-Laturzi, — continuou a ditar Raceni.

— Oh, Deus! — suspirou Dora Barmis. — Aquela honesta galinha d'angola?

— E decorativa, escreva, — disse Raceni. — Depois: Filiberto Litti.

— Ótimo! De bom para melhor! — aprovou a Barmis. — A arqueologia ao lado da antiguidade! Diga uma coisa Raceni: faremos o banquete nas ruínas do Fórum?

— Ora! — exclamou Raceni. — A propósito, ainda precisamos decidir o local. O que você sugere?

— Mas com estes convidados...

— Por Deus, não, vamos falar sério, repito! Tinha pensado no *Caffé di Roma*.

— À noite? Não! Estamos na primavera. É melhor fazer de dia, num lugar bonito, aberto... Espere: no *Castello di Costantino*. Isso. Delicioso. Na sala envidraçada, com vista para os campos... os montes Albanos... os Castelos romanos... e do outro lado o Palatino... sim, sim, lá... é um encanto! Sem dúvida!

— Que seja o *Castello di Costantino*, — disse Raceni. — Vamos juntos amanhã fazer os arranjos necessários. Seremos, creio, uns trinta. Escute, Giustino recomendou tanto...

— Quem é Giustino?

— O marido dela, já lhe disse, Giustino Boggiolo. Fez muitas recomendações sobre a imprensa. Quer muitos jornalistas. Convidei Lampini...

— Ah, *Ciceroncino*, bravo!

— E acho que outros quatro ou cinco, não sei: Bardozzi, Cenanni, Federici e aquele... como se chama? Do *Capitale*...

— Mola?

— Mola. Anote aí. Seria preciso alguns outros um pouco mais... um pouco mais... Se o Gueli vier, entende... Por exemplo, Casimiro Luna.

— Espere, — disse a Barmis. — Se dona Francesca Lampugnani vem, não será difícil conseguir o Betti.

— Mas o Betti escreveu mal de *A casa dos anões*, você viu? — observou Raceni.

— E daí? É até melhor. Convide! Depois falo com dona Francesca. Quanto a Miro Luna não me importo de levá-lo comigo.

— Você faria o Boggiolo feliz, feliz mesmo! Oh, anote também o deputado Carpi, e aquele manquitola... o poeta... Zago, sim! Agradável, o pobrezinho! E que lindos versos sabe fazer! Gosto dele, sabia? Olhe ali o retrato. Pedi para ele. Não parece Leopardi[2] de óculos?

— Faustino Toronti, — continuou a ditar Raceni. — E o Jàcono...

— Não! — gritou Dora Barmis, largando a pena. — Você também convidou Raimondo Jàcono, aquele napolitanão odiosíssimo? Então sou eu quem não vai mais!

---

[2] Giacomo Leopardi (1798-1837), um dos maiores poetas italianos.

— Tenha paciência, não pude deixar de fazê-lo, — respondeu Raceni, com pesar. — Estava com o Zago... Convidando um, precisei convidar também o outro.

— Então você vai ter que convidar Flavia Morlacchi, — disse a Barmis — Aqui: Fla-vi-a Morlacchi. Não é verdade que se chame Flavia: Chama-se Gaetana, Gaetana.

— É o que o Jàcono diz! — sorriu Raceni. — Depois do arranhão.

— Arranhão? — fez a Barmis. — Eles se pegaram a tapas, meu querido! Cuspidas na cara; veio a polícia...

Pouco depois, relendo a lista, a Barmis e Raceni demoraram-se girando como uma pedra de moinho este e aquele nome pelo gosto de afiar um pouco mais o corte, como diziam, sem necessidade nenhuma. Tanto que no final, uma mosca varejeira, que estava dormindo quieta entre as pregas de uma cortina, acordou e com muito ímpeto quis entrar na conversação. Mas Dora demonstrou ter pavor dela — mais do que nojo, pavor — e primeiro se agarrou a Raceni, apertando-se muito forte contra o peito, enfiando seus cabelos perfumados sob o queixo dele, depois correu para se fechar no quarto, gritando por trás da porta para Raceni que não voltaria enquanto ele não afugentasse a mosca pela janela ou matasse *aquele monstro horroroso*.

— Deixo-a aqui e vou embora, — disse-lhe placidamente Raceni, pegando a nova lista da escrivaninha.

— Não, por caridade, Raceni! — suplicou Dora.

— Então abra!

— Certo, vou abrir, mas você... Oh! O que está fazendo?

— Um beijo, — disse Raceni, enfiando o pé no vão da porta para mantê-la aberta — Um só...

— Mas o que você está pensando? — gritou ela, esforçando-se para fechar a porta.

— Bem pequeninho, — insistiu ele. — Estou quase vindo da guerra... Uma pequena recompensa, daqui mesmo, vamos... um só!

— Oh Deus, a mosca vai entrar, Raceni!

— Vamos logo!

Através da porta, as duas bocas haviam se juntado e aos poucos o vão se alargava, quando se ouviu, vindo da rua, os gritos de muitos jornaleiros:

— *Terceira ediçããão! Quatro mortos e vinte feriiiidos!... O choque contra a trooopa! O assalto ao Palazzo Braschiii! A carnificina da Piazza Navonaaa!*

Pálido, Attilio Raceni separou-se do beijo:

— Escutou? Quatro mortos... Por Deus! Eles não têm mais nada para fazer? E eu podia estar lá no meio...

4.

Já passava do meio-dia, dos trinta convidados que deviam participar do banquete no *Castello di Costantino*, só cinco haviam chegado, e se arrependiam em segredo de sua pontualidade, temendo que pudesse parecer excessiva solicitude ou demasiada condescendência.

A primeira a chegar fora Flavia Morlacchi, poetisa, romancista e dramaturga. Os outros quatro, que chegaram depois, tinham-na deixado sozinha, à parte. Eram o velho professor de arqueologia e poeta esquecido Filiberto Litti, o novelista piacentino Faustino Toronti, afetado e casto, o gordo romancista napolitano Raimondo Jàcono e o poeta veneziano Cosimo Zago, raquítico e manco de um pé. Estavam todos os cinco no terraço da sala envidraçada.

Filiberto Litti, alto, seco, lenhoso, com bigodões brancos e barbicha, um enorme par orelhas carnudas e avermelhadas, falava, balbuciando um pouco, das ruínas do Palatino, como se fosse coisa sua, com Faustino Toronti, ele também velhusco, mas sem parecer tanto, com os cabelos penteados sobre as orelhas e o bigodinho pintado. Raimondo Jàcono voltava as costas para a Morlacchi e olhava com compaixão para Zago, que admirava na fresca limpidez daquele suave dia de abril toda a verde paisagem que se via de lá.

O pobrezinho mal chegava à altura do parapeito do terraço. Com um velho sobretudo esverdeado que lhe descia do pescoço, pousara na balaustrada a mão nodosa, de unhas rosadas, deformada pelo esforço contínuo de mover a muleta, e agora, entrecerrando os olhos dolentes por trás dos óculos, repetia como se nunca tivesse visto na vida tanta festa de luz e cores:

— Que encanto! Como inebria este sol! — Que vista!

— Sim... sim... — murmurou Jàcono. — Muito bela. Maravilhosa. Pena que...

— Aqueles montes lá longe, aéreos... frágeis, quase... ainda são os Albanos?

— Os Apeninos ou os Albanos, se acalme! Você pode perguntar para o professor Litti, que é arqueólogo.

— Desculpe, mas o que tem a ver os montes com... a arqueologia? — perguntou Litti um pouco ressentido.

— Professor, o que o senhor nos diz? — exclamou o napolitano. — Monumentos da natureza, da mais venerável antiguidade... Pena que... eu dizia... já são meio-dia e meia! Estou com fome.

A Morlacchi, de onde estava, fez uma careta de desgosto. Aborrecia-se em silêncio, mas fingia estar encantada com a estupenda paisagem. Os Apeninos ou os Albanos? Ela também não sabia, mas que importava o nome? Ninguém como ela, mais do que ela, sabia entender sua "azulada" poesia. E perguntou a si mesma se a palavra *columbário*... austero *columbário*[3], representaria bem a imagem daquelas ruínas do Palatino: olhos cegos, olhos de sombra do espectro romano feroz e glorioso, inutilmente abertos ainda lá, nas colinas, ao espetáculo da verde vida sedutora deste abril de um tempo distante.

Deste abril de um tempo distante...

Belo verso! Lânguido...

E baixou sobre os olhos turvos e inexpressivos, de cabra agonizante, as grossas pálpebras pesadas. Sim, havia colhido da natureza e da história a flor de uma bela imagem, graças à qual agora não podia mais se arrepender de ter se rebaixado homenageando essa Silvia Roncella, muito mais jovem do que ela, ainda quase principiante, inculta, realmente carente de poesia.

Assim pensando, voltou desdenhosamente o rosto pálido, enrugado, desfeito, onde se sobressaiam violentamente os soberbos lábios pintados, para aqueles quatro que não se importavam com ela; ergueu o busto e levantou uma das mãos sobrecarregada de anéis para apalpar brevemente os cabelos da fronte, que pareciam estopa.

Talvez Zago também estivesse pensando numa poesia, pinçando com os dedos os pelos negros espalhados sobre o lábio. Mas para compor era preciso saber tantas coisas antes, ele, que não queria mais perguntar a alguém que dizia ter fome diante de um espetáculo como aquele.

Juntou-se a eles, aos pulinhos como de hábito, o jovem jornalista estagiário Tito Lampini, *Ciceroncino* como o chamavam, ele também autor de um volumezinho de versos. Franzino, a cabeça

---

[3] Columbário: lugar onde são depositadas as urnas contendo as cinzas dos mortos depois da cremação dos cadáveres. Na Roma Antiga, os columbários eram pequenos nichos nas paredes, decorados com placas comemorativas e esculturas com a imagem do morto.

seca, quase calva, sobre um pescoço de cegonha, resguardado por um colarinho de pelo menos oito dedos de altura.

A Morlacchi atacou-o com voz estridente, áspera:

— Mas que modos são estes, Lampini? O convite era para o meio-dia e já é quase uma. Não se vê ninguém...

Lampini se inclinou, abriu os braços, voltou-se sorrindo para os outros quatro e disse:

— Desculpe, mas... o que tenho a ver com isto, minha senhora?

— Você não tem nada a ver, eu sei, — continuou a Morlacchi. — Mas Raceni, pelo menos, como organizador do banquete...

— Ar... arqui... arquitriclino[a], sim, — corrigiu timidamente Lampini, com a língua embaraçada, colocando a mão diante da boca e olhando para o arqueólogo, professor Litti.

— Certo, mas me parece que ele deveria estar aqui. É muito desagradável.

— A senhora tem razão, é desagradável! Mas eu não sou, não tenho a ver... convidado como a senhora. Sua licença?

E Lampini, tornando a se curvar apressadamente, foi cumprimentar Litti, Toronti e Jàcono. Não conhecia Zago.

— Vim de coche de aluguel, temendo chegar tarde, — anunciou. — Outros estão chegando. Na subida, vi dona Francesca Lampugnani e Betti, e também a Barmis com Casimiro Luna.

Olhou para a sala envidraçada, onde já estava posta a longa mesa adornada com muitas flores e com uma guirlanda de hera ao seu redor; depois dirigiu-se à Morlacchi, pesaroso por ela estar lá, afastada, e disse:

— Mas a senhora, desculpe, por que...

Raimondo Jàcono interrompeu-o a tempo:

---

[a] Entre os antigos romanos, aquele que organizava os serviços à mesa, uma espécie de mordomo.

— Diga, Lampini, você que se intromete em tudo: já viu esta Roncella?

— Não. Pois não é verdade que me intrometo em tudo. Não tive o prazer e a honra...

E Lampini, inclinando-se pela terceira vez, mandou um gentil sorriso para a Morlacchi.

— Muito jovem? — perguntou Filiberto Litti, esticando e olhando de soslaio um de seus longuíssimos bigodes brancos, que pareciam falsos, grudados no rosto lenhoso.

— Vinte e quatro anos, dizem, — respondeu Faustino Toronti.

— Também faz versos? — voltou a perguntar Litti, agora esticando e olhando o outro bigode.

— Não, por sorte! — gritou Jàcono. — Professor, o senhor nos quer todos mortos! Outra poetisa na Itália? Diga, diga, Lampini, e o marido?

— Sim, o marido, — disse Lampini. — Ele foi à redação na semana passada para pedir uma cópia do jornal com o artigo de Betti sobre *A casa dos anões*.

— E como se chama?

— O marido? Não sei.

— Parece que entendi Bòggiolo, — disse Toronti. — Ou Boggiolo. Algo assim...

— Gorducho, bonitinho, — acrescentou Lampini, — óculos de ouro, barbinha loira, quadrada. E deve ter uma belíssima caligrafia. Vê-se pelos bigodes.

Os quatro riram. A Morlacchi também sorriu de lá, sem querer.

Foram até o terraço, soltando um grande suspiro de satisfação, a marquesa dona Francesca Lampugnani, alta, de porte majestoso, como se carregasse no peito magnífico um cartãozinho escrito: *Presidenta do Círculo de Cultura Feminina*, e o belo paladino

Riccardo Betti, que no olhar um tanto lânguido, nos meio sorrisos sob os esparsos bigodes muito louros, nos gestos e no vestir, assim como na prosa de seus artigos, afetava a dignidade, o comedimento, a retidão, as maneiras, enfim, do... não, *du vrai monde*.

Tanto Betti quanto Casimiro Luna tinham vindo unicamente para agradar a dona Francesca que, na qualidade de presidenta do *Círculo de Cultura Feminina*, não podia faltar de forma alguma. Eles pertenciam a outro clima intelectual, à nata do jornalismo, nunca teriam se dignado a comparecer àquela reunião de literatos. Betti deixava transparecer claramente; Casimiro Luna, entretanto, mais jovial, irrompeu rumorosamente no terraço com Dora Barmis. Ao passar pela entrada, comentara com Dora Barmis sobre o grande buraco da fechadura do *Castello di Costantino* e a enorme chave de papelão, exposta ali por brincadeira. A Barmis, rindo, fingira-se escandalizada, e pedira ajuda à marquesa, agora protestava em seu italiano que a todo custo queria que parecesse francês:

— Você é abominável, abominável, Luna! Por que esta contínua, odiosa *persiflage*[5]?

Depois desse desabafo, somente ela, dos quatro recém-chegados, aproximou-se da Morlacchi e a arrastou consigo para o grupo, pois não queria perder as outras graciosas e picantes argúcias do "terrível" Luna.

Litti, continuando a esticar ora este, ora aquele bigode, e ora o pescoço, como se nunca conseguisse acomodar bem a cabeça no corpo, agora olhava para aquela gente, escutava sua conversação volúvel, e sentia aos poucos se afoguearem cada vez mais suas grandes orelhas carnudas. Pensava que todos eles viviam em Roma, como poderiam viver em qualquer outra cidade moderna, e que a nova

---
[5] Zombaria.

população de Roma era composta de gente como aquela, bastarda, leviana e vazia. O que todos eles sabiam de Roma? Três ou quatro frasezinhas retóricas. Que visão tinham da cidade? O Corso, o Pincio, os cafés, os salões, os teatros, as redações dos jornais... Eram como as novas ruas, as novas casas, sem história, sem caráter, ruas e casas tinham aumentado a cidade só materialmente, desfigurando-a. Quanto mais estreito era o cerco dos muros, mais a grandeza de Roma se estendia e invadia o mundo; agora, alargado o cerco... lá estava a nova Roma. E Filiberto Litti esticava o pescoço.

Nesse meio tempo, muitos outros tinham chegado: gente que começava a atrapalhar os garçons que serviam os dois ou três casais de estrangeiros que almoçavam na sala envidraçada.

Entre esses jovens, mais ou menos cabeludos, aspirantes à glória, colaboradores não remunerados dos inúmeros jornais literários da península, estavam três garotas, evidentemente estudantes de letras: duas de óculos, doentias e taciturnas; a terceira, no entanto, muito vivaz, com cabelos vermelhos cortados curtos, masculinamente, com um rosto esperto, sardento, olhinhos acinzentados, nos quais parecia que a malícia borbulhasse: ria, ria, dobrava-se de tanto rir. Causava uma careta entre desdém e piedade num homem grave, velho, que circulava descuidado entre tanta juventude. Era Mario Puglia, que em outros tempos cantara com certo ímpeto artificial e com vulgar abundância. Agora, já se sentia ultrapassado. Não cantava mais. Mas mantivera os cabelos longos, com muita caspa na lapela do sobretudo e a barriga grávida de presunção.

Casimiro Luna, que o contemplava há algum tempo, carrancudo, em um certo ponto suspirou e disse devagar:

— Olhem lá o Puglia, senhores. Onde terá deixado o violão...

— Cariolin! Cariolin! — gritaram alguns naquele momento, abrindo espaço para um homenzinho perfumado, elegantíssimo, que parecia ter sido feito e colocado em pé por brincadeira, com uns vinte fios de cabelo compridos ajeitados sobre a cabeça calva, duas violetas na lapela e o monóculo.

Momo Cariolin, sorrindo e curvando-se, cumprimentou a todos com ambas as mãos cheias de anéis e correu para beijar a mão de dona Francesca Lampugnani. Conhecia a todos. Não fazia mais do que se curvar, beijar a mão das senhoras, dizer anedotas em veneziano. Entrava em todos os lugares, em todos os salões mais importantes, em todas as redações de jornais, era sempre acolhido com festa, não se sabia o porquê. Não representava nada e, no entanto, conseguia dar um certo tom às reuniões, aos banquetes, aos encontros, talvez por aquele seu garbo irrepreensível, cerimonioso, por aquele seu ar diplomático.

Vieram, com a velha poetisa dona Maria Rosa Borné-Laturzi, o deputado conferencista Silvestro Carpi e o romancista lombardo Carlino Sanna, de passagem por Roma. A Borné-Laturzi, como poetisa (dizia Casimiro Luna) era uma ótima mãe de família. Não admitia que a poesia, a arte em geral, devesse servir de desculpa para os maus costumes. Por isso, não cumprimentou a Barmis, nem a Morlacchi, cumprimentou apenas a marquesa Lampugnani, porque era marquesa e porque era presidenta; Filiberto Litti, porque era arqueólogo, e deixou que Cariolin beijasse sua mão, porque Cariolin beijava as mãos só das verdadeiras damas.

Haviam-se formado diversos grupos, mas a conversação era frouxa, pois cada um era zeloso de si mesmo, estava apenas preocupado consigo e essa preocupação impedia de pensar. Todos repetiam o que alguém, fazendo um grande esforço, conseguira dizer sobre o tempo ou sobre a paisagem. Tito Lampini, por exemplo, saltava de um grupo a outro, para repetir, sorrindo com uma das mãos diante da boca, alguma frase que lhe parecesse graciosa, recolhida aqui e ali, mas como se a tivesse criado naquele instante.

Cada um, por dentro, fazia uma crítica mais ou menos ácida do outro. Todos queriam ser o assunto, que se falasse de sua última publicação, mas ninguém queria dar ao outro essa satisfação. Às vezes dois falavam baixo entre si de algo que um terceiro, que estava lá, um pouco afastado, escrevera, e falavam mal; se este depois se aproximava, mudavam imediatamente de assunto e sorriam para ele.

Havia os melancólicos entediados e os barulhentos como o Luna. E uns invejavam os outros, não porque os estimassem, mas porque sabiam que no final o descaramento triunfa. Os primeiros, de muito bom grado, teriam imitado os últimos, mas, sendo tímidos, para não confessar a si mesmos a própria timidez, preferiam acreditar que a seriedade de seus propósitos os obrigasse a agir desta forma.

Desconcertava a todos um varapau aloirado, com óculos azuis, tão esquálido que parecia ter sido resgatado das mãos da morte, com cabelos e pescoço longos, magérrimo. Sobre a casaca, usava uma manta acinzentada; curvava o pescoço de cá e de lá, e cutucava as unhas com os dedos irrequietos. Evidentemente era estrangeiro: sueco ou norueguês. Ninguém o conhecia, ninguém sabia quem era, e todos o olhavam com admiração e aversão.

Vendo-se olhado assim, ele sorria e parecia dizer a todos, cerimonioso:

— Irmãos, somos todos mortais!

Era realmente uma indecência, no meio de tanta vaidade, aquele esqueleto ambulante. De onde Raceni conseguiu desentocá-lo? Que ideia fora essa de convidá-lo para o banquete?

— Vou-me embora! — declarou Luna. — Não poderia comer com aquela cegonha na minha frente.

Mas não foi embora, foi retido pela Barmis, que queria saber – *sinceramente*, hein! – o que ele pensava da Roncella.

– Muito bem, minha amiga! Nunca li uma linha dela.

– Você se engana, – disse dona Francesca Lampugnani, sorrindo. – Garanto, Luna, você se engana.

– Eu... eu também, na verdade, – acrescentou Litti. Parece-me que toda essa fama repen... repentina... Pelo que ouvi dizer...

– Pois é, – fez Betti, ajeitando as abotoaduras com certo desprezo aristocrático. – Falta-lhe um pouco a forma, é isso.

– Ignorantíssima! – prorrompeu Raimondo Jàcono.

– Bem, – disse então Casimiro Luna. – Talvez eu a ame por isto.

Carlino Sanna, o romancista lombardo de passagem por Roma, abriu um sorriso na carantonha caprina, deixando cair o monóculo. Passou uma das mãos pelos bastos cabelos crespos grisalhos e disse devagar:

– Mas lhe oferecer um banquete? Não lhes parece... não lhes parece um pouquinho demais?

– Um banquete... Deus meu, qual o problema? – perguntou dona Francesca Lampugnani.

– Assim se cria uma glória! – esbravejou novamente Jàcono.

– Uuuh! – fizeram todos.

E Jàcono continuou:

– Desculpem, desculpem, vai estar em todos os jornais.

– E daí? – fez Dora Barmis, abrindo os braços e levantando os ombros.

A fagulha que partiu do grupo acendeu a conversação. Todos começaram a falar da Roncella, como se apenas agora se recordassem de estar lá reunidos por causa dela. Ninguém se declarava seu admirador convicto. Aqui e ali alguém reconhecia que... sim, algumas qualidades, uma certa compreensão da vida, estranha, lúcida, pelo cuidado talvez demasiado minucioso... míope, até, dos particulares, algumas abordagens novas e características na representação artística, bem como um sabor insólito nas narrativas. Mas todos achavam que se havia feito barulho demais em torno de *A casa dos anões*, bom romance, sim... talvez. Sem dúvida, a afirmação de um engenho não comum, mas nunca aquela obra-prima de humorismo que se proclamara. De qualquer modo, era estranho que tivesse sido escrito por uma jovenzinha que até agora vivera quase fora de qualquer experiência de mundo, lá longe, em Taranto. Havia fantasia e também intelecto. Pouca literatura, mas vida, muita vida.

— Ela se casou há pouco tempo?

— Há um ou dois anos, é o que dizem.

Todas as conversas, de repente, foram interrompidas. Surgiram no terraço o senador Romualdo Borghi, ex-ministro da educação, diretor da revista *Vida italiana*, e Maurizio Gueli, o ilustre escritor, o Mestre, a quem, há cerca de dez anos, nem os pedidos dos amigos, nem as ricas ofertas dos editores conseguiam demover do silêncio em que se havia fechado.

Todos se afastaram para deixá-los passar. Os dois não combinavam: o Borghi, pequeno, atarracado, de cabelos longos, o rosto achatado, coriáceo, de velha serva fofoqueira; o Gueli, alto, vigoroso, de ar ainda juvenil, apesar dos cabelos brancos, que contrastavam fortemente com o moreno quente do rosto masculino, austero.

O banquete agora assumia, com a presença de Gueli e de Borghi, uma grande importância.

Muitos se espantaram que o Mestre tivesse vindo para atestar pessoalmente sua estima pela Roncella, estima que já havia confessado a algumas pessoas. Sabia-se que ele era muito atencioso e amigo dos jovens, mas esta sua participação no banquete parecia condescendência excessiva, e muitos sentiam inveja, prevendo que a Roncella teria, naquele dia, quase uma consagração oficial. Outros sentiam-se mais aliviados, pois, se Gueli viera, então eles também podiam vir.

Mas por que Raceni demorava? Era uma verdadeira indignidade! Deixar todos esperando assim, com Gueli e Borghi perdidos entre os outros, sem alguém para recebê-los...

— Estão aqui! Estão aqui! — anunciou Lampini, que descera para ver. — Chegaram! Vieram de coche! Estão subindo!

— Raceni chegou?

— Sim, com a Roncella e o marido. Estão ali!

Todos se voltaram para olhar, com viva curiosidade, para a entrada do terraço.

Silvia Roncella apareceu, palidíssima, de braços com Raceni, com os olhos turvados pela agitação interna. Imediatamente propagou-se entre os presentes, que se afastavam para deixá-la passar, um denso sussurro de comentários: — É ela? — Pequena! — Não, nem tanto... — Veste-se mal... — Belos olhos! — Meu Deus, que chapéu! — Pobrezinha, está sofrendo! — Magrinha! — Não diz nada... — Não, por quê? Agora que sorri, é graciosa... — Tímida, tímida... — Mas vejam os olhos: não é modesta! — Bonitinha, não? — Parece impossível! — Bem vestida, bem penteada... — Oh, dizer que seja bonita, não se pode dizer... — Está muito embaraçada! — Não parece... — Quantos cumprimentos, Borghi! — Um guarda-chuva! Ele está cuspindo nela... — O que Gueli está dizendo para ela? — E o marido, senhores! Olhem lá o marido, senhores! — Onde está? Onde está? — Lá, ao lado do Gueli... vejam! Vejam!

De fraque. Giustino Boggiolo viera de fraque. Reluzente, quase de porcelana esmaltada, óculos de ouro, barba em leque, um belo par de bigodes bem aparados, castanhos, os cabelos pretos, cortados rigorosamente a escovinha.

O que estava fazendo ali, entre Borghi, Gueli, a Lampugnani e Luna? Attilio Raceni levou-o consigo e depois chamou a Barmis.

— Aqui está, entrego-o a você, Dora. Giustino Boggiolo, o marido. Dora Barmis. Vou à cozinha ver como estão as coisas. Enquanto isso, por favor, sentem-se.

E Attilio Raceni, com a satisfação sorrindo nos belíssimos olhos negros e lânguidos de trovador, ajeitando o topete, abriu espaço entre os convivas que queriam saber o porquê do atraso.

— Não se sentia bem... Mas não é nada, passou... À mesa, senhores, à mesa! Sentem-se...

— O senhor é *cavaliere*[6], não? — perguntou Dora Barmis, oferecendo o braço a Giustino Boggiolo.

— Sim, na verdade...

— Oficial?

— Não... ainda não. Não me importo, sabe? É bom para o trabalho.

— O senhor é o homem mais afortunado da terra! — exclamou com ímpeto a Barmis, apertando-lhe forte o braço. Giustino Boggiolo ficou vermelho, sorriu:

— Eu?

— O senhor mesmo! Eu o invejo! Gostaria de ser homem e ser o senhor, entende? Para ter sua esposa! Como é bonita! Como é graciosa! O senhor não a cobre de beijos? Diga, não a cobre de beijos? Ela deve ser muito, muito boa, não?

— Sim... realmente... — balbuciou de novo Giustino Boggiolo, confuso, atordoado, inebriado.

---

[6] *Cavaliere* (cavaleiro) da Coroa da Itália, título com o qual a monarquia italiana homenageava, por algum mérito, membros na sociedade.

— E o senhor precisa fazê-la feliz! Sacrossanta obrigação... O senhor estará em apuros se não a fizer feliz! Olhe-me nos olhos! Por que veio de fraque?

— Eu... acreditava...

— Shhh! Não está correto. Não faça mais isso! Luna... Luna! — chamou a Barmis.

Casimiro Luna aproximou-se.

— Apresento-lhe o *cavaliere* Giustino Boggiolo, o marido.

— Ah, ótimo, — fez Luna, com uma leve reverência. — Meus parabéns.

— Encantado, obrigado. Desejava muito conhecê-lo, sabe? — apressou-se em dizer Boggiolo. — Desculpe-me, eu...

— Dê-me o braço! — gritou Dora Barmis. — Não fuja! O senhor está sob minha responsabilidade.

— Sim senhora, obrigado, — respondeu Boggiolo, sorrindo. Depois continuou, falando com Luna: — O senhor escreve no *Corriere di Milano*, não é? Sei que o *Corriere* paga bem...

— Ah, — fez Luna. — Assim, assim... razoavelmente bem...

— Sim, me disseram, — retomou Boggiolo. — Estou perguntando porque o *Corriere* pediu um romance para Silvia. Mas talvez não aceitemos, porque, na verdade, na Itália... na Itália não é vantajoso... Mas na França... e também na Alemanha, sabe? A *Grundbau* pagou dois mil e quinhentos marcos por *A casa dos anões*.

— Ah, bravo! — exclamou Luna.

— Sim senhor, adiantado. Sabe de uma coisa? Pagaram a parte da tradutora, — acrescentou Giustino Boggiolo. — Não sei quanto... Schweizer-Sidler... boa, boa... traduz bem... Na Itália, ouvi dizer que o teatro é mais vantajoso... Porque eu, sabe? Antes não entendia nada de literatura. Agora, aos poucos, tenho alguma prática... É preciso estar com os olhos bem abertos, especialmente ao fazer os contratos... Para Silvia, por exemplo...

— Vamos, vamos para a mesa! À mesa! — interrompeu furiosamente Dora Barmis. — Já estão sentando! Você fica ao nosso lado, Luna?

— Certamente! — disse ele.

— Com licença, — pediu Giustino Boggiolo. — Lá está o senhor Lifjeld, que está traduzindo em sueco *A casa dos anões*. Com licença... Preciso falar um pouquinho com ele.

E, soltando o braço da Barmis, aproximou-se do varapau aloirado, que desconcertava a todos com seu aspecto macabro.

— Não demore! — gritou a Barmis.

Silvia Roncella já se sentara entre Maurizio Gueli e o senador Romualdo Borghi. Attilio Raceni dispusera com muito cuidado os convidados, de modo que, ao ver Casimiro Luna sentar ao lado da Barmis, que deixara do outro lado uma cadeira vazia para Boggiolo, correu para adverti-lo que seu lugar não era ali, que diabos! Vamos, vamos, ao lado da marquesa Lampugnani.

— Não, obrigado, Raceni, — respondeu Luna. — Deixe-me aqui, por favor. Estamos com o marido...

Como se tivesse ouvido, Silvia Roncella voltou-se para procurar Giustino com os olhos. Seu olhar, vagando pela mesa e depois pela sala, exprimiu um penosíssimo esforço, interrompido no momento em que avistou uma pessoa querida, para quem ela sorriu com triste doçura. Era uma velha senhora, que viera no coche com ela, a quem ninguém dava importância, perdida ali num cantinho, pois Raceni não havia pensado em apresentá-la nem aos vizinhos de mesa, como prometera. A velha senhora, que usava uma peruquinha loira caindo na testa e muito pó-de-arroz no rosto, fez um breve gesto com a mão para a Roncella, como que para dizer: "Força,

força!", e a Roncella voltou a sorrir tristemente, inclinando várias vezes a cabeça, bem de leve, depois se voltou para Gueli que lhe dirigia a palavra.

Giustino Boggiolo, entrando com o sueco na sala envidraçada, aproximou-se de Raceni, que tomara o lugar de Luna junto à Lampugnani, e disse-lhe baixinho que Lifjeld, professor de psicologia na Universidade de Upsala, um erudito, não tinha onde se sentar. Imediatamente Raceni cedeu-lhe o lugar, apresentando-o, de um lado à Lampugnani e de outro a dona Maria Borné-Laturzi. Eram as consequências da perda da primeira lista de convidados: a mesa estava posta para trinta, e os comensais eram trinta e cinco! Basta: ele, Raceni, iria se acomodar num canto qualquer.

— Ouça, — disse baixinho Giustino Boggiolo, puxando-o pela manga e entregando escondido um pedacinho de papel enrolado. — Aí está o título da peça de Silvia... Seria bom se o senador Borghi, quando fizesse o brinde, o anunciasse, o que me diz?

Os garçons entraram depressa trazendo o primeiro prato. Já era muito tarde, e a iminência da comida causou um súbito silêncio religioso.

Maurizio Gueli reparou, voltou-se para olhar as ruínas do Palatino e sorriu. Depois, inclinou-se para Silvia Roncella e disse baixo:

— Olhe, senhora Silvia: verá que daqui a pouco os antigos romanos aparecerão lá, satisfeitos, para nos olhar.

5.

Apareceram mesmo?

Nenhum dos comensais certamente notou. A realidade do banquete, realidade mal cozida, para dizer a verdade, e não abundante, nem variada; a realidade do presente com as invejas secretas, que afloravam nos lábios deste ou daquele em falsos sorrisos e em cumprimentos venenosos; com os ciúmes mal escondidos, que levavam aqui e ali a maledicências abafadas; com as ambições insatisfeitas, as ilusões vazias e as aspirações que não encontravam meio de se manifestar; mantinha escravas todas aquelas almas irrequietas pelo esforço que custava, a cada uma delas, a dissimulação e a defesa. Assim como os caracóis que, não podendo ou não querendo voltar para a casca, segregam baba para se proteger e nela se envolvem, e nesse vão borbulhar iridescente alongam os tentáculos oculados, aquelas almas frigiam em suas conversas, entre as quais a malícia, de tempos em tempos, erguia os chifres.

No meio disso, quem podia pensar nas ruínas do Palatino e imaginar as almas dos antigos romanos olhando satisfeitas aquele moderno simpósio? Apenas Maurizio Gueli, que nas *Fábulas de Roma*, isto é, num de seus livros mais conhecidos, talvez menos denso do que os outros de seu profundo e característico humorismo filosófico, mas no qual a crítica amarga e impiedosa, desesperadamente cética e não por isso menos límpida, adornada com todas as graças do estilo, conseguira se unir melhor com a bizarra fantasia criativa, juntara e fundira, descobrindo as mais recônditas analogias, a vida e as figuras mais expressivas das três Romas. Não havia ele, nesse livro, chamado Cícero para defender diante do Senado, o

Senado não apenas romano, o prefeito de uma província siciliana, corrupto, um delicioso prefeito clerical de nossos dias?

Agora, aos olhos dele, que sentia o escárnio cruel do destino de Roma consagrado pelos papas com a tiara e a cruz, coroado com uma coroa piemontesa das muitas e diversas gentes da Itália, quem surgiu nas ruínas do Palatino para saudar com longa revoada de brancas togas todos aqueles efêmeros literatos banqueteando-se na sala envidraçada do *Castello di Costantino*?

Talvez muitos senadores, para recomendar a Romualdo Borghi, seu venerando colega, não se deixar vencer pela tentação e só comer carne, pela saúde das pátrias letras, carne, sendo ele diabético há muitos anos, e também... também todos os poetas e prosadores de Roma: os cômicos, os líricos, os épicos, os historiadores e os romancistas. Todos? Todos não: Virgílio não, nem Tácito, Plauto sim e Catulo e Horácio, Lucrécio, não, Propércio sim e sim um que, mais do que todos, demonstrava querer participar daquele banquete, não porque o julgasse digno, mas para rir dele, como já havia feito numa cena famosa, em Cuma[7].

Maurizio Gueli passou o guardanapo nos lábios para esconder um sorriso. Ah, se ele se levantasse para dizer para toda aquela gente:

— Por favor, senhores, vamos abrir espaço para Petrônio Árbitro, que quer participar.

Silvia Roncella, no entanto, para não sentir o embaraço que vinha de tantos olhos apontados para ela, que a espiavam, dirigira o olhar e o pensamento aos verdes campos distantes, aos fios de grama que lá cresciam, às folhas que ali brilhavam, aos pássaros para os quais começava a estação feliz, às lagartixas imóveis ao primeiro calor do sol, às filas negras das formigas, que tantas vezes ela se

---

[7] Referência ao banquete de Trimalquião, na obra *Satyricon*, de Petrônio.

detivera para admirar, absorta. Aquela vida humilde, tênue, frágil, sem sombra de ambição, sempre tivera o poder de enternecê-la pela sua precariedade quase inconsistente. É preciso muito pouco para que um passarinho morra, um camponês passa e esmaga com seus sapatões tachados os fios de grama, esmaga uma multidão de formigas... Escolher uma entre tantas e segui-la com os olhos por um tempo, fundir-se com ela, tão pequena e incerta, no vaivém das outras; escolher um fio de grama entre tantos, e tremer com ele a cada leve sopro; depois erguer os olhos para olhar para outro lugar, então baixá-los para procurar entre muitos *aquele* fio de grama, *aquela* formiguinha, não conseguir mais encontrar nem um, nem outra, e ter a impressão que um fio, um ponto de nossa alma perdeu--se ali, para sempre...

Um silêncio inesperado suspendeu aquela fantasia de Silvia Roncella. Romualdo Borghi, ao lado dela, levantara-se. Ela olhou para o marido, que fez um sinal para ela também se levantar. Levantou-se, embaraçada, com os olhos baixos. Mas o que estava acontecendo lá, onde o marido estava sentado?

Giustino Boggiolo também queria se levantar e, em vão, Dora Barmis puxava-o pelas fraldas do fraque:

— Sente-se! Fique sentado! Não é com o senhor! Sente, sente.

Nada! Bem espigado, Giustino Boggiolo, de fraque, também queria receber, como marido, o brinde de Borghi. E não havia jeito de fazê-lo sentar.

— *Gentis senhoras, caros senhores!* — começou Borghi com o queixo sobre o peito, a fronte contraída, os olhos fechados.

— (Silêncio! Ele fala baixo — comentou baixinho Casimiro Luna.)

— É uma bela e memorável ventura para nós poder dar, no limiar de uma nova vida, as boas-vindas a esta jovem forte, já encaminhada e que aqui chegou destinada à glória.

— Muito bem — exclamaram dois ou três.

Giustino Boggiolo passou os olhos úmidos pelo salão e notou com prazer que três dos jornalistas presentes tomavam notas. Depois olhou para Raceni para perguntar se tinha entregue a Borghi o título da peça de Silvia escrito naquele papelzinho que lhe havia dado antes de se sentar à mesa, mas Raceni estava muito atento ao brinde e não se voltava. Giustino Boggiolo começou a se retorcer por dentro.

— O que dirá Roma, — continuava Borghi, que havia levantado a cabeça e tentava abrir os olhos, — o que dirá Roma, a imortal alma de Roma para a alma desta jovem? Parece, senhores, que a grandeza de Roma ame mais a severa majestade da História do que as inventivas imaginações da arte. A epopeia de Roma, senhores, está nas primeiras décadas de Lívio; nos Anais de Tácito está a tragédia. (Muito bem! Bravo! Bravíssimo!)

Giustino Boggiolo se inclinou, com os olhos fixos em Raceni, que ainda não se voltava. A Barmis tornou a puxar-lhe as fraldas do fraque.

— A palavra de Roma é a História; e esta voz abafa qualquer voz individual...

Oh, pronto, pronto, Raceni se voltava, aprovando com a cabeça. Imediatamente, Giustino Boggiolo, com os olhos saindo das órbitas pelo intenso esforço de atrair sua atenção, fez-lhe um sinal. Raceni não entendia.

— Mas Júlio César, senhores? Mas Coriolano? Mas Antônio e Cleópatra? Os grandes dramas romanos de Shakespeare...

"Aquele papelzinho que lhe dei...", diziam os dedos de Giustino Boggiolo, se abrindo e fechando com uma irritada ansiedade, pois Raceni ainda não compreendia e o olhava espantado.

Explodiram os aplausos, e Giustino Boggiolo voltou a se inclinar mecanicamente.

— Desculpe, mas o senhor é Shakespeare? — perguntou a meia voz Dora Barmis.

— Eu não, o que tem a ver Shakespeare?

— Nós também não sabemos, — disse Casimiro Luna.

— Mas sente-se, sente-se... Quem sabe quanto durará este magnífico brinde!

— ...*por todas as vicissitudes, senhores, de uma evolução infinita!* (Bem! Bravo! Muito bem!) *Agora o tumulto da nova vida quer uma voz nova, uma voz que...*

Finalmente Raceni entendeu! Procurava nos bolsos do colete... Sim, aqui está, o papelzinho... — Este? — Sim, sim... — Mas, por quê? Para quem? — Para Borghi! — Como? — O senhor esqueceu... Agora é tarde demais... Mas Boggiolo podia ficar tranquilo, ele daria um jeito para comunicar o título aos jornalistas... mais tarde, sim, mais tarde...

Toda essa conversa aconteceu numa enxurrada de gestos, de um lado a outro da mesa.

Explodiram novos aplausos. Borghi se voltava para tocar com seu cálice o cálice de Silvia Roncella: o brinde acabara, com grande alívio para todos. Os comensais se levantaram, todos com cálices na mão, e se aproximaram depressa da homenageada.

— Eu brindo com o senhor... É a mesma coisa! — disse Dora Barmis para Giustino Boggiolo.

— Sim senhora, obrigado! — respondeu ele, atordoado de raiva.

— Santo Deus, tudo arruinado!...

— Eu? — perguntou a Barmis.

— Não senhora, Raceni... Eu tinha dado a ele o título daquilo... da peça e... e nada, enfiou no bolso e esqueceu! Isso não se faz! O senador, tão bom... Ah, desculpe, senhora, os jornalistas estão me chamando... Obrigado, Raceni! O título da peça? O senhor é o senhor Mola, certo? Sim, do *Capitale*, eu sei... Obrigado, encantado... Marido dela, sim, senhor. Em quatro atos, a peça. O título? *A nova colônia*[8]. O senhor é Centanni? Encantado... Marido dela, sim senhor. *A nova colônia*, isso mesmo, em quatro atos... Já está sendo traduzida em francês, sabe? O tradutor é o Desroches, sim senhor. Desroches, sim senhor, assim... O senhor é Federici? Encantado... Marido dela, sim senhor. Aliás, veja, se quiser ter a bondade de acrescentar que...

— Boggiolo! Boggiolo! — veio chamá-lo correndo Raceni.

— O que é?

— Venha... Sua senhora sente-se um pouquinho mal... Melhor ir embora!

— Ah, — fez Boggiolo, com pesar, para os jornalistas, levantando as sobrancelhas e abrindo os braços, dando a entender de que gênero era o mal-estar da esposinha, e se foi.

— O senhor é um tratante! — dizia-lhe pouco depois Dora Barmis, abraçando-o carrancuda. — O senhor tem que ficar quieto, entendeu? Quieto!... Agora vá! Vá! Mas não se esqueça de ir me visitar logo... Vou lhe dar uma bronca, seu patife!

E o ameaçou com a mão, enquanto ele, inclinando-se e sorrindo para todos, vermelho, confuso, feliz, saía com a esposa e Raceni do terraço.

---

[8] *A nova colônia* é uma peça de Pirandello escrita e representada em 1926. O argumento é o mesmo que será apresentado mais adiante.

Capítulo II.

Escola de Grandeza

1.

No acanhado gabinete decorado com móveis, se não vagabundos, certamente muito comuns, comprados aqui e ali ou aos poucos, mas já provido de um tapete novo em folha e de duas vistosas cortinas na porta, parecia não ter ninguém. Mas ele estava lá, Ippolito Onorio Roncella: lá, imóvel como as cortinas, como a escrivaninha na frente do sofazinho, imóvel como as duas pobres estantes e as três poltronas.

Olhava com olhos sonolentos aqueles objetos e pensava que ele também poderia ser feito de madeira. Com certeza. E cheio de cupins.

Estava sentado junto à pequena escrivaninha, com as costas voltadas contra a única janela quadrada, que dava para o pátio e por onde entrava bem pouca luz, filtrada, como se fosse muita, por uma leve cortina.

De repente, todo o gabinete pareceu estremecer. Nada demais. Ippolito Onorio Roncella tinha se mexido.

Com um movimento de pescoço, para não desmanchar a grande e bela barba grisalha encaracolada, lavada, penteada, perfumada de água de colônia, o tratamento que ele lhe dava todas as manhãs, ajeitando-a com as mãos curvadas, fez com que a borla do barrete de *bersagliere*[9], que sempre trazia na cabeça, viesse para o peito e começou a alisá-la levemente. Assim como uma criança acaricia o seio da mãe ou da ama-de-leite, ele, fumando, tinha necessidade de

---

[9] *Os Bersaglieri* (atirador, artilheiro) são um corpo do exército italiano criado para servir ao exército do Reino da Sardenha, que mais tarde se tornou o Exército Real Italiano. Além do chapéu emplumado do uniforme, seus integrantes também usavam um barrete vermelho com uma borla pendente de cor azul.

alisar alguma coisa e, não querendo desmanchar a barba, alisava a borla do barrete de *bersagliere*.

Na calma obscura da manhã cinzenta, no silêncio grave, que era como a tétrica sombra do tempo, Ippolito Onorio Roncella sentia quase suspensa numa imobilidade de triste, escura e resignada expectativa a vida de todas as coisas, próximas e distantes. Parecia-lhe que aquele silêncio, aquela sombra do tempo, ultrapassasse os limites da hora presente e, aos poucos, imergisse no passado, na História de Roma, na História mais remota dos homens, que haviam trabalhado tanto, combatido tanto, sempre com a esperança de chegarem a algum lugar, mas, senhores, o que conseguiram? Isto: poder presumir, como ele, que – no final das contas – tanto valia alisar calmamente a borla de um barrete de *bersagliere*, quanto outra iniciativa qualquer considerada importantíssima para a humanidade.

– *Em que trabalha?*

Perguntava, de tempos em tempos, com uma voz dura que irritava profundamente, um velho maldito papagaio no silêncio do pátio: o papagaio da senhora Ely Faciolli, que morava ali ao lado.

– Em que trabalha? – vinha de hora em hora perguntar a velha e sábia senhora ao estupidíssimo animal.

E:

– *Em que trabalha?* – respondia-lhe todas as vezes o papagaio, o qual depois, por sua conta, repetia a pergunta, o dia inteiro, a todos os inquilinos da casa.

Cada um lhe respondia a seu modo, resmungando, conforme o tipo ou a preocupação de suas atividades. Todos, com pouca educação. Pior do que todos, respondia Ippolito Onorio Roncella, que não tinha nada a fazer, já há três anos aposentado, porque, sem a mínima intenção de ofender – (podia jurar) – chamara um superior de animal.

Por mais de cinquenta anos ele trabalhara com a cabeça. Bela cabeça, a dele. Cheinha de ideias, uma melhor do que a outra. Agora basta, não? Agora ele queria se dedicar apenas aos três reinos da natureza, nele representados pelos cabelos e pela barba (*reino vegetal*), pelos dentes (*reino mineral*), e por todas as outras partes de sua velha carcaça (*reino animal*). Este último e um pouco também os minerais tinham se desgastado um tanto, pela idade. O reino vegetal, ao contrário, ainda lhe dava bastante satisfação, razão pela qual ele, que sempre fizera tudo com muito empenho e queria demonstrar isso, a quem perguntasse, como o papagaio: — Senhor Ippolito, em que trabalha? — respondia seriamente apontando para a barba:

— Jardinagem.

Ele sabia ter uma inimiga implacável dentro de si: sua alma rebelde, que não podia deixar de esguichar a verdade na cara de todos, como um pepino selvagem esguicha seu suco purgativo. Não para ofender, mas para colocar as coisas em seu lugar.

— *Você é um asno, carimbado; e não se fala mais nisso.* — *Isto é uma besteira; carimbado; e não se fala mais nisso.*

Aquela sua inimiga gostava de coisas rápidas. Um rótulo e pronto. Ainda bem que, há algum tempo, conseguira acalmá-la um pouco, com veneno, fumando o dia todo aquele cachimbo de haste longa, enquanto com a mão alisava a borla do barrete de *bersagliere*. De vez em quando, porém, certas furiosas e terríveis crises de tosse avisavam-no que a inimiga se rebelava contra a intoxicação. Então, o senhor Ippolito, sufocado, com o rosto vermelho e os olhos saltados, debatia-se com as mãos, com os pés, contorcia-se, lutava raivosamente para vencer, para domar a rebelde. Em vão o médico lhe dizia que a alma não tinha nada a ver com isto, e que aquela tosse vinha dos brônquios intoxicados, e que ele parasse de fumar ou não fumasse tanto, se não queria pegar alguma doença.

— Caro senhor, — ele respondia, — considere a minha balança! Num prato, todos os pesos da velhice; no outro tenho apenas o cachimbo. Se o tiro de lá, desequilibro. O que me resta? O que faço, se não fumo?

E continuava a fumar.

Demitido do emprego, indigno dele, que tivera na Provedoria de Educação, por causa de sua opinião explícita e imparcial sobre seu chefe, ao invés de se retirar para Taranto, sua cidade natal, onde, morto o irmão, não encontraria mais ninguém da sua família, permanecera em Roma para ajudar com a não lauta pensão a sobrinha Silvia Roncella, que viera para Roma, havia cerca de três meses, com o marido. Mas já se arrependera, e como!

Não podia suportar especialmente aquele seu novo sobrinho, Giustino Boggiolo, por muitas razões, mas principalmente porque ele o sufocava. Sufocava, sufocava. O que é sufocar? Estagnação, uma luz opaca de baixa altitude que debilita a elasticidade do ar. Pois bem, aquele seu novo sobrinho tardava a fazer luz, a mais aflitiva luz, por menor que fosse: falava demais, explicava as coisas mais óbvias e mais claras, as coisas mais chãs, como se apenas ele as visse e os outros, sem sua luz, não pudessem ver. Que angústia, que tormento, ouvi-lo falar! O senhor Ippolito primeiro assobiava baixinho duas ou três vezes, para não ofendê-lo, depois não aguentava mais e bufava, bufava e agitava as mãos no ar para apagar toda aquela luz inútil e restituir elasticidade ao ar respirável.

Sobre Silvia, sabia que, desde criança, tinha a mania de escrevinhar; que publicara quatro, cinco livros, talvez mais, mas realmente não esperava que fosse chegar à Roma literata já famosa. Uh, no dia anterior, outros malucos escrevinhadores como ela tinham-lhe oferecido até um banquete... Mas no fundo, Silvia não era má. Aliás, não aparentava de forma nenhuma, pobrezinha, que tivesse o cérebro bichado. Tinha, realmente tinha engenho, aquela garota, e em muitas e muitas coisas parecia-se muito com ele. Pudera! O mesmo sangue... a mesma maquineta pensadora, tipo Roncella!

O senhor Ippolito fechou os olhos e balançou a cabeça, bem devagar, para não desarranjar a barba.

Ele fizera alguns estudos sobre aquela maquineta infernal, uma espécie de bomba de filtro que comunicava o cérebro com o coração e tirava ideias dos sentimentos, ou, como ele dizia, o extrato concentrado, o sublimado corrosivo das deduções lógicas.

Todos os Roncella eram bombeadores e filtradores famosos há tempos imemoráveis!

Mas nenhum até agora, para dizer a verdade, nunca pensara em traficar veneno por profissão, como agora parecia querer fazer aquela garota, aquela santa menina: Silvia.

O senhor Ippolito não suportava as mulheres que usam óculos, caminham como soldados, hoje empregadas no correio, telegrafistas, telefonistas, e aspirantes ao eleitorado e à toga, amanhã, quem sabe? À câmara dos deputados e talvez ao comando do exército.

Gostaria que Giustino impedisse a esposa de escrever, ou, não podendo impedir (porque Silvia realmente não lhe parecia um tipo de se deixar comandar pelo marido), que pelo menos não a incentivasse, santo Deus! Incentivá-la? Mais do que incentivá-la! Ficava ao lado dela da manhã à noite, incitando-a, pressionando-a, fomentando nela, de todas as maneiras, aquela maldita paixonite. Em vez de perguntar se ela arrumou a casa, orientou a empregada na limpeza ou na cozinha, ou se talvez tivesse feito um belo passeio em Villa Borghese, perguntava se e o que tinha escrito durante o dia, enquanto ele estava no trabalho, quantas páginas, quantas linhas, quantas palavras... Com certeza! Porque contava até as palavras que a esposa rabiscava, como se depois devesse mandá-las pelo telégrafo.

E tem mais: comprara uma máquina de escrever de segunda mão e todas as noites, depois do jantar, ficava até meia noite, até uma hora, tocando aquele pianinho, para ter belo pronto, copiado à máquina, o material, — como ele chamava — para enviar aos jornais, às revistas, aos editores, aos tradutores, com os quais mantinha ativíssima correspondência. Lá estavam, na estante de prateleiras com repartições, os registros por assunto, as cópias de cartas...

Contabilidade em dia, irrepreensível! Porque já se iniciava a venda do veneno! Até para fora, para o exterior... Gostos! Não se vende tabaco? E o que são as palavras? Fumo. E o que é o fumo? Nicotina, veneno.

O senhor Ippolito sentia dor de estômago, assistindo aquela vida de família. Ensaiava, ensaiava há três meses, mas já previa próximo o dia em que não aguentaria mais e diria tudo na cara daquele rapaz, não para ofendê-lo, mas para colocar as coisas no lugar, como de costume. Um carimbo e pronto. Depois, talvez, fosse viver sozinho.

— Com licença? — perguntou, naquele momento, por trás da porta, uma vozinha muito doce de mulher, que o senhor Ippolito logo reconheceu como da velha senhora Faciolli, dona do papagaio e da casa (ou "a Lombarda", como ele a chamava.)

— Entre, entre, — resmungou, sem se mexer.

2.

Era a mesma velha senhora que acompanhara Silvia ao banquete no dia anterior. Vinha todas as manhãs, das oito às nove, para dar aulas de inglês para Giustino Boggiolo.

Aulas grátis, bem entendido, como grátis a senhora Ely Faciolli, proprietária da casa, permitia a seu caro inquilino Boggiolo o uso da própria sala de visitas sempre que fosse preciso para alguma recepção literária.

Ela também tinha o cérebro bichado, a velha senhora, não tanto pelo verme solitário da literatura, quanto pelo caruncho da história e pela traça da erudição, ficava solícita em volta de Giustino Boggiolo e fazia-lhe contínuas e urgentes exibições de muitos outros serviços, pois Giustino deixava-a entrever de longe a miragem de um editor e talvez até de um tradutor (alemão, é claro) para sua volumosa obra inédita: *Sobre a última dinastia lombarda e a origem do poder temporal dos papas* (com documentos inéditos), na qual ela demonstrara claramente como a infeliz família dos últimos reis lombardos não terminara por completo com a prisão de Desiderio[10] nem com o exílio de Adelchi[11] em Constantinopla, mas que, tendo voltado para a Itália e se estabelecido sob nome falso num canto desta clássica terra (a Itália), para se resguardar da ira dos Carolíngios e dos papas, sobrevivera ainda por muito e muito tempo.

A mãe da senhora Ely era inglesa, e ainda se via isso pela peruquinha loura encaracolada que a filha tinha na testa. Ela havia ficado solteira por ter analisado demais quando jovem, isto é, por ter dado atenção demais ao nariz um pouquinho torto, às mãos um pouquinho grossas deste ou daquele pretendente. Arrependida, muito tarde, de tanto desprezo, agora ela era toda mel com os homens. Mas não era perigosa. Usava, sim, aquela peruquinha na testa e reforçava um pouco com o lápis as sobrancelhas, mas só para não assustar demais

---

[10] Desiderio foi o último rei lombardo. Reinou entre 756 até 774, quando o reino foi conquistado por Carlos Magno, rei dos francos
[11] Filho de Desiderio, exilou-se em Constantinopla para de lá tentar reconquistar a Itália.

o espelho e induzi-lo a um triste sorriso de compaixão. Era o que bastava.

— Bom dia, senhor Ippolito, — disse ela entrando com muitas reverências e espremendo dos olhos e da boquinha um sorriso, o qual poderia ter evitado, já que Roncella baixara gravemente as pálpebras para não vê-la.

— Bom dia, senhora, — respondeu ele. — Não vou tirar o chapéu, nem me levantar, está bem? A senhora é de casa...

— Mas sim, obrigada... fique à vontade, por favor! — apressou-se em dizer a senhora Ely, estendendo as mãos cheias de jornais. — Por acaso, o senhor Boggiolo ainda está na cama? Vim correndo porque li aqui... Oh, se o senhor soubesse quantas, quantas coisas boas dizem os jornais da festa de ontem, senhor Ippolito! Relatam o magnífico brinde do senador Borghi! Anunciam com grande expectativa a peça da senhora Silvia! O senhor Giustino ficará muito contente!

— Chove, não?

— Como disse?

— Está chovendo?... Achei que estava chovendo, — resmungou o senhor Ippolito, voltando-se para a janela.

A senhora Ely conhecia a mania do senhor Ippolito de dar aquelas bruscas viradas na conversa, apesar disso, desta vez, ficou um tanto confusa. Depois, se refazendo, respondeu apressadamente:

— Não, não, mas sabe? Talvez um pouco... Está nublado. Tão belo ontem, e hoje... Ah, ontem, ontem, um dia que nunca... Um dia... O que disse?

— Presentes, — gritou o senhor Ippolito, — presentes do Padre Eterno, minha senhora, que estava de bom humor por causa da alegria dos homens. Como vão, como vão essas aulas de inglês?

— Ah, muito bem! — exclamou a velha senhora. — O senhor Boggiolo, demonstra um afinco, um afinco em aprender línguas que nunca... Já o francês, muito bem; o inglês, em quatro ou cinco meses (até antes!) falará razoavelmente. Depois começaremos imediatamente o alemão.

— Alemão também?

— Sim... não poderia ser diferente! É muito útil, sabe?

— Para os lombardos?

— O senhor sempre brincando com os meus lombardos, malvado! — disse a senhora Ely, ameaçando-o graciosamente com um dedo. — Ajuda-o para ver claro nos contratos, para saber a quem entrega as traduções e depois para seguir o movimento literário, para ler os artigos, as críticas dos jornais...

— Mas Adelchi, Adelchi, — mugiu o senhor Ippolito. — Esta história de Adelchi como vai? É mesmo verdade?

— Verdade? Mas se existe a lápide, não lhe disseram? Descoberta por mim na igrejinha de São Eustáquio, em Catino, perto de Farfa, por um acaso afortunado, há uns sete meses, enquanto eu estava em férias. Pode acreditar, senhor Ippolito, que o rei Adelchi não morreu na Calábria, como diz Gregorovius[12].

— Morreu numa cantina?

— Em Catino, sim! Documento irrefutável. *Loparius*, diz a lápide, *Loparius et judex Hubertus...*

— Ah, aí está Giustino! — interrompeu o senhor Ippolito, esfregando as mãos. — Reconheço pelo passo.

E rapidamente deu cinco ou seis grandes baforadas.

Sabia que seu sobrinho não podia suportar que ele ficasse ali no gabinete. Na verdade, tinha seu quarto, que era o melhor do apartamento, onde ninguém o perturbaria. Mas ele gostava muito de ficar ali, enchendo de fumaça aquele cubículo.

---

[12] Ferdinand Gregorovius (1821–1891) foi historiador e medievalista alemão, famoso por seus estudos sobre a Roma medieval.

("Enevoo o Olimpo!", ria maliciosamente para si).

Boggiolo não fumava e, todas as manhãs, ao abrir a porta, fechava os olhos, ali na soleira, espantava a fumaça com as mãos, bufava e tossia... O senhor Ippolito fazia-se de desentendido, aliás, tirava fumo do cachimbo em grandes baforadas, como fizera naquele momento, e o depositava denso no ar, sem soprar.

Giustino Boggiolo não podia suportar, não tanto a fumaça, mas o modo como o tio o olhava. Aquele olhar parecia quase um visgo que lhe impedia não apenas todos os movimentos, mas também os pensamentos. E ele tinha tanto a fazer ali dentro, nas poucas horas que o trabalho lhe deixava livres! Enquanto isso, a aula de inglês devia ser feita na sala de jantar, como se não existisse gabinete.

Naquela manhã, porém, ele precisava dizer algo em segredo para a senhora Faciolli e na sala de jantar, que era ao lado do quarto onde Silvia ficava até tarde, não poderia. Então, criou coragem e, depois de desejar bom dia ao tio com um insólito sorriso, pediu que ele tivesse a bondade de deixá-lo sozinho com a senhora Ely, pelo menos por um momentinho.

O senhor Ippolito franziu as sobrancelhas.

— O que você tem na mão? — perguntou.

— Miolo de pão, — respondeu Giustino, abrindo a mão. — Por quê? É bom para a gravata.

Tirou a gravata, daquelas de nó feito, e fez o gesto de esfregar o miolo.

O senhor Ippolito aprovou com a cabeça. Levantou e pareceu que ia dizer alguma coisa, mas parou. Inclinou a cabeça para trás e, soltando fumaça, primeiro de um canto da boca e depois do outro, balançando a borla do barrete, saiu.

A primeira coisa que Giustino fez foi abrir a janela, bufando, e jogou fora, com raiva, o miolo de pão.

— O senhor viu os jornais? — perguntou logo a senhora Faciolli, dando dois passinhos, ágil e contente como uma passarinha.

— Sim senhora, já os recebi, — respondeu, emburrado, Giustino. — A senhora também os trouxe? Obrigado. Eh, devo comprar muitos mais... Será preciso expedir muitos. Mas a senhora viu que raça de tarpalh... que trapalhões são esses jornalistas?

— Eu achava que... — arriscou a senhora Ely.

— Não senhora, desculpe! — interrompeu-a Boggiolo. — Quando não se sabe as coisas, não se diz ou, se se quer dizer, primeiro se pergunta a quem sabe, como estão e como não estão. Como se eu não estivesse lá! Eu estava lá, por Baco, pronto a dar todas as explicações, todos os esclarecimentos... Por que tirar da manga essas histórias? O *Lifield* aqui... não, onde está? Na *Tribuna*... virou um editor alemão! E depois, veja! *Delosche*... aqui, *Deloche* em vez de *Desroches*. Sinto muito, sim... sinto muito. E eu preciso mandar os jornais para ele também, na França, e...

— Como está, como está a senhora Silvia? — perguntou a Faciolli, para não insistir naquela tecla que soava mal.

Mas esta tecla soou pior.

— Deixe para lá! — bufou Giustino, dando de ombros, e jogou os jornais sobre a escrivaninha. — Noite ruim.

— Talvez a emoção... — tentou explicar a mulher.

— Mas que emoção! — saltou irritado Boggiolo. — Ela... emoções? Ela é uma santa, que nem o Padre Eterno comove. Tanta gente reunida lá por ela, a nata, não? Gueli, Borghi... acha que ela os tenha agradado? Nem por sonho! Eu tive que arrastá-la a força, a senhora viu? E juro pela minha alma, senhora, que esse banquete surgiu sozinho, isto é, na mente de Raceni, e só dele: eu não participei nem muito nem pouco. No fim das contas, acho que foi tudo bem...

— Muito bem! Como não? — aprovou logo a senhora Ely. — Uma festa única!

— Mas na opinião dela, — fez Giustino, levantando os ombros, — diz e sustenta que fez uma péssima figura...

— Quem? — gritou a Faciolli, batendo as mãos. — A senhora Silvia? Oh, santo céu!

— Sim! Mas fala rindo, sabe? — continuou Boggiolo. — Diz que não lhe importa nada. Ora, deve-se ou não estar no meio? Eu faço, eu faço... mas ela também deveria me ajudar. Não sou eu que escrevo, quem escreve é ela. Se a coisa vai, porque não fazer com que vá o melhor possível?

— É claro! — aprovou de novo, convencidíssima, a senhora Ely.

— É o que digo, — retomou Giustino. — Certamente Silvia tem engenho, talvez até saiba escrever, mas certas coisas, pode acreditar, ela não entende. Não estou falando de inexperiência, veja bem. Dois volumes jogados fora assim, antes de se casar comigo, sem contrato... Uma coisa incrível! Assim que puder, farei tudo para resgatar esses livros, sabe? Já não tenho mais tantas ilusões. Sim, o romance vende, mas não estamos na Inglaterra e nem na França. Agora escreveu uma peça. Deixou-se convencer e escreveu rapidamente, é preciso admitir, em dois meses. Eu não entendo disso... O senador Borghi leu e disse que... sim, não saberia prever o resultado, porque é uma coisa... não lembro como ele disse... clássica, parece... sim, clássica e nova. Ora, se acertarmos, se for bem no teatro, entende, minha senhora, pode ser a nossa fortuna.

— Muito mais! Muito mais! — exclamou a senhora Ely.

— Mas precisamos nos preparar, — acrescentou com irritação Giustino, juntando as mãos. — Existe expectativa, curiosidade... Agora houve este banquete. Pude ver que gostam dela.

— Muitíssimo! — apoiou a Faciolli.

— Veja, — continuou Giustino. — Foi convidada pela marquesa Lampugnani, que, ouvi dizer, é uma das senhoras mais importantes. Convidou-a também aquela outra, que também tem um salão muito frequentado... como se chama? Borné-Laturzi... É preciso ir, não é verdade? Mostrar-se... Vão tantos jornalistas, críticos de teatro... É preciso que ela os veja, fale, se faça conhecer, apreciar... Quem sabe quanto vou penar para convencê-la!

— Talvez porque, — arriscou, embaraçada, a senhora Ely, — talvez porque esteja num ... num estado?

— Mas não! — negou logo Giustino Boggiolo. — Ainda por dois ou três meses não aparecerá, poderá muito bem se apresentar! Eu lhe disse que mandaria fazer uma bela roupa... Aliás, é isto, queria lhe dizer justamente isto, senhora Ely. Se a senhora soubesse me indicar uma boa costureira, que não tivesse muitas pretensões... porque... espere, desculpe, e se também quisesse ajudar na escolha dessa roupa e... e também, sim, a convencer Silvia que, santo céu, se deixe guiar e faça o que deve! A peça será encenada lá pela metade de outubro.

— Ah, tão tarde?

— Tarde, mas essa demora, no fundo, não me incomoda, sabe? O terreno ainda não está bem preparado, conheço poucos e depois a temporada dentro de algumas semanas não será mais propícia. A verdadeira chave, porém, é Silvia, é Silvia ainda tão embaraçada. Temos cerca de seis meses à nossa frente para providenciar e remediar todas essas coisas e outra mais. Gostaria de ajustar uma programaçãozinha. Para mim não seria preciso, mas para Silvia... Me irrita, sabe, que o maior obstáculo seja exatamente ela. Não que se rebele aos conselhos, mas não quer se esforçar em fazer bem a sua parte, fazer a figura que deveria, vencer, enfim, a própria índole...

— Arredia... sim!

— Como disse?

— Disse que é muito arredia.
— Arredia?... É assim que se diz? Não sabia. Faltam-lhe modos, é isso. Arredia, sim, a palavra me soa bem. Um pouco de escola, acredite, é necessário para ela, como o pão. Eu me dei conta que... não sei... há como um... um entendimento entre eles que... não sei... se reconhecem no ar... basta pronunciar um nome, o nome... espere, como é?... daquele poeta inglês da Piazza di Spagna, morto jovem...
— Keats! Keats! — gritou a senhora Ely.
— *Quitis*, sim... isto! Apenas dizem *Quitis*... nada, disseram tudo, se entenderam. Ou dizem... não sei... o nome de um pintor estrangeiro... São assim... quatro, cinco nomes desses que os unem, e não têm nem necessidade de falar... um sorriso... um olhar... e fazem boa figura! Boa figura! A senhora que é tão culta, senhora Ely, poderia me fazer este favor, ajudar-me, ajudar um pouco Silvia.

E como não? Prometeu, felicíssima, a senhora Ely, que faria de tudo e do seu melhor. Ela conhecia uma costureira e a roupa — um belo vestido preto de seda brilhante, não? — devia ser feito de modo que aos poucos...

— Naturalmente!
— Sim, se possa, enfim...
— Naturalmente, em três... quatro meses... eh! Vamos amanhã comprá-lo juntos?

Estabelecido isto, Giustino tirou da gaveta da escrivaninha alguns álbuns e os mostrou:

— Veja, quatro, hoje!

Uma coisa séria, aqueles *álbuns*. Choviam de todas as partes para sua esposa. Admiradoras, admiradores que, diretamente ou por meio de Raceni, ou também por meio do senador Borghi, pediam um pensamento, uma citação ou um simples autógrafo.

Se fosse atender a todos, Silvia perderia sabe-se lá quanto tempo. É verdade que, por hora, não se afligia muito, também por causa do estado em que se encontrava, mas se ocupava com algum trabalhinho leve, para não ficar totalmente ociosa, respondendo a pequenos pedidos deste ou daquele jornal.

A chatice daqueles *álbuns*, Giustino Boggiolo tomara para si. Era ele quem escrevia os pensamentos da esposa. Ninguém notaria, porque ele sabia imitar muito bem a letra e a assinatura de Silvia. Tirava os pensamentos dos livros dela já publicados, aliás, para não ficar folheando e procurando todas as vezes, copiara uma porção deles num caderninho, e aqui e ali inserira também alguns pensamentos seus. Sim, alguns pensamentos seus, que podiam passar, entre tantos... Nos pensamentos da esposa arriscara fazer escondido, às vezes, pequenas correções ortográficas. Ao ler nos jornais os artigos de escritores refinados (como, por exemplo, Betti, que encontrara tanto a criticar na prosa de Silvia) notara que eles escreviam — sabe-se lá por quê — com letra maiúscula certas palavras. Pois bem, ele também, toda vez que encontrava nos pensamentos de Silvia alguma palavra "maiusculável", como vida, morte etc., lá ia um belo *V*, um magnífico *M*! Se era possível fazer com tão pouca despesa uma figura melhor...

Abriu o caderninho e, com a ajuda da senhora Ely, escolheu quatro pensamentos.

— Este... Escute este! *"Sempre se diz: Faça o que deve fazer! Mas nosso íntimo Dever geralmente afeta as pessoas em nosso redor. O que é Dever para nós, pode ser prejudicial aos outros. Portanto, faça o que deve fazer, mas saiba o que está fazendo".*

— Ótimo! — exclamou a senhora Ely.

— É meu, — disse Giustino.

E o transcreveu, sob ditado da senhora Ely, num daqueles *álbuns*. "Dever" com letra maiúscula, duas vezes. Esfregou as mãos. Olhou para o relógio: ih, em vinte minutos devia estar no escritório! *Lectio brevis*, naquela manhã.

Sentaram-se, professora e aluno, diante da escrivaninha.

– Por que faço tudo isto? – suspirou Giustino. – A senhora pode me dizer...

Abriu o livro de inglês e entregou para a senhora Ely.

– Forma negativa, – e começou a recitar de olhos fechados. – Present Tense: *I do not go*, eu não vou; *thou dost not go*, você não vai; *he does not go*, ele não vai...

3.

Assim começou, para Silvia Roncella, a escola de grandeza: professor chefe, o marido; suplente coadjuvante, Ely Faciolli.

Ela se submeteu com admirável resignação.

Ela sempre se recusara a olhar-se por dentro, na alma. Algumas raras vezes que tentara por um instante, quase tivera medo de enlouquecer.

Entrar dentro de si, para ela, queria dizer despir a alma de todas as ficções habituais e ver a vida em uma árida nudez, assustadora. Era como ver a querida e boa senhora Ely Faciolli sem sua peruquinha loira, sem maquiagem e nua. Deus, não, pobre senhora Ely!

Essa era a verdade? Não, não era. A verdade: um espelho que não vê, no qual cada um vê a si próprio, da forma como ele se crê, como ele se imagina que seja.

Pois bem, ela tinha horror daquele espelho, onde a imagem da própria alma, nua de toda a ficção necessária, por força devia também parecer-lhe privada de qualquer lume de razão.

Quantas vezes, na insônia, enquanto o marido e professor dormia placidamente a seu lado, ela não se sentira assaltar, no silêncio, por um estranho terror imprevisto, que lhe cortava a respiração e fazia seu coração bater em tumulto! Então, com muita lucidez o contexto da existência cotidiana, suspenso na noite e no vazio de sua alma, sem sentido, sem objetivo, rompia-se para deixá-la entrever por um instante uma realidade bem diferente, horrível em sua crueza impassível e misteriosa, na qual todas as costumeiras relações fictícias de sentimentos e imagens partiam-se e se desagregavam.

Naquele instante terrível, ela se sentia morrer, sentia todo o horror da morte e com um esforço supremo buscava readquirir a consciência normal das coisas, de reconectar as ideias, de se sentir novamente viva. Mas não podia mais ter fé nessa consciência normal, nessas ideias reconectadas, nesse usual sentimento da vida, pois já sabia que eram um equívoco e que por baixo havia alguma coisa, algo a que o homem não pode se expor, senão a custo de morrer ou de enlouquecer.

Por dias e dias, tudo lhe parecia mudado. Nada lhe estimulava algum desejo, aliás, não via nada na vida desejável. O tempo surgia para ela vazio, soturno e penoso, e todas as coisas nele, atônitas, estavam à espera da deterioração e da morte.

Acontecia-lhe com frequência, ao meditar, de fixar o olhar sobre um objeto qualquer e observar minuciosamente suas particularidades, como se o objeto a interessasse. Essa observação, a princípio, era quase maquinal: os olhos do corpo fixavam-se e se concentravam apenas naquele objeto, como que para afastar qualquer outra causa de distração, e ajudar os olhos da mente na meditação. Mas, aos poucos, o objeto se impunha estranhamente, começava a criar vida, como se de repente tivesse adquirido consciência de todas as particularidades descobertas por ela, e se destacava de toda relação com ela mesma e com os outros objetos ao seu redor.

Com medo de ser novamente assaltada por aquela realidade diferente, horrível, que vivia além da visão habitual, quase fora das formas da razão humana, talvez sem qualquer suspeita do equívoco humano ou com uma ridícula comiseração dele, ela desviava logo o olhar, mas não sabia mais pousá-lo em qualquer outro objeto. Sentia horror da visão, parecia-lhe que seus olhos perfurassem tudo. Fechava-os e procurava angustiosamente no coração uma ajuda qualquer para recompor a ficção dilacerada. O coração, porém, naquele estranho espanto, endurecia. Não era como a maquineta de que falava o tio Ippolito! Ela não conseguia retirar nenhuma ideia daquele sentimento obscuro e profundo: não sabia refletir, ou melhor, sempre lhe fora vedado.

Desde menina assistira a cenas penosas entre o pai e a mãe, que fora uma santa mulher toda dedicada às práticas religiosas. Recordava a expressão da mãe ao apertar no coração a cruzinha do rosário quando o marido zombava de sua fé em Deus e de suas longas rezas, a contração de dor em todo o rosto, como se fechando assim os olhos ela também pudesse não ouvir as imprecações do marido. Pobre mamãe! E com quanta aflição e pranto estendia, logo depois, os braços para ela, pequena, apertava-a contra o peito e fechava-lhe os ouvidos. Depois, assim que o pai voltava as costas, fazia com que ela se ajoelhasse e repetisse, com as mãozinhas juntas, uma prece para Deus. Para que perdoasse aquele homem que, se era tão honesto e bom, era porque O tinha no coração, no entanto, não O queria reconhecer fora! Sim, eram estas as palavras da mãe. Quantas vezes, depois de sua morte, ela não as havia repetido! Ter

Deus no coração e não querer reconhecê-Lo fora. Ela, com a mãe, desde pequena, ia sempre à igreja, continuara a ir sozinha, depois de órfã, todos os domingos, mas não acontecia com ela, talvez, o que acontecia com o pai? Ela reconhecia realmente Deus, fora? Continuava externamente, como tantos outros, as práticas do culto. Mas o que tinha por dentro? Como o pai, um sentimento obscuro e profundo, uma desolação, a mesma que ambos viram, um nos olhos do outro, quando entre os dois, no leito, a mãe expirara. Ora, acreditar nisso, sim, obrigatoriamente, se ela sentia, mas não seria Deus uma suprema ficção criada por esse sentimento obscuro e profundo para se tranquilizar? Tudo, tudo era um aparato de ficção que não se devia dilacerar, em que era preciso crer, não por hipocrisia, mas por necessidade, se não se queria morrer ou enlouquecer. Mas como crer, sabendo que era ficção? Sem um fim, que sentido tinha a vida? Os animais viviam por viver, e os homens não podiam e não sabiam. Por força, os homens deviam viver, não por viver, mas por algo fictício, ilusório que desse sentido e valor às suas vidas.

Lá em Taranto, o aspecto das coisas comuns, corriqueiras a ela desde o nascimento e que se tornaram parte de sua vida cotidiana quase inconsciente, nunca inquietaram demais seu espírito, embora ela houvesse descoberto nelas muitas maravilhas ocultas aos outros, sombras e luzes que os outros nunca haviam notado. Gostaria de ter ficado lá, junto ao seu mar, na casa onde nascera e crescera, onde ainda se via, mas com a estranha impressão de ser outra, aquela lá, sim, outra ela mesma que ela tinha dificuldade em reconhecer. Parecia ver-se, tão de longe, com os olhos de outro, e que se enxergasse... não sabia dizer como... diferente... curiosa... E aquela lá escrevia? Pudera escrever tantas coisas? Como? Por quê? Quem a ensinara? De onde vinham as ideias? Lera poucos livros, e em nenhum deles nunca encontra uma linha, uma passagem que tivesse a mais distante semelhança com tudo aquilo que ela escrevia espontaneamente, assim, de improviso. Talvez não se devesse escrever essas coisas? Era um erro escrevê-las daquele modo? Ela, ou melhor, aquela lá não sabia. Nunca teria pensado em publicá-las, se o pai não as tivesse descoberto e arrancado das mãos. Tivera vergonha, da primeira vez, um grande medo de parecer estranha, quando não o era, de jeito nenhum. Sabia fazer todas as outras coisas muito bem: cozinhar, costurar, cuidar da casa, e falava tão sensatamente... – oh, como todas as outras garotas da cidade... Mas havia algo dentro dela, um espiritozinho louco, que não aparecia, porque ela mesma não queria escutar sua voz nem seguir suas molecagens, a não ser em alguns momentos de ócio durante o dia ou à noite, antes de deitar.

Mais do que satisfação, ao ver seu primeiro livro recebido favoravelmente e elogiado calorosamente, ela sentira uma grande confusão, uma angústia, uma sôfrega consternação. Conseguiria escrever, agora, como antes? Não apenas para si? A lembrança do elogio a incomodava, punha-se entre ela e as coisas que queria descrever ou representar. Não tocara mais na pena por cerca de um ano. Depois... oh, como havia reencontrado crescido aquele seu espiritozinho, e como ele se tornara mau, malicioso, descontente... Tinha se transformado em um demônio, que quase lhe dava medo, porque agora queria falar alto quando não devia, e rir de certas coisas que ela, como os outros, na prática da vida, consideravam sérias. Começara, desde então, a luta interna. Depois surgira Giustino...

Ela bem via que o marido não a compreendia, ou melhor, não compreendia dela aquela parte que ela mesma, para não parecer diferente das outras, queria manter oculta em si e recalcada, que ela mesma não queria nem indagar, nem penetrar até o fundo. Se um dia esta parte predominasse nela, aonde a levaria? No início, quando Giustino, mesmo sem compreender, começara a incentivá-la, a forçá-la ao trabalho, seduzido pelos ganhos inesperados, ela sentira uma grande satisfação, mais por ele do que por ela. Mas gostaria que ele tivesse parado aí e que, sobretudo, — depois do grande barulho que se fizera em torno do romance *A casa dos anões* — não tivesse brigado e insistido tanto para ir a Roma.

Ao deixar Taranto, tivera a impressão de que se perderia, e que, para ter consciência de si numa outra vida, tão vasta, deveria fazer um violentíssimo esforço. E como se sentiria? Ela ainda não se conhecia, e não queria se conhecer. Precisaria falar, se mostrar... e dizer o quê? Era tão desconhecedora de tudo. O que lhe era intencionalmente limitado, primitivo, caseiro, rebelara-se, principalmente quando os primeiros sinais da maternidade se manifestaram. Quanto sofrera durante aquele banquete, exposta ali, como numa feira! Vira-se como um autômato mal ajambrado, ao qual se tivesse dado muita corda. Por medo que esta disparasse de um momento a outro, segurara-se, mas depois o pensamento de que dentro deste autômato se maturava o germe de uma vida, sobre a qual ela teria em breve uma responsabilidade tremenda, causara-lhe um agudo remorso e, inclusive, tornado insuportável o espetáculo de tão insossa e tola vaidade.

Passada a desorientação, passada a confusão dos primeiros dias, começara a andar por Roma em companhia do tio Ippolito. Que boas conversas tiveram! Que deliciosas explicações lhe dera o tio! Foi um grande conforto para ela encontrá-lo em Roma, tê-lo consigo.

Bastava apenas pronunciar este nome — Roma — para que muitos se sentissem obrigados à admiração, ao entusiasmo. Sim, ela também admirara, mas com sentimento de infinita tristeza: admirara os palacetes solitários, vigiados por ciprestes; os jardins silenciosos do Celio e do Aventino; a trágica solenidade das ruínas e de certas vias antigas como a Appia; o claro frescor do Tibre... Pouco a seduzia tudo o que os homens tinham feito e dito para construir diante de seus próprios olhos a própria grandeza. E Roma... sim, uma prisão um pouco maior, onde os prisioneiros eram um pouco menores e muito mais desajeitados, quanto mais enchiam a voz e se debatiam para fazer gestos mais largos.

Ela ainda procurava refúgio nas mais humildes ocupações, agarrava-se às coisas mais modestas e mais simples, quase elementares. Sabia que não podia dizer o que queria, o que pensava, porque sua vontade, seu pensamento, muitas vezes, não fazia sentido nem para ela, se refletisse um pouco.

Para não ver Giustino chateado, esforçava-se para estar alegre, para ter um certo comportamento, um certo humor. Lia, lia muito, mas entre tantos livros, somente os de Gueli conseguiram interessá-la profundamente. Ali estava um homem que devia ter dentro de si um demônio semelhante ao dela, mas muito mais culto!

Para Giustino, não bastava a leitura, também queria que ela aprendesse a falar francês e praticasse com a senhora Ely Faciolli, que conhecia todas as línguas, e fosse com ela a museus e galerias de arte antiga e moderna para saber falar disso quando preciso. Além do mais, queria que tivesse mais cuidados pessoais, que se arrumasse um pouco melhor!

Às vezes, tinha vontade de rir diante do espelho. Sentia-se presa por seu próprio olhar. Ah, por que ela devia ser exatamente assim, com aquele rosto? Com aquele corpo? Levantava uma das mãos, inconsciente, e o gesto ficava suspenso. Parecia-lhe estranho que o tivesse feito. *Via-se viver.* Com aquele gesto suspenso parecia a estátua de um antigo orador (não sabia quem), que vira num nicho, subindo, um dia, a via Dataria pela escadaria do Quirinal. Aquele orador, com um rolo de pergaminho numa das mãos e a outra estendida num gesto sóbrio, parecia aflito e maravilhado de estar ali, de pedra, por tantos séculos, suspenso naquela pose diante de tanta e tanta gente que havia subido e ainda desceria por aquela escadaria. Que impressão estranha tivera! Estava em Roma há poucos dias. Era um meio-dia de fevereiro. O sol, pálido, no cinzento e úmido calçamento da Praça do Quirinal, deserta. Estavam ali apenas o soldado de sentinela e um guarda civil na porta do Palácio Real. (Talvez naquela hora o rei bocejasse no palácio). Debaixo do obelisco, entre os grandes cavalos empinados, a água da fonte cascateava, e ela, como se aquele silêncio tivesse se tornado subitamente distância, tivera a impressão do fragor incessante de seu mar. Voltara-se: na escadaria do palácio, vira um pássaro arisco que saltava nas lajes, sacudindo a cabecinha. Talvez ele também sentisse um estranho vazio naquele silêncio, como uma misteriosa interrupção do tempo e da vida, e queria certificar-se, espiando assustado?

Ela conhecia bem esse repentino, e por sorte momentâneo, mergulhar do silêncio nos abismos do mistério. Porém, essa horrível impressão de vertigem permanecia por muito tempo e contrastava com a estabilidade, tão vazia, das coisas: ambiciosas e míseras aparências. A vida pequena, comum, que circundava essas coisas, não lhe parecia real, como se fosse quase uma projeção cinematográfica. Como dar-lhes importância? Como levá-las a sério? A seriedade e a importância que queria Giustino?

No entanto, necessitando viver... Mas sim, ela reconhecia que, no fundo, o marido tinha razão e ela era errada em ser assim. Era preciso fazer do jeito dele. E se propunha contentá-lo em tudo e se deixar guiar, vencendo a contrariedade e mostrando-se bem disposta, para não responder mal a tudo o que ele havia feito e fazia por ela.

Pobre Giustino! Tão econômico e moderado, não medira despesas para fazê-la apresentar-se bem... Que belo vestido mandara fazer escondido! E agora era preciso ir forçosamente à casa da marquesa Lampugnani? Sim, sim, ela iria, serviria de manequim àquele belo vestido novo: manequim não muito apropriado, não muito... esbelto naquele momento! Se ele acreditava mesmo que era necessário ir, estava pronta.

— Quando?

Entusiasmado ao vê-la tão dócil, Giustino respondeu que iriam na noite seguinte.

— Mas espere, — acrescentou — Não quero que você faça má figura. Imagino que existam pequenas formalidades, muita... sim, talvez sejam bobagens, como você diz, mas é bom saber, minha querida. Vou me informar. Na senhora Ely, digo a verdade, pouco confio para essas coisas.

E Giustino Boggiolo, naquela noite, ao sair do escritório, foi fazer a prometida visita à Dora Barmis.

4.

Apoiada na arca da saleta de entrada, uma muleta. Sobre a muleta, um chapéu de feltro. A porta que dava para a sala de estar estava fechada, e na penumbra difundia-se a cor verde amarelada do papel xadrez aplicado aos vidros.

— Não, não, não, já disse que não, basta! — ouviu-se gritar lá dentro, com raiva.

A criada que viera abrir, ao ouvir o grito ficou um tanto indecisa se devia naquele momento anunciar o novo visitante.

— Incomodo? — perguntou, timidamente, Giustino. A criada levantou os ombros, depois criou coragem, bateu no vidro da porta e abriu:

— Tem um senhor...

— Boggiolo... — sussurrou Giustino.

— Ah, é você Boggiolo? Que prazer! Entre, entre, — exclamou Dora Barmis endireitando a cabeça e esforçando-se rapidamente para recompor o rosto aceso, alterado pela indignação e pelo desprezo.

Giustino Boggiolo entrou um pouco assustado, inclinando a cabeça até para Cosimo Zago, que, contrariado, palidíssimo, levantara-se e, mantendo baixa a grande cabeça desgrenhada, segurava-se penosamente no encosto de uma poltrona.

— Estou de saída. Até a vista, — disse ele, com voz falsamente calma.

— Adeus, — respondeu logo Dora, com desprezo, sem olhá-lo, e voltou a sorrir para Giustino. — Sente-se, sente-se, Boggiolo. Bom que você veio... Mas demorou, hein?

Assim que Zago saiu, mancando desajeitadamente, ela caiu na poltrona, com os braços para cima e desabafou:

— Não aguentava mais! Ah, caro amigo, como as pessoas podem fazer você se arrepender de ter um pouco de coração! Mas se um pobre desgraçado vem lhe dizer: "Sou feio... sou aleijado..." — o que você responde? "Não, querido, por quê? Pense que a Natureza o compensou com outros dons..." É a verdade! Se você soubesse que belos versos faz aquele coitado... Digo isso a todos, disse a ele também, publiquei, mas ele agora faz com que eu me arrependa... *C'est toujours ainsi*! Porque sou mulher, entende? Mas eu disse a ele *tout bonnement*, pode crer! Assim, como a um colega... Eu sou mulher, porque... porque não sou homem, santo Deus! Mas muitas vezes nem me lembro de que sou mulher, garanto! Esqueço completamente. Sabe como me lembro? Vendo certas pessoas me olharem, pois me olham... Oh Deus! Desato a rir. Mas sim! Digo para mim. Sou realmente mulher. Me amam... ah, ah, ah... Além disso, caro Boggiolo, já estou velha, não? Vamos... Faça-me um elogio, diga que não sou velha...

— Nem é preciso dizer, — fez Giustino, corando e baixando os olhos.

Dora Barmis desatou a rir, conforme seu hábito, enrugando o nariz:

— Querido! Querido! Ficou envergonhado? Mas não, vamos! Quer chá? Quer um vermute? Tome, fume.

Com uma das mãos estendeu-lhe a caixa de cigarros, com a outra apertava o botão da campainha sob a prateleira, que amparava muitos livros, bibelôs, estatuetas e retratos, acima do grande sofá de canto, forrado de tecidos antigos.

— Obrigado, não fumo, — disse Giustino.

Dora pousou a caixa de cigarros na mesinha redonda, de dois andares, que estava em frente ao sofá. Entrou a criada.

— Traga vermute. Para mim, chá. Aqui, Nina, deixe que eu preparo.

Pouco depois, a criada voltou com o bule, o vermute e com docinhos numa taça prateada. Dora serviu o vermute para Giustino e disse:

— Pensando bem, você devia se envergonhar de outra coisa, querido! Veja bem, agora estou falando sério.

— Do quê? — perguntou Giustino, que já entendera. Tanto é que abriu os lábios numa risadinha disfarçada.

— A natureza deu-lhe um tesouro, Boggiolo! — disse a Barmis, agitando o dedo em tom de ameaça e de severa admoestação. — Pegue um *fondant*... Sua esposa não pertence só a você. Os seus direitos, querido, devem ser limitados. Você, talvez, se sua esposa não se importa... Diga uma coisa, ela tem ciúmes de você?

— Claro que não, — respondeu Giustino. — De resto, não posso dizer, porque...

— Você nunca lhe deu o menor incentivo, — completou a frase Dora. — Você é um bom rapaz, se vê, talvez bom demais... hein? Diga a verdade... Não, você precisa poupá-la, Boggiolo. Além disso... os homens dão um feio nome a isso, mas as das mulheres poderiam muito bem se chamar antenas: até as borboletas têm... Levante os olhos, Vamos, levante os olhos! Por que você não me olha? Pareço muito curiosa? Ah, melhor assim! Você ri? Claro, meu querido, não basta ser um bom rapaz, quando se tem a sorte de ter uma esposa como a sua... Você conhece a poetisa Bertolé-Viazzi? Não foi ao banquete, porque, pobre mulher...

— Ela também? — perguntou Giustino Boggiolo piedosamente.

— Eh... mas muito mais grave! — exclamou Dora. — Tem um marido realmente terrível.

Giustino deu de ombros e suspirou com um sorriso triste:

— Por outro lado...

— Por outro lado, nada! — saltou Dora Barmis. — É preciso que o marido, em certos casos, tenha consideração e pense que... Veja, há quatro ou cinco anos a Bertolé trabalha num poema, muito belo, garanto, todo entremeado de recordações heroicas, de família: o avô foi um verdadeiro patriota, exilado em Londres, depois garibaldino; o pai morreu em Bezzecca[13]... Pois bem, pensar que ela tem na cabeça uma gestação como esta, um poema, digo, um poema! E depois vê-la ao mesmo tempo, pobre mulher, oprimida, cada vez mais deformada, num sentido... Não, não, acredite, é demais, um abuso cruel! Ou uma coisa ou outra!

---

[13] Cidade do noroeste da Itália palco de uma das batalhas da Terceira Guerra da Independência, em que o exército de Garibaldi derrotou o exército austríaco.

— Entendo, — fez Giustino, angustiado. — A senhora acha que também não me preocupa? Silvia não fará nada durante todo este tempo.

— E será um tempo precioso perdido! — exclamou Dora.

— Pensa que não sei? — acrescentou Giustino. — Tudo perdido e nada ganho. A família que cresce... e quem sabe quantas despesas, cuidados e preocupações. E ainda, a distância: porque o menino, ou a menina que ficará aos cuidados da avó, vamos mandá-lo para lá...

— Para Taranto?

— Não para Taranto. A mãe de Silvia morreu há muitos anos. Para minha mãe, em Cargiore.

— Cargiore? — perguntou Dora, recostando-se no divã. — Onde é Cargiore?

— No Piemonte. Oh, uma aldeiazinha esparsa, de poucas casas, perto de Turim.

— Porque você é piemontês, certo? — voltou a perguntar a Barmis, envolvendo-se na fumaça do cigarro. — Nota-se. E como você conheceu a Roncella?

— Bem, — fez Giustino. — Mandaram-me para Taranto, depois do concurso para o cartório de notas...

— Uh, coitado!

— Um ano e meio de exílio, creia. Sorte que o pai de Silvia, então meu chefe...

— No cartório?

— Chefe-arquivista, sim senhora... Oh, um bom emprego, para isso! Logo passou a gostar de mim.

— E você, tratante, se apaixonou pela filha letrada?

— Eh, forçosamente... — sorriu Giustino.

— Como, forçosamente? — perguntou Dora, remexendo-se.

— Digo forçosamente, porque... passa hoje, passa amanhã... Um pobre rapaz, lá sozinho... A senhora pode não entender o que seja... Sempre vivi com minha mãe, pobre velha, habituado aos cuidados dela... O deputado Datti, deputado da minha região, me prometera que logo faria com que me chamassem a Roma, para o arquivo do Conselho de Estado. Sim! O Datti... Então, talvez minha mãe pudesse vir encontrar-me aqui? Forçosamente precisava me casar. Mas não me enamorei por Silvia porque era literata, sabe? Naquele tempo, nem pensava em literatura. Sabia que Silvia publicara dois livros, mas isto para mim... Chega!

— Não, não, conte, conte, — incentivou Dora. — Estou gostando.

— Não há muito que contar, — disse Giustino. — Quando fui pela primeira vez à casa dela, imaginava encontrar... não sei, uma jovem sociável... Qual nada! Simples, tímida... a senhora a conhece...

— É um amor! É um amor! — exclamou Dora.

— O pai sim, meu sogro, boa pessoa...

— Ah, o pai dela também morreu?

— Sim senhora, de repente. Um mês depois do nosso casamento. Coitado, era fanático! Mas se entende, filha única... Gostava de dar para ler os livros e os jornais que falavam deles a todos os empregados do escritório... Da primeira vez eu também li, assim...

— Por obrigação de trabalho, hein? — perguntou rindo a Barmis.

— A senhora entende, — fez Giustino. — Silvia, porém, não suportava ver o pai tão fervoroso, nunca permitia que se falasse disso em sua presença. Muito calma, sem qualquer ambição, nem em se vestir, sabe? Cuidava dos trabalhos domésticos, fazia tudo em casa. Quando nos casamos, até me fez rir...

— E você queria chorar?

— Não, me fez rir porque me confessou seu vício oculto, como o chamava: o vício de escrever. Disse-me que eu devia respeitá-lo, mas que em compensação nunca saberia quando ela escrevesse e como o fizesse entre os trabalhos da casa.

— E você?

— Eu prometi. Depois, porém, — poucos meses depois do casamento — chegou da Alemanha um vale postal de trezentos marcos, pelos direitos de tradução. Nem Silvia sabia disso, imagine! Toda contente pelo reconhecimento dos méritos de seus livros, que talvez nem ela supunha que tivessem, ignara, inexperiente, aderira ao pedido de tradução de *Albatrozes* (seu segundo volume de novelas) assim, sem pretender nada...

— E você, então?

— Abri os olhos dela, claro! Chegavam outros pedidos de revistas, de jornais. Silvia me confessou que tinha na gaveta muitos outros manuscritos de novelas, o esboço de um romance... *A casa dos anões*... De graça? Como de graça? Por quê? Por acaso não é trabalho? E trabalho não deve render? Os próprios literatos, sob este aspecto, não sabem se fazer valer. É preciso alguém que conheça essas coisas e tome conta. Eu, veja, assim que percebi que havia alguma coisa para tirar dali, comecei imediatamente a tomar a devidas informações. Comecei a me corresponder com um amigo livreiro de Turim para ter notícia do comércio de livros, com muitos redatores de revistas e jornais que tinham escrito bem dos livros de Silvia, me lembro que escrevi até para Raceni...

— Eu também me lembro! — exclamou Dora, sorrindo.

— Boa pessoa, o Raceni! — continuou Giustino. — Então, estudei a lei sobre propriedade literária, claro! E também o tratado de Berna sobre direitos de autor... Eh, a literatura é um campo, minha senhora, para se contrapor à exploração descarada da imprensa e dos editores. Nos primeiros dias, me aprontaram tantas! Eu contratava assim, às cegas... Mas depois, vendo que as coisas andavam... Silvia se espantava com os acordos que eu fazia. Ao ver que aceitavam os preços, quando lhe mostrava o dinheiro ganho, ficava satisfeita... óbvio! Mas, sabe, posso dizer que eu ganhei o dinheiro, porque ela nunca saberia tirar nada de seus trabalhos.

— Que preciosidade você é, Boggiolo! — disse Dora, inclinando-se para olhá-lo de perto.

— Não digo isso, — fez Giustino, — mas creia que sei tratar de negócios. Trabalho com empenho. Sou realmente grato a amigos como Raceni, por exemplo, que foi muito bom com minha esposa desde o início. À senhora também...

— Não! Eu? O que foi que fiz? — protestou Dora, vivamente.

— A senhora também, minha cara, a senhora também, — repetiu Giustino, — juntamente com Raceni, foi muito boa. E o senador Borghi?

— Ah, o padrinho da fama de Silvia Roncella foi ele! — disse Dora.

— Sim senhora, sim, senhora... exatamente isso, — confirmou Boggiolo. — Também devo a ele minha vinda a Roma, sabe? Não era necessário, justo neste momento, o problema da gravidez...

— Está vendo? — exclamou Dora. — E sua senhora, quanto não sofrerá, depois, para se separar da criança!

— Bem! — fez Boggiolo, — Ela precisa trabalhar...

— É muito triste! — suspirou a Barmis. — Um filho!... Deve ser terrível tornar-se, sentir-se mãe! Eu morreria de alegria e de pavor! Deus, Deus, Deus não me faça pensar nisso.

Levantou-se, como que empurrada como uma mola, foi até a porta da sala e procurou por trás da cortina o interruptor de luz, virou-se e disse com uma voz modificada:

— Ou vamos ficar assim? Não gosta? *Dämmerung*... Entristece este penar do dia que morre, mas também faz bem. Bem e mal, para mim. Muitas vezes, fico muito má, pensando nesta sombra. Entristeço e me vem uma inveja angustiante da casa alheia, de qualquer casa que não seja como esta...

— Mas aqui é tão bonito... — disse Giustino, olhando ao redor.

— Quero dizer, tão sozinha... — explicou Dora, — tão triste... Odeio a todos vocês homens, sabe? Porque para vocês seria muito mais fácil serem bons, e não são, e ainda se vangloriam. Ah, quantos homens eu vi rir de suas perfídias, Boggiolo. E ao ouvi-los também ri. Mas depois, pensando sozinha, nesta hora, que vontade, que vontade tive, muitas vezes... de matar! Vamos, vamos, vamos acender a luz, será melhor!

Girou o interruptor e saudou a luz com um profundo suspiro.

Tinha realmente empalidecido e nos olhos maquiados via-se uma espécie de véu de lágrimas.

— Não digo por você, veja bem, — acrescentou com um triste sorriso, voltando a sentar. — Você é bom, posso ver. Quer ser meu amigo sincero?

— Ficaria felicíssimo! — apressou-se em responder Giustino, um pouco comovido.

— Dê-me sua mão, — continuou Dora. — Realmente sincero? Procuro há tanto tempo alguém que seja como um irmão...

E apertava-lhe a mão.

— Sim senhora...

— Com quem eu possa falar de coração aberto...

E apertava-lhe cada vez mais a mão.

— Sim senhora...

— Ah, se você soubesse como é doloroso sentir-se sozinha, sozinha na alma, entende? Porque o corpo... Oh, só olham para meu corpo, como sou feita... as nádegas, o peito, a boca... mas não me olham nos olhos, porque se envergonham... Eu quero ser olhada nos olhos, nos olhos...

E continuava a apertar-lhe a mão.

— Sim senhora... — repetiu Giustino, olhando-a nos olhos, perdido e vermelho.

— Porque nos olhos tenho alma, alma que busca uma alma à qual se entregar e dizer que não é verdade que não acreditamos na bondade, que não somos sinceros quando rimos de tudo, quando para parecer experientes nos tornamos cínicos, Boggiolo! Boggiolo!

— O que devo fazer? — perguntou atordoado, exasperado, num estado de dar pena, Giustino Boggiolo, sob o aperto daquela mão tão frágil e ainda assim nervosa e forte.

Dora Barmis começou a rir.

— Por favor! — disse então com força Giustino para se recompor. — Se eu puder fazer alguma coisa pela senhora, estou aqui! Quer um amigo? Estou aqui, de verdade.

— Obrigada, obrigada, — respondeu Dora, levantando-se. — Desculpe-me se ri. Acredito: você é muito... oh Deus... sabia que os músculos dos quais depende o riso não obedecem à vontade, mas a certos movimentos emocionais inconscientes? Não estou acostumada com uma bondade como a sua. A vida foi má para mim e, tratando com homens maus, eu também... infelizmente... Não quero lhe fazer mal! Talvez sua bondade degenerasse... Não? Outros poderiam maliciar... E eu também, claro, falando com os outros, sabe? Sou capaz de começar a rir de ter sido tão sincera, hoje, com você... Basta, basta! Não criemos ilusões. Sabe quem me perguntou de sua esposa? A marquesa Lampugnani. Vocês foram convidados e ainda não compareceram.

— Sim senhora, amanhã à noite, sem falta, — disse Giustino Boggiolo. — Silvia não pode. Aliás, vim aqui por isto. A senhora estará amanhã, na marquesa?

— Sim, sim, — respondeu Dora. — A Lampugnani é tão boa, e se interessa tanto por sua esposa, deseja realmente vê-la. Você a obriga a uma vida muito retirada.

— Eu? — exclamou Giustino. — Eu não, senhora. Eu gostaria... Mas Silvia ainda está um pouco... não saberia como dizer...

— Não a estrague! — gritou Dora. — Deixe-a como ela é, por caridade! Não a force...

— Não, claro, — disse Giustino, — mas para saber como se comportar... entende... Vai muita gente à casa da marquesa?

— Oh, os de sempre, — respondeu a Barmis. — Talvez Gueli também esteja lá amanhã, se a Frezzi permitir, é claro.

— A Frezzi? Quem é? — perguntou Giustino.

— Uma mulher terrível, querido, — respondeu a Barmis. — Alguém que tem domínio absoluto sobre Maurizio Gueli.

— Ah, não é casado?

— Ele tem a Frezzi, o que é o mesmo, aliás, pior, pobre Gueli! Há todo um drama por baixo disso. Chega. Sua senhora gosta de música?

— Acho que sim — respondeu Giustino, embaraçado. — Não sei bem... Ouvia pouca música... lá, em Taranto. Por que, se faz muita música na casa da marquesa?

— Às vezes sim, — disse Dora. — Vai o violoncelista Begler, o Milani, o Cordova, o Furlini, e se improvisa um quarteto...

— Sim, — suspirou Giustino. — Um pouco de conhecimento de música... daquela difícil... é realmente necessário... Wagner...

— Não, Wagner com o quarteto, não! — exclamou Dora. — Tchaikovsky, Dvorak... e Glazounov, Mahler, Raff.

— Sim, — suspirou de novo Giustino. — É preciso saber tantas coisas...

— Mas não! Basta saber pronunciar os nomes, querido Boggiolo! — disse Dora, rindo. — Não se preocupe. Se eu não precisasse proteger minha reputação, escreveria um livro, que intitularia *A feira* ou *O bazar da sabedoria*... Sugira para sua esposa, Boggiolo. Estou falando sério! Posso dar-lhe todos os dados, características e documentos. Uma lista desses nomes difíceis... depois um pouco de História da Arte... — basta ler um tratadinho qualquer — um pouco de helenismo, ou melhor, de pré-helenismo, arte micênica e assim por diante, — um pouco de Nietzsche, um pouco de Bergson, algumas conferências, e acostumar-se a tomar chá, caro Boggiolo. Vocês não tomam chá, estão errados. Quem toma chá pela primeira vez, logo começa a entender muitas coisas. Querem experimentar?

— Eu já tomei algumas vezes, — disse Giustino.

— E ainda não entendeu nada?

— Se devo dizer a verdade, prefiro café...

— Querido! Mas nunca diga isto! Chá, chá, é preciso acostumar--se a tomar chá, Boggiolo! Você vai de fraque, amanhã à noite, na casa da marquesa. Os homens de fraque, as mulheres... não, algumas não usam decote.

— Queria lhe perguntar, — disse Giustino. — Porque Silvia...

— Mas claro! — interrompeu Dora, rindo forte. — Sem decote, ela, naquele estado. Nem é preciso dizer. Entendidos?

Quando, dali a pouco, Giustino Boggiolo saiu da casa de Dora Barmis, sua cabeça girava como um moinho de vento.

Há algum tempo, aproximando-se deste ou daquele literato, observava, estudava o que era preciso para fazer boa figura e como conseguiam isto, a sua preparação para a grandeza. Mas tudo lhe parecia inconsistente. A instabilidade da fama angustiava-o: parecia o hesitar suspenso de uma daquelas prateadas plumas de cardo que o mais leve sopro levava embora. A moda podia, de um instante ao outro, mandar ao sétimo céu o nome de Silvia ou jogá-lo no chão e esquecê-lo num canto escuro.

Suspeitava que Dora Barmis estivesse zombando um pouco dele, mas isto, entretanto, não o impedia de admirar o espírito endiabrado daquela mulher. Ah, como seria mais fácil sua tarefa se Silvia tivesse pelo menos um pouco daquele espírito, daqueles modos, daquela segurança. Até agora ele também tivera defeitos, reconhecia, e reconhecia, por isso, quase um direito da Barmis de zombar dele. Não lhe importava. Afinal, tinha sido uma lição. Devia aceitar as instruções e as sugestões, mesmo que a custo de suportar, no princípio, algumas humilhações. Ele tinha uma meta.

E como para aproveitar o fruto daquelas primeiras instruções, naquela noite, voltou para casa com três volumes que a esposa deveria ler:

1. – um breve compêndio ilustrado de História da Arte;
2. – um livro francês sobre Nietzsche;
3. – um livro italiano sobre Richard Wagner.

Capítulo III.

Mistress Roncella
two accounhements

1.

A criadinha abruzense[14], que sempre ria ao ver o barrete de *bersagliere* na cabeça do senhor Ippolito, entrou no gabinete para anunciar a chegada de um senhor estrangeiro, que queria falar com o senhor Giustino.

— Está no Arquivo!

— Ele perguntou se a senhora poderia recebê-lo.

— Galinha d'Angola, você não sabe que a senhora está... (e disse com as mãos como estava), então acrescentou: — Faço-o entrar. Falará comigo.

A criadinha saiu como entrara, rindo. E o senhor Ippolito murmurou, esfregando as mãos: "Deixe comigo".

Pouco depois, entrou no gabinete um senhor muito loiro, com rosto rosado de bonachão ingênuo, com engraçados olhos azuis expressivos.

Ippolito Onorio Roncella ameaçou se levantar, tomando muito cuidado com o barrete.

— Por favor, sente-se. Aqui, aqui, na poltrona. Permite-me manter o barrete? Para evitar resfriados.

Pegou o cartão que aquele senhor, um tanto perdido e desconcertado, lhe entregava e leu: C. NATHAN CROWELL.

— Inglês?

— Não, senhor, americano, — respondeu Crowell, com uma pronúncia quase cortante. — Correspondente do jornal americano *The Nation*, Nova Iorque. Senhor Bòggiolo...

— Boggiolo, desculpe.

---

[14] Natural da região do Abruzzo, centro da Itália.

— Ah! Boggiolo, obrigado. Senhor – Boggiolo – marquei entrevista – sobre – nova – grande – obra grande – escritora – italiana – Silvia – Roncella.

— Para esta manhã? — perguntou o senhor Ippolito, estendendo as mãos. (Ah, que comichão na barriga lhe dava o estilo telegráfico e a dificuldade de pronúncia daquele estrangeiro!)

O senhor Crowell levantou-se, tirou do bolso um bloco de notas e mostrou numa pagininha a anotação escrita a lápis: *Mr. Boggiolo, thursday, 23* (*morning*).

— Está bem. Não entendo, mas tanto faz, — disse o senhor Ippolito. — Fique à vontade. Meu sobrinho, como vê, não está.

— So-brinho?

— Sim senhor. Giustino Boggiolo, meu so-bri-nho... Sobrinho, sabe? Seria... *nepos*, em latim, *neveu*, em francês. Em inglês não sei... O senhor entende italiano?

— Sim, pouco, — respondeu, cada vez mais perdido e desconcertado, o senhor Crowell.

— Melhor assim, — retomou o senhor Ippolito. — Mas *sobrinho*, então, hein?... Realmente, também não entendo meu sobrinho. Deixe estar. Houve um contratempo, veja.

O senhor Crowell agitou-se um pouco na poltrona, como se certas palavras lhe fizessem mal e acreditasse que não as merecia.

— Muito bem, explico, — disse o senhor Ippolito, também agitando-se um pouco. — Giustino foi ao escritório... escri-es-cri-tó-rio, ao escritório, sim senhor (Arquivo Notarial). Foi para pedir permissão... — de novo! Vai perder o emprego, já avisei! — permissão para se ausentar, porque ontem à noite tivemos uma satisfação.

Ao ouvir isto, o senhor Crowell primeiro ficou um pouco perplexo, depois, de repente, teve um grande acesso de riso, como se finalmente tivesse entendido.

— Satisfação? — repetiu, com os olhos cheios de lágrimas. — Realmente, satisfação?

Desta vez o senhor Ippolito ficou nervoso.

— Mas não, sabe! — disse irritado. — O que o senhor entendeu? Recebemos um telegrama de Cargiore em que a senhora Velia Boggiolo, que seria a mãe de Giustino, sim senhor, avisa que deve chegar hoje. Não há nada para se ficar alegre, porque vem para assistir Silvia, minha sobrinha, que finalmente... estamos quase lá. Em poucos dias, ou menino ou menina. E todos esperamos que seja menino, porque se nasce menina e se mete a escrever, Deus nos livre e guarde, caro senhor! Entendeu?

("Garanto que não entendeu nada", murmurou, olhando-o).

O senhor Crowell sorriu.

O senhor Ippolito, então, também sorriu para o senhor Crowell. E ambos, assim sorridentes, olharam-se durante algum tempo. Que coisa bonita, não? Claro... claro...

Agora, era preciso recomeçar a conversa do início.

— Parece-me que o senhor muito, muito, não... não... conheça, é isto, italiano, — disse simploriamente o senhor Ippolito: Desculpe, par... par-to, pelo menos...

— Ah, sim, parto, certo, — afirmou Crowell.

— Deus seja louvado! — exclamou Roncella. — Então, minha sobrinha...

— Grande obra? Peça?

— Não senhor: filho. Filho de carne. Ih, como o senhor é duro de entender certas coisas! Eu quero falar com educação. A peça ela já pariu. Os ensaios começaram anteontem, no teatro. E talvez, os dois cheguem juntos, peça e filho. Dois partos... partos, sim, plural de parto... partos no sentido de... de... proc... procriar, entende?

O senhor Crowell ficou muito sério, aprumou-se, empalideceu e disse:

— Muito interessante.

E, tirando do bolso outro bloco de notas, anotou furiosamente: *Mrs. Roncella two accouchements.*

— Mas acredite, — recomeçou Ippolito Onorio Roncella, aliviado e contente, — isto é nada. Há muito mais! O senhor acha que minha sobrinha Silvia merece tanta consideração? Não digo que não, é uma grande escritora. Mas nesta casa tem alguém muito maior do que ela e que merece ser levado com maior consideração pela imprensa internacional.

— Realmente? Aqui? Nesta casa? — perguntou, arregalando os olhos, o senhor Crowell.

— Sim senhor, — respondeu Roncella. — Não sou eu, sabe! O marido, o marido de Silvia...

— Mister Bòggiolo?

— Se o senhor quer chamá-lo Bòggiolo, fique à vontade, mas já lhe disse que se chama Boggiolo. Incomensuravelmente maior. Veja, a própria Silvia, minha sobrinha, reconhece que não seria nada, ou bem pouco, sem ele.

— Muito interessante, — repetiu com o mesmo ar de antes o senhor Crowell, mas um pouco mais pálido.

E Ippolito Onorio Roncella:

— Sim senhor. E se quiser, posso falar dele até amanhã. E o senhor me agradeceria.

— Oh, sim, eu muito agradecer, senhor, — disse, levantando-se e inclinando-se várias vezes, o senhor Crowell.

— Não, quero dizer, — retomou o senhor Ippolito, — sente, sente, por favor! O senhor me agradeceria, eu dizia, porque a sua... como a chama? Entrevista, sim, sim, entrevista... a sua entrevista sairia muito mais... mais... saborosa, digamos, do que se desse notícias sobre a nova peça de Silvia. Eu pouco poderia lhe dizer, pois a literatura não é problema meu, e nunca li uma linha, se diz uma linha, de minha sobrinha. Por princípio, sabe? E um pouco também para estabelecer um certo equilíbrio salutar na família. Meu sobrinho lê muito! E se lesse apenas... Desculpe, é verdade que na América os literatos são pagos por palavra?

O senhor Crowell apressou-se em dizer que sim e acrescentou que cada palavra dos escritores mais famosos costumava receber uma lira, até duas e até duas liras e meia, na nossa moeda.

— Jesus! Jesus! — exclamou o senhor Ippolito. — Escrevo, por exemplo, *ohibò*, duas liras e cinquenta? Então, vamos ver, os americanos nunca escreveriam *quase, sim*, escreveriam sempre *quase quase, sim sim*... Agora compreendo porque aquele pobre rapaz... Ah, deve ser um martírio para ele contar todas as palavras que rabisca a esposa e pensar quanto ganharia na América. Por isso sempre diz que a Itália é um país de mendigos e analfabetos... Caro senhor, aqui as palavras são mais baratas, aliás, pode-se dizer que são a única coisa barata, por isso conversamos tanto, pode-se dizer que não fazemos outra coisa...

Quem sabe aonde chegaria o senhor Ippolito naquela manhã, se não tivesse chegado correndo Giustino Boggiolo para tirar de suas garras aquela vítima inocente.

Giustino estava sem fôlego. O rosto vermelho e suando, deu uma olhada feroz para o tio e, gaguejando em inglês, desculpou-se pelo atraso com o senhor Crowell e pediu para transferir a entrevista para a noite, porque agora ele estava com pressa: devia ir à estação para buscar a mãe, depois ao Teatro Valle, para o ensaio da peça, depois...

— Mas eu o estava recebendo! — disse o senhor Ippolito.

— O senhor deveria pelo menos fazer-me o favor de não se meter nesses assuntos, — não conseguiu deixar de responder Giustino. — Parece que faz de propósito!

Voltou-se de novo para o americano e pediu para esperá-lo por um instante. Queria ver como estava a esposa, depois sairiam juntos.

— Vai perder o emprego, vai perder o emprego, assim como Deus existe! — repetiu o senhor Ippolito, esfregando contente as mãos, assim que Giustino passou pela porta.

— Perdeu a cabeça, agora vai perder o emprego.

O senhor Crowell voltou a sorrir.

No Arquivo, Giustino realmente brigara com o chefe-arquivista, que não queria lhe conceder ausentar-se também pela manhã, depois de ter obtido por vários dias seguidos a licença de não voltar ao escritório à tarde para poder assistir aos ensaios. — É demais, — dissera, — demais, caro senhor Roncello!

— *Roncello?* — exclamara Giustino.

Ele ignorava que no Arquivo todos os companheiros de trabalho o chamavam assim, quase sem perceber.

— Boggiolo, sim... desculpe, Boggiolo, — refizera-se logo o chefe-arquivista. — Confundi com o nome de sua ilustre senhora. O que me parece naturalíssimo.

— Como!

— Não leve a mal e permita que eu lhe diga paternalmente: o senhor mesmo, *cavaliere* Boggiolo, parece que faz de tudo para... sim, para se submeter à sua esposa. O senhor seria um bom empregado, atento, inteligente... mas, devo dizer? Muito... muito pela esposa, é isso.

— Silvia Roncella é minha esposa, — murmurara Giustino.

E o chefe-arquivista:

— Muito prazer! Minha esposa é dona Rosolina Caruso! O senhor precisa entender que não é uma boa razão para que eu não faça aqui o meu dever. Por esta manhã, está bem. Mas pense no que eu disse.

Livrando-se ao pé da escada do senhor Crowell, Giustino Boggiolo, muito chateado com todas aquelas pequenas e vulgares contrariedades, às vésperas da grande batalha, dirigiu-se quase correndo à estação, mas mantendo um livro aberto sob os olhos: a gramática inglesa.

Depois de passar pela ladeira de Santa Susanna, enfiou o livro debaixo do braço. Olhou o relógio, tirou do bolso do colete uma lira e colocou-a imediatamente num porta-moedas que trazia no bolso de trás das calças. Depois, pegou o bloco de notas e escreveu com lápis:

Coche estação... L. 1,00

Tinha-a economizado. Em cinco minutos chegaria à estação, em tempo para o trem que chegava de Turim. Estava, sim, acalorado e arfante, mas ... — uma lira é sempre uma lira.

A quem tivesse a ligeireza de acusá-lo de avarento, Giustino Boggiolo poderia mostrar um pouco do que estava naquele bloco, onde estavam as provas mais evidentes não apenas de que ele fosse esplêndido nas intenções, mas também da generosidade de seus sentimentos e da nobreza de seus pensamentos, da amplitude de sua visão, além da inclinação que tinha — muito deplorável — para gastar.

De fato, naquele bloco estava anotado todo o dinheiro que ele teria gasto se fosse desorganizado. Algumas daquelas cifras representavam a luta de dias inteiros consigo mesmo, penosos sofismas, um virar e revirar infinito de razões contrárias e cálculos de oportunidade muito sutis: subscrições públicas, festas beneficentes por calamidades locais ou nacionais, às quais, com engenhosos subterfúgios, sem fazer má figura, *não* participara; elegantíssimos chapeuzinhos para a esposa, de trinta e cinco, de quarenta liras cada um, que *nunca* comprara; ingressos de teatro de vinte liras para representações extraordinárias, a que *nunca* havia assistido; e ainda... e ainda quantas despesinhas diárias, registradas ali como testemunhos, pelo menos, de seu bom coração! Via, por exemplo, indo ou voltando do trabalho, um pobre cego, que realmente dava pena? Mas ele, antes de qualquer outro passante, apiedava-se, ficava considerando de longe a miséria daquele infeliz, e dizia a si mesmo:

"Quem não lhe daria dois tostões?".

Muitas vezes os tirava realmente do porta-moedas do colete, e estava quase para se aproximar e entregá-las, quando um pensamento angustioso, depois outro e depois muitos, faziam-no levantar as sobrancelhas, respirar fundo, baixar a mão e levá-las bem devagar ao porta-moedas das calças, e então marcar no bloco com um suspiro: *Esmola, zero liras, dez centavos.* Porque uma coisa é o bom coração, outra a moeda; tirano o bom coração, mais tirana a moeda; e é mais difícil não dar, do que dar, quando não se pode.

Já, já a família começaria a crescer e quem carregava o peso? Pois bem, como cavalheiro, não podia se conceder mais do que a satisfação de ter tido naquele um desejo gentil, uma intenção generosa, o impulso de socorrer a miséria humana.

2.

Não via a mãe há mais de quatro anos, ou seja, desde que o haviam jogado em Taranto. Quantas coisas aconteceram naqueles quatro anos, e como se sentia mudado, agora que a iminente chegada da mãe recordava-o da vida que vivera com ela, dos simples e santos cuidados rigorosamente protegidos, dos modestos pensamentos, dos quais muitos acontecimentos imprevistos tinham-no separado e afastado!

Aquela vida calma e solitária, entre as neves e o verde dos campos sonoros de água, entre as castanheiras do seu Cargiore resguardado pelo burburinho perene do Sangone, esses cuidados, esses pensamentos ele abraçaria em breve em sua mãe, mas com um penoso desgosto interno, com uma consciência intranquila.

Ao se casar, ele escondera da mãe que Silvia fosse uma literata. Nas cartas, falara-lhe muito das qualidades dela, que para a mãe seriam bem aceitas, verdadeiras, portanto, mas justamente por isso sentia o desgosto mais espinhoso, porque ele mesmo induzira a esposa a descuidar dessas qualidades. Se agora Silvia, do livro principiava um salto para o palco, fora ele quem a incentivara. A mãe logo perceberia isso, ao encontrar Silvia abandonada e desejosa apenas dos cuidados maternos, muito distante de qualquer pensamento que não fosse o seu estado digno de compaixão, enquanto ele, lá, entre os atores, estava em meio às preocupações de uma primeira representação.

Não era mais um garoto, é verdade, devia pensar com a própria cabeça, e não via nada de mal no que fazia. Entretanto, como bom filho que sempre fora, obediente e submisso, inclinado aos desejos, ao modo de pensar e sentir de sua boa mãe, preocupava-se em não ter a aprovação dela, de fazer algo que, certamente, lhe desagradaria, e muito. Perturbava-se ainda mais ao prever que sua santa velhinha, que vinha por amor de tão longe para ajudar a nora, não lhe manifestaria de forma nenhuma a sua reprovação, nem faria a mínima reprovação.

Muita gente esperava com ele o trem de Turim, já atrasado. Para se livrar daqueles pensamentos ruins ele se esforçava em prestar atenção à gramática inglesa, andando para cima e para baixo na plataforma, mas a cada apito de trem voltava-se ou parava.

Finalmente foi dado o sinal de chegada. As numerosas pessoas que esperavam se aproximaram, com os olhos no comboio que entrava fumegando e estrepitoso na estação. Abriram-se as primeiras portas, as pessoas acorreram com ansiedade, procurando de um carro a outro.

— Ali está! — disse Giustino, animando-se e abrindo espaço na multidão, para alcançar um dos últimos carros de segunda classe, de onde saíra, com ar de perdida, a cabeça de uma velhinha pálida, vestida de preto. — Mamãe! Mamãe!

Ela se virou, levantou a mão e lhe sorriu com olhos negros, intensos, cuja vivacidade contrastava com a palidez do rosto já murcho pelos anos.

Na alegria de rever o filho a pequena senhora Velia procurou um refúgio do aturdimento que a havia oprimido durante a longa viagem e das tantas e novas impressões que haviam tumultuadamente investido sua alma cansada, fechada e restrita há anos e anos nas habituais relações de sua pequena e tímida vida.

Estava atordoada e respondia por monossílabos. Parecia que seu filho era outro, no meio de tanta gente e tanta confusão. Até o som da voz, o olhar, o jeito do rosto pareciam ter mudado. Giustino tinha a mesma impressão ao ver a mãe. Ambos sentiam que algo entre eles tinha se afrouxado, separado: a intimidade natural, que antes os impedia de ver-se assim como se viam agora, não mais como apenas um ser, mas dois, não diferentes, mas separados. Ele não se nutrira, longe dela — pensava a mãe — de uma vida que ela não conhecia? Não tinha agora outra mulher a seu lado, que ela não conhecia e que certamente devia ser mais querida do que ela? Todavia, quando viu-se só, finalmente, com ele no carro, e viu salvos a valise e a sacola que trouxera, sentiu-se aliviada e confortada.

— Sua esposa? — perguntou, mostrando no tom da voz e no olhar, que estava assustada.

— Está esperando ansiosa, — respondeu Giustino. — Sofre muito...

— Pobrezinha... — suspirou a senhora Velia, fechando os olhos. — Mas tenho medo que eu possa fazer... fazer pouco... porque talvez para ela... não serei...

— Qual nada! — interrompeu Giustino. — Não coloque essas prevenções na cabeça, mamãe! Você vai ver como ela é boa...

— Acredito, bem sei, — apressou-se em dizer a senhora Velia.

— Digo por mim...

— Por que você imagina que alguém que escreve, — acrescentou Giustino — deva ser forçosamente uma... uma pessoa mimada? Orgulhosa?... De jeito nenhum! Você vai ver. Muito... muito modesta, aliás... É o meu desespero! E depois, sim, naquele estado... Vamos, vamos, mãezinha, ela é como você, sabe? Sem diferença...

A velhinha aprovou com a cabeça. Aquelas palavras feriram seu coração. Ela era a mãe e outra mulher, agora, para o filho era *como ela, sem diferença...* Mas aprovou, aprovou com a cabeça.

— Eu faço tudo! — continuou Giustino. — Eu trato dos negócios. De resto, em Roma, mamãe... Qual! Tudo o dobro... você nem pode imaginar! Se eu não ajudar de todas as maneiras... Ela trabalha em casa, eu faço render seu trabalho fora...

— E... rende, rende? — perguntou timidamente a mãe, tentando aplacar a intensidade de seu olhar.

— Porque sou eu que faço render! — respondeu Giustino. — Trabalho meu, é claro! Sou eu... tudo trabalho meu... O que ela faz... sim, nada, seria nada... porque a coisa... a... a literatura, entende? É uma coisa que... você pode fazer ou não fazer, depende do dia... Hoje você tem uma ideia, sabe escrevê-la e a escreve... O que custa? Não custa nada! Por si só, a literatura é nada, não dá, não renderia, se não fosse... se não fosse... se não fosse eu! Eu faço tudo. E se agora ela é conhecida na Itália...

— Muito bem, muito bem... — tratou de interrompê-lo a senhora Velia, depois arriscou: — Também é conhecida lá pelos nossos lados?

— Até fora da Itália! — exclamou Giustino. — Trato com a França! Com a França, com a Alemanha, com a Espanha. Agora começo com a Inglaterra! Vê? Estou estudando inglês. A Inglaterra é coisa séria! Sabe quanto no ano passado? Oito mil, quinhentos e quarenta e cinco liras, entre originais e traduções. Mais com as traduções.

— Quanto! — exclamou a senhora Velia, recaindo na consternação.

— Isso não é nada! — riu desdenhosamente Giustino. — Me faz rir... Se você soubesse quanto se ganha na América, na Inglaterra! Cem mil liras, como se fosse nada. Mas este ano, quem sabe!

Em vez de se acalmar, sentia-se agora levado a exagerar por uma irritação que ele fingia ser causada pela angústia mental da mãe, enquanto, no fundo, era causada pelo seu desconforto interno, pelo seu remorso.

A mãe olhou para ele e logo baixou os olhos.

Ah, pobre filho, como estava tomado pelas ideias da esposa! Que ganhos sonhava! Não tinha lhe perguntado nada sobre a cidade deles, apenas um pouco sobre sua saúde e se tinha viajado bem. Suspirou e disse, voltando de longe:

— Graziella manda lembranças, sabe?

— Ah, que bom! — exclamou Giustino. — Minha babá está bem?

— Está começando a ficar tonta como eu, — respondeu a mãe. — Mas, você sabe, é de confiança. O Prever também manda lembranças.

— Sempre maluco? — perguntou Giustino.

— Sempre, — fez a velhinha, sorrindo.

— Ainda quer casar com você?

A senhora Velia abanou a mão, como se espantasse uma mosca, sorriu e repetiu:

— Maluco... maluco... Já nevou em Cargiore, sabe? Na Roccia Vrè e no Rubinett!

— Se tudo andar bem, — disse Giustino, — depois do parto, quem sabe Silvia não vai com você para Cargiore, por alguns meses...

— Lá, com neve? — perguntou, assustada, a mãe.

— Claro! — exclamou Giustino. — Ela vai gostar, nunca viu neve! Talvez eu tenha que viajar a trabalho... Tomara! Depois falaremos melhor disso. Você vai ver como logo se dará bem com Silvia que, pobrezinha, cresceu sem mãe...

3.

Foi realmente assim.

Assim que se viram, a senhora Velia leu nos olhos tristes de Silvia o desejo de ser amada como uma filha, e Silvia nos olhos dela o temor e a pena de não dar conta, com seu afeto simples, da tarefa para qual o filho a chamara. Imediatamente, ambas apressaram-se em satisfazer aquele desejo e desfazer aquele temor.

— Eu a imaginara exatamente assim! — disse Silvia, com os olhos repletos de afetuosa e terna reverência. — É estranho!... Parece que sempre a conheci...

— Não tenho nada aqui! — respondeu a senhora Velia, levando a mão à testa. — Mas no coração sim, quanto você quiser, filha...

— Viva o pão caseiro! — exclamou senhor Ippolito, contente em ver finalmente uma brava mulherzinha à antiga. — Coração, coração, sim, a senhora disse bem! É preciso coração, maldita seja a cabeça! A senhora que é mãe, faça o milagre! Tire o fole das mãos de seu filho!

— O fole? — perguntou à senhora Velia, sem compreender e olhando para as mãos de Giustino.

— O fole, sim senhora, — respondeu o senhor Ippolito. — Um certo folezinho, que ele enfia no buraco da orelha desta pobre moça, e sopra e sopra e sopra, até a cabeça ficar grande assim!

— Pobre Giustino! — exclamou Silvia com um sorriso, dirigindo-se para a sogra. — Não lhe dê bola, sabe?

Giustino chiava como uma lesma no fogo.

— Deixe para lá, que a senhora me compreende! — recomeçou o tio Ippolito. — Sorte que esta bobona, minha senhora, não sai voando! Ela também tem coração, e sólido, sabe? Senão, a esta hora... O cérebro, um balão... voando entre as nuvens... se não tivesse um pouco de lastro aqui, no cesto do coração... Eu não escrevo, fique tranquila. Falo bem quando quero e minha sobrinha rouba minhas imagens... Tudo bobagens!

E, dando de ombros, foi fumar no gabinete.

— Um pouco maluco, mas bom, — disse Silvia para acalmar a velhinha atordoada. — Não pode suportar que Giustino...

— Já contei para mamãe! — interrompeu-a ele, irritado. — Eu faço tudo. Ele fuma, e eu penso em ganhar dinheiro! Estamos em Roma. Ouça, Silvia: agora mamãe se põe à vontade e depois almoça. Preciso ir correndo ao ensaio. Você sabe que tenho os minutos contados. Ah, a propósito, queria lhe dizer que a Carmi...

— Oh Deus, não, Giustino! — pediu Silvia. — Não me diga nada hoje, por caridade!

— E dois! E três! — prorrompeu Giustino, perdendo finalmente a paciência. — Tudo em cima de mim! Está bem... Preciso lhe dizer, minha querida! Você poderia se livrar da chatice de uma vez só, recebendo a Carmi.

— Mas como? Neste estado? — perguntou Silvia. — Diga a ele, mamãe...

— O que você quer que a mamãe saiba! — exclamou Giustino, cada vez mais irritado. — Qual o problema? A Carmi também não é uma mulher? Tem marido e também teve filhos. Uma atriz... É lógico! Se a peça deve ser representada, é preciso ter atrizes! Você não pode ir ao teatro para assistir aos ensaios. Eu vou, já pensei em tudo. Você precisa entender que se ela quer um esclarecimento sobre o papel que deve representar, é necessário que pergunte a você. Recebê-la, não senhor! Falar comigo, também não! O que devo fazer?

— Depois, depois, — disse Silvia, para cortar a conversa. — Deixe-me atender a mamãe agora.

Giustino saiu irritado.

Estava tão tomado e inflamado pela iminente batalha, que não via a perturbação da esposa, toda vez que falavam da peça.

Era mesmo um deplorável contratempo que *A nova colônia* tivesse que ser encenada enquanto Silvia estava naquele estado.

Giustino tinha se enganado no cômputo dos meses, calculara que em outubro a esposa estaria livre, no entanto...

A Companhia Carmi-Revelli, escriturada no Teatro Valle justamente para aquele mês, contava principalmente com *A nova colônia*, da qual adquirira a primazia há muitos meses.

O *cavaliere* Claudio Revelli, diretor e ensaiador, detestava cordialmente, como todos os seus colegas diretores e *cavalieri*[15] ensaiadores, as peças italianas, mas Giustino Boggiolo naqueles meses de preparação, ajudado por todos que, em compensação, gostavam

---

15 *Cavalieri*: plural de *cavaliere*. Ver nota 6.

da peça, soubera fazer tanto barulho em torno dela, que esta já era esperada como um autêntico acontecimento de arte e prometia render quase tanto quanto uma grosseira farsazinha parisiense. Por isso, Revelli acreditou poder se render, daquela vez, às ardentes e ávidas vontades de sua sócia e primeira atriz da Companhia, a senhora Laura Carmi, que ostentava uma fervorosa predileção pelos escritores de teatro italianos e um profundo desprezo por todas as mesquinharias do palco. Não quis saber de transferir a primeira representação da peça para novembro seguinte, em Nápoles, porque perderia, fazendo isto, não só a prioridade, mas também a "praça" de Roma, já que outra Companhia, que agora se apresentava em Bolonha e esperava o resultado de Roma para encenar lá a peça, assumiria a peça e ofereceria a estreia ao público bolonhês e depois, em dezembro, a apresentaria em Roma.

Assim sendo, Giustino não podia mesmo poupar a esposa dessas inquietações.

Silvia sofrera muitíssimo durante o verão. A senhora Ely Faciolli pedira muito que fossem juntas passar uma temporada em Catino, perto de Farfa. De lá, enviara muitas cartas e cartões postais com calorosos convites, mas ela não só não quisera sair de Roma, como também não quisera sair de casa, sentindo aversão e quase vergonha de sua deformidade, parecendo ver nela uma zombaria da natureza — indecorosa e cruel.

— Você tem razão, filha! — dizia tio Ippolito. — A natureza é muito mais gentil com as galinhas. Um ovo e o calor materno.

— Pois é! — resmungava Giustino. — Deve nascer um pintinho...

— E da jumenta, meu caro! — respondia o senhor Ippolito, — deve nascer um homem? Tratar uma mulher como jumenta lhe parece gentil?

Silvia sorria palidamente. Ainda bem que havia o tio em casa, que de tempos em tempos, com aqueles foguetes, sacudia-a do torpor, do atordoamento em que se sentia cair.

Sob o peso de uma realidade tão opressiva, ela sentia, naqueles dias, um desgosto profundo de tudo que, no campo da arte como na vida, é necessariamente convencional. Inclusive seus trabalhos, frequentemente violentados por invasões imprevistas de vida, quase lufadas de vento e ondas impetuosas, invasões contrárias à lógica de sua própria concepção, pareciam falsos e a desgostavam.

E a peça?

Esforçava-se por não pensar nisso, para não se agitar. A crueza de certas cenas, porém, a assaltava de vez em quando e lhe tirava o fôlego! Parecia monstruosa, agora, aquela peça.

Imaginara uma ilhazinha do mar Jônico, muito fértil, antes uma colônia penal, abandonada depois de um terremoto que reduzira a um monte de ruínas a cidadezinha ali existente. Desobstruída pelos poucos sobreviventes, ficara deserta por anos, destinada provavelmente a desaparecer, um dia, sob as águas.

Ali se desenvolvia a peça.

Uma primeira colônia de marinheiros de Otranto, rústicos, primitivos, foi aninhar-se às escondidas entre as ruínas, apesar da terrível ameaça iminente. Eles vivem lá, fora de qualquer lei, quase fora do tempo. Entre eles, apenas uma mulher, a Spera, mulher vulgar, mas agora, ali, reverenciada como uma rainha, venerada como uma santa, e protegida ferozmente pelo homem que a levara para lá: um tal de Currao, que se tornara, apenas por isso, chefe da colônia. Mas Currao também é o mais forte e domina todos, mantém consigo a mulher, que naquela vida nova tornou-se outra, readquiriu as virtudes originais, custodia o fogo para todos, é a despenseira de todos os confortos familiares, e deu um filho para Currao, que ele adora.

Mas um dia, um daqueles marinheiros, o rival mais encarniçado de Currao, surpreendido por ele no ato de assediar com violência a mulher, e subjugado, desaparece da ilha. Talvez tenha se lançado ao mar com uma tábua, talvez tenha alcançado a nado algum navio que passava distante.

Dali a algum tempo, uma nova colônia desembarca na ilha, guiada pelo fugitivo, formada por outros marinheiros que trazem consigo suas mulheres: mães, esposas, filhas e irmãs. Quando os homens da primeira colônia, sob o comando de Currao, percebem isto, param de hostilizar os recém-chegados. Currao fica só, perde de repente toda a autoridade, a Spera logo volta a ser, para todos, o que era antes. Mas ela sente mais por ele do que por ela mesmo. Percebe que ele, antes tão orgulhoso dela, agora tem vergonha, e aguenta em paz o desprezo. Ao final, a Spera nota que Currao, para se levantar perante si mesmo e os outros, pensa em abandoná-la. Zombando dela, alguns jovens marinheiros, os mesmos que já em vão suspiraram por ela, vêm lhe dizer que ele não se preocupa mais em protegê-la porque passou a proteger Mita, filha de um velho marinheiro, Patrão Dodo, que é uma espécie de chefe da nova colônia. Spera sabe, e agora se agarra ao filho, com a esperança de deter o homem que foge. Mas o velho Patrão Dodo, para consentir no casamento, exige que Currao fique com a criança. Spera pede, suplica, solicita aos outros que intervenham. Ninguém quer lhe escutar. Ela, então, vai suplicar ao velho e à noiva, mas ela demonstra estar contente que o filho fique com o pai e garante que tratará bem a criança. Desesperada, a mulher, para não abandonar o filho e para atingir o coração do homem que a abandonara, num ímpeto de ira furiosa, abraça a criança e naquele terrível abraço, rugindo, o sufoca. Depois daquele rugido, cai uma grande pedra e depois outra, lugubremente, no horrível silêncio que se segue ao crime, e outros gritos distantes se elevam da ilha. Spera mora no topo de um morro, nas ruínas de uma casa desmoronada no tempo do primeiro desastre. Ela não tem certeza se, com seu rugido, fez rolar as pedras e causou os outros gritos de horror. Mas não, não, é a terra! É a terra! — Levanta-se de um salto, surgem aos berros, transtornados pelo terror, alguns fugitivos, sobreviventes da ruína total. A terra se abriu! A terra afundou! Spera ouve chamarem-na, ouve chamarem o filho com gritos lancinantes, da encosta do morro. Acorre, vacilando, com os outros, olha horripilada lá de cima e, por entre os clamores que vêm debaixo, grita:

— Abriu sob seus pés? Engoliu você pela metade? O filho? Matei-o com minhas mãos... Morre, morre danado!

Que impressão causaria esta peça? Silvia fechava os olhos, via num clarão a sala do teatro, o público diante de sua obra, e se aterrorizava. Não! Não! Ela escrevera para si! Ao escrever não pensara minimamente no público que agora veria, ouviria, julgaria. Os personagens, as cenas, ela via no papel, como escrevera, traduzindo com a máxima fidelidade a visão interna. Agora, do papel, como saltariam vivos para a cena? Com qual voz? Com quais gestos? Que efeito teriam aquelas palavras vivas, aqueles movimentos reais, sobre as tábuas do palco, nas coxias de papel, numa realidade fictícia e postiça?

— Venha ver, — aconselhava Giustino. — Não é preciso nem que você suba ao palco. Pode assistir aos ensaios das poltronas, de um camarote. Ninguém poderia julgar melhor do que você, aconselhar, sugerir.

Silvia era tentada a ir, mas depois, na hora, sentia faltarem-lhe o ânimo e as forças, tinha medo de que a excessiva emoção fizesse mal àquele outro ser, que já vivia dentro dela. E depois, como apresentar-se naquele estado? Como falar com os atores? Não, não, quem sabe que martírio seria para ela!

— Como eles estão? — perguntava ao marido. — Você acha que entendem seus papéis?

Giustino, voltando dos ensaios, com os olhos brilhantes e o rosto pintado de vermelho, como se lhe tivessem dado beliscões, bufava, levantando as mãos com irritação:

— Não se entende nada!

Giustino estava profundamente desanimado. O palco escuro, cheirando a mofo e pó molhado; os maquinistas que martelavam no cenário, montando-o para a representação da noite; todas as fofocas, mesquinharias, falta de vontade e preguiça dos atores espalhados em grupinhos aqui e ali; o ponto no poço com o gorro na cabeça e o *script* à frente, cheio de cortes e anotações; o diretor, sempre sisudo e grosseiro, sentado ao lado do buraco; o copista numa mesinha com os papéis; o roupeiro ocupado entre os baús, todo suado e bufante, haviam-lhe causado um desengano cruel, que o exasperava.

Fizera vir de Taranto várias fotografias de marinheiros e populares da Terra de Otranto, para os figurinos, e também roupas, xales e barretes, para modelo. O vestuário, em sua maior parte, fizera muito efeito, mas algumas estúpidas atrizes secundárias disseram não querer se fantasiar de mendigas. Revelli, para os cenários, todos ao ar livre, "selvagens" como ele dizia, queria economizar. E Laura Carmi, a primeira atriz, fingia-se indignada. Somente ela, a Carmi, era de algum conforto para Giustino: quisera ler os *Albatrozes* e *A casa dos anões*, para começar mais preparada — dissera — na ficção da peça, e se declarava entusiasmada com o papel de Spera: faria uma "criação"! Mas ainda não sabia nenhuma palavra do seu papel, passava diante do buraco do ponto e repetia mecanicamente, como todos os outros, as frases que ele, gritando e dando as indicações segundo as rubricas, lia no *script*. Somente o ator Adolfo Grimi começava a dar algum relevo, alguma expressão ao papel do velho Patrão Dodo e Revelli ao de Currao, mas, para Giustino, ambos carregavam um pouco demais. Grimi até parecia um barítono. Confidencialmente e com elegância, Giustino falara com ele, mas não se arriscava a falar com Revelli, e se consumia por dentro. Gostaria de perguntar a eles como fariam este gesto, como diriam aquela frase. No terceiro ou quarto ensaio, Revelli, picado pelo entusiasmo ostentado pela Carmi, começara a interromper a todos, de tempos em tempos, e grosseiramente. Muitas vezes, interrompia por nada, na melhor parte, quando Giustino sentia que tudo andava bem e a cena começava a aquecer, a assumir vida, vencendo aos poucos a indiferença dos atores e obrigando-os a colorir a voz e a fazer os primeiros gestos. A Grassi, por exemplo, que fazia o papel de Mira, por causa de uma grosseria de Revelli, quase começara a chorar. Por Deus! Ao menos com as mulheres ele deveria ser um pouco mais gentil! Giustino desdobrara-se para consolá-la.

Giustino não percebia que, no palco, muitos atores, e principalmente Grimi, caçoavam dele. Chegavam até, quando Revelli não estava, a fazê-lo tentar as "falas" mais difíceis da peça.

— Como o senhor diria isto? E isto? Vamos ver.

E ele o fazia imediatamente! Sabia, sabia muito bem que diria mal, não levava a sério os aplausos e os gritos de admiração daqueles gozadores desmiolados, mas ao menos fizera ver a eles a intenção da esposa ao escrever aquelas... como se chamavam? Ah, sim, falas... aquelas falas, certo.

Tentava entusiasmá-los de todas as maneiras, tê-los como cooperadores amorosos daquele supremo e decisivo empreendimento. Parecia-lhe que alguns atores estivessem um pouco assustados pela ousadia de certas cenas, pela violência de certas situações. Ele mesmo, para dizer a verdade, não estava tranquilo em mais de um ponto, e algumas vezes também era assaltado pelo espanto, olhando do palco a sala do teatro, todas aquelas filas de poltronas e cadeiras ali dispostas, à espera, a organização dos camarotes, todos aqueles vãos escuros, aquelas bocas de sombra, ao redor, ameaçadoras. E as coxias desmontadas, os cenários pela metade, a desordem do palco, naquela penumbra úmida e poeirenta, as conversas paralelas dos atores que terminavam de ensaiar alguma cena e não prestavam atenção aos companheiros que ensaiavam, as irritações de Revelli, a voz enfadonha do ponto, desconcertavam-no, tumultuavam-lhe o ânimo, impediam-no de ter uma ideia do que seria, dali a poucas noites, o espetáculo.

Laura Carmi vinha sacudi-lo daqueles repentinos abatimentos.

— Boggiolo, então, não estamos alegres?

— Minha senhora... — suspirava Giustino, abrindo os braços, respirando com prazer o perfume da elegantíssima atriz de formas provocantes, de expressão voluptuosa, apesar de ter o rosto quase totalmente refeito artificialmente, os olhos alongados, as pálpebras enegrecidas, os lábios pintados, e debaixo de tanta maquiagem era possível ver os estragos e o cansaço.

— Vamos, meu caro! Será um grande sucesso, você vai ver!

— A senhora acha?

— Sem dúvida! Novidade, força, poesia: tem tudo! E não existe *teatro*, — acrescentava com uma careta de desgosto. — Nem personagens, nem estilo, nem ação, *qui sentent le "théâtre".* Entende?

Giustino se reconfortava.

— Escute, senhora Carmi: a senhora poderia me fazer um favor, gostaria de ouvir o rugido de Spera no último ato, quando sufoca o filho.

— Ah, impossível, meu caro! Isto deve surgir no momento certo. Está brincando? Acabaria com a minha garganta... Além disso, se o ouço uma vez, mesmo feito por mim, adeus! Copio na representação. Eu ficaria gelada. Não, não! Deve surgir no momento certo. Ah, sublime, aquele abraço! Ira de amor e ódio ao mesmo tempo. A Spera, entende? É como se ela quisesse fazer voltar ao seu ventre o filho que querem arrancar de seus braços, e o estrangula! Você vai ver! Vai ouvir!

— Será o seu filho? — perguntava, exultante, Giustino.

— Não, estrangulo o filho de Grimi, — respondia a Carmi. — Meu filho, caro Boggiolo, pela sua regra, nunca colocará os pés num palco!

Ao terminar o ensaio, Giustino Boggiolo corria para as redações dos jornais, para encontrar, aqui Lampini, *Ciceroncino*, lá Centanni ou Federici ou Mola, com os quais fizera amizade e por meio dos quais já conhecera quase todos os jornalistas ditos militantes da capital. Inclusive eles, é verdade, zombavam dele abertamente, mas ele não se importava, visava sua meta. Casimiro Luna soubera que no Arquivo Notarial modificavam seu nome. Indignidade! Deve-se respeitar os sobrenomes, não se mexe nos sobrenomes! E abriu uma subscrição com os colegas, de dez centavos cada um, para presentear Boggiolo com cem cartões de visita impressos assim:

```
┌─────────────────────────────┐
│                             │
│    GIUSTINO RONCELLA        │
│       antes Boggiolo        │
│                             │
└─────────────────────────────┘
```

Sim, sim, muito bem. Mas ele, enquanto isso, conseguira um brilhante artigo de Casimiro Luna sobre toda a obra da esposa, e também fizera com que todos os jornais criassem no público uma viva expectativa pela nova peça *A nova colônia*, provocando curiosidade com "entrevistas" e "indiscrições".

À noite, voltava para casa morto de cansado e transtornado. Sua velha mãe não o reconhecia mais, mas ele já não era mais capaz de notar nem o espanto dela, nem o ar de troça do tio Ippolito, assim como não notava a agitação que causava à esposa. Relatava-lhe o andamento dos ensaios e o que se dizia na redação dos jornais.

— A Carmi é grande! E a pequena Grassi, no papel de Mita, se você a visse: um amor! Já colocaram nas ruas os primeiros cartazes. Esta noite começa a reserva de lugares. É um autêntico acontecimento, sabe? Dizem que virão os maiores críticos teatrais de Milão, Turim, Florença, Nápoles e Bolonha...

Na noite anterior à estreia, ele voltou para casa inebriado. Trazia três notícias: duas luminosas como o sol, a outra negra, viscosa e venenosa como uma serpente. O teatro, tudo vendido por três noites; o ensaio geral, saiu maravilhosamente; os jornalistas mais próximos e alguns literatos que assistiram, ficaram espantados, de boca aberta. Somente Betti, Riccardo Betti, aquele imbecil frio afetado, ousara dizer nada menos que *A nova colônia* era "a *Medeia* traduzida em tarantino[16]".

— A Medeia? — perguntou Silvia, confusa, atordoada.

Ela não sabia nada, nada mesmo, da famosa maga da Cólquida. Sim, lera algumas vezes aquele nome, mas realmente ignorava quem era Medeia, o que tivesse feito.

— Eu disse! Eu disse! — gritou Giustino. — Não consegui me conter... Talvez tenha feito mal. Na verdade, a Barmis, que estava ali presente, não queria que eu dissesse. Medeia qual nada! Eurípides qual nada! Por curiosidade, amanhã de manhã, assim que a senhora Faciolli chegar de Catino, peça emprestada esta maldita *Medeia*: dizem que é uma tragédia do... do... coiso... que eu disse antes... Estude,

---

[16] Dialeto de Taranto, cidade do sul da Itália na região da Puglia.

estude essas benditas coisas gregas, mice... não sei como as chamam... micenáticas... estude! Estão na moda! Você entende que com uma frase como esta podem lhe derrubar? *A Medeia traduzida em tarantino...* Isto basta! São tantos imbecis que não entendem nada, piores do que eu! Agora eu os conheço... ah, se conheço!

Depois do jantar, a senhora Velia, muito preocupada com o estado de Silvia nos últimos dias, forçou-a amorosamente a sair de casa com o marido. Já era tarde, e ninguém a veria. Uma caminhada devagar lhe faria bem: ela nunca deveria ter descuidado, em todos aqueles meses, de um pouco de movimento.

Silvia deixou-se convencer, mas quando Giustino, numa esquina, sob a trêmula luz amarelada de um lampião, mostrou-lhe o cartaz do Teatro Valle, que trazia em grandes letras o título da peça, o nome dela e depois do elenco, e embaixo, bem distinto, a palavra *novíssimo*, sentiu-se sem forças, teve uma vertigem e apoiou a fronte pálida, gélida, no ombro dele:

— Se eu morresse? — murmurou.

4.

Giustino Boggiolo chegou tarde ao teatro. Desta vez de coche, a trote, em brasas, como se tivesse febre, e transtornado.

Desde a pracinha de Santo Eustáquio a rua estava engarrafada, obstruída pelos coches, entre os quais pessoas se enfiavam impacientes e agitadas. Para não ficar ali fazendo fila, Giustino pagou a corrida, deslizou entre os veículos e a multidão. Na acanhada fachada do teatro, as grandes lâmpadas elétricas vibravam, zumbiam, como se participassem da efervescência daquela noite extraordinária.

Attilio Raceni estava na entrada.

— Então?

— Deixe-me em paz! — bufou Giustino, com um gesto desesperado.

— Está na hora! As dores. Deixei-a com dores!

— Santo Deus! — fez Raceni. — Era de se esperar... A emoção...

— É um inferno! Não é um inferno? — replicou Giustino, fortemente irritado, revirando os olhos e tentando chegar à bilheteria, na frente da qual as pessoas se aglomeravam para comprar ingressos.

Colocou-se na ponta dos pés para ver o cartazinho afixado na janela da bilheteria: — *Esgotado*.

Um senhor, com pressa, empurrou-o.

— Desculpe...

— De nada... Mas é inútil. Não tem mais lugares. Está esgotado. Volte amanhã. Tem outra sessão.

— Venha, venha, Boggiolo! — chamou Raceni. — É melhor que o vejam no palco.

— *Dois... quatro... um... dois... um... três...* — gritavam na entrada os porteiros em librés de gala, pegando os ingressos.

— Onde toda esta gente vai se enfiar? — perguntou Giustino incomodado. — Quantos ingressos foram emitidos? Eu deveria ter chegado mais cedo... Mas quando o diabo mostra o rabo! Estou preocupado, acredite, estou mesmo preocupado... tenho um mau pressentimento...

— Não diga isto! — advertiu Raceni.

— Por Silvia, digo por Silvia! — explicou Giustino. — Não pela peça... Eu a deixei muito, muito mal... Tomara que tudo dê certo... mas tenho medo que... E depois, veja, toda esta gente... onde vai se enfiar? Ficará mal acomodada, ficará impaciente, turbulenta... Já que paga e quer aproveitar... Poderiam ter vindo na segunda sessão! Vamos, vamos...

Todo o teatro ressoava com um burburinho variado, confuso, como uma gigantesca colmeia. Como saciar a avidez de divertimento, a curiosidade, os gostos, a expectativa de todo aquele povo, que já pela própria aglomeração estava alçado a uma vida diferente da comum, mais vasta, mais quente, mais sólida?

Giustino sentiu um espanto angustiante ao olhar, pela entrada da plateia, a sala regurgitando de espectadores. O rosto, habitualmente corado, tornara-se vermelho.

No palco iluminado apenas por algumas lampadinhas elétricas acesas atrás do pano de fundo, os maquinistas e o contrarregras davam os últimos retoques no cenário, enquanto, com miados lamentosos, instrumentos da orquestrinha eram afinados. O diretor de cena, com a sineta na mão, apressava a todos, queria dar logo o primeiro sinal aos atores.

Alguns deles já estavam prontos. A pequena Grassi vestida de Mita, e Grimi de Patrão Dodo, com a barba postiça, grisalha e curta, o rosto esfumaçado como um presunto, horrível visto de perto, o barrete de marinheiro caído sobre uma orelha, as calças arregaçadas e os pés que pareciam descalços, dentro de meias cor de carne, falavam com Tito Lampini de fraque, com Centanni e Mola. Assim que viram Giustino e Raceni, vieram ao seu encontro, barulhentamente.

— Lá está ele! — gritou Grimi, levantando os braços. — Como vai? Como vai?

— Casa cheia! — exclamou Centanni.

— Contente? — acrescentou Mola.

— Coragem! — disse a Grassi, apertando-lhe forte a mão.

Lampini perguntou:

— Sua senhora?...

— Mal... mal... — começou dizer Giustino.

Mas Raceni, arregalando os olhos, fez-lhe um rápido aceno com a cabeça. Giustino compreendeu, baixou as pálpebras e acrescentou:

— Vocês entendem que... muito... muito bem não pode estar...

— Mas vai ficar bem! Ficará muito bem! Muito bem! — fez Grimi com seu vozeirão pastoso, balançando a cabeça e sorrindo.

— Vamos, Lampini, — disse Centanni. — O augúrio de praxe: *in bocca al lupo!*[17]

— A senhora Carmi? — perguntou Giustino.

— No camarim, — respondeu a Grassi.

Ouvia-se através da cortina a agitação incessante na ampla plateia, mil vozes confusas, próximas, distantes, estrondosas, o bater de portas, o atrito de chaves e o sapatear de pés. O mar no fundo da cena, Grimi vestido de marinheiro, deram a Giustino a impressão de existir um grande píer com muitos navios de partida. De repente, seus ouvidos começaram a chiar e uma densa escuridão ocupou-lhe o cérebro.

— Vamos ver a sala! — disse Raceni, pegando-o pelo braço e arrastando-o para a espia da cortina. — Por caridade, não deixe escapar — acrescentou baixinho —que a senhora está em trabalho de parto.

— Entendi, entendi, — respondeu Giustino, que não sentia mais as pernas, aproximando-se da ribalta.

— Ouça, Raceni, você poderia me fazer o favor de correr até minha casa em cada final de ato...

— Claro! — interrompeu-o Raceni, — nem era preciso pedir...

— Por Silvia... — acrescentou Giustino, — para ter notícias... Entenda que não se poderá dizer nada de você... Ah, que coincidência

---

[17] *In bocca al lupo* (na boca do lobo) é um augúrio de boa sorte, um tanto zombeteiro, que se faz a alguém que vai se submeter a uma prova difícil.

desgraçada! Ainda bem que tive a inspiração de mandar vir minha mãe! Tem também o tio... E sacrifiquei também a pobre senhora Faciolli, que tinha muita vontade de assistir ao espetáculo...

Colocou o olho na espia e ficou espantado olhando primeiro nas poltronas da plateia, depois pelos camarotes e no *foyer* formigando de cabeças. Estavam inquietos, impacientes, falavam, batiam as mãos, batiam os pés. Giustino estremeceu com a sineta furiosa do contrarregra.

— Não é nada! — disse Raceni, segurando-o, — é o sinal da orquestra.

E a orquestrinha começou a martelar.

Tudo, todos os camarotes estavam extraordinariamente apinhados, não havia nenhum lugar vazio na plateia e uma multidão nos pequenos espaços dos lugares em pé! Giustino sentiu-se queimar pelo sopro quente da sala iluminada, pelo espetáculo tremendo de tanta gente em expectativa, que o feria, o traspassava com seus inúmeros olhos. Todos, todos aqueles olhos com seu brilho irrequieto tornavam terrível e monstruosa a multidão. Tentou distinguir, reconhecer alguém ali nas poltronas. Ah, ali estava Luna, que olhava para os camarotes e inclinava a cabeça, sorrindo... lá, o Betti, de binóculos. Quem sabe quantas e quantas vezes repetira aquela sua frase, com nobre desprezo:

— *A Medeia traduzida em tarantino.*

Imbecil! Olhou novamente para os camarotes e, seguindo as indicações de Raceni, buscou, no primeiro, Gueli dona Francesca Lampugnani, no segundo, a Bornè-Laturzi, mas não conseguiu ver nem um nem outro. Estava inchado de orgulho, pensando que, por si só, já era um esplêndido e magnífico espetáculo o teatro tão cheio, e que isto se devia a ele: obra sua, fruto de seu constante, incansável trabalho, a consideração de que gozava a esposa, a fama dela. O autor, o verdadeiro autor de tudo, era ele.

— Boggiolo! Boggiolo!

Voltou-se: diante dele estava Dora Barmis, radiante.

— Que magnífico! Nunca vi um teatro assim! Um mago, você é um mago, Boggiolo! Um verdadeiro esplendor, *à ne voir que les dehors*. E que milagre, você viu? Livia Frezzi está no teatro! Dizem que já está terrivelmente invejosa de sua esposa.

— De minha esposa? — exclamou Giustino, aturdido. — Por quê?

Estava tão empolgado naquele momento que, se a Barmis lhe tivesse dito que a amiga de Gueli e todas as mulheres que estavam no teatro deliravam por ele, teria compreendido e acreditado facilmente. Mas sua esposa... — o que tinha a ver sua esposa? Livia Frezzi com inveja de Silvia? E por quê?

— Isto o incomoda? — acrescentou a Barmis. — Quem sabe quantas mulheres estarão, daqui a pouco, com inveja de Silvia Roncella! Que pena ela não estar aqui! Como está? Como está?

Giustino não teve tempo de responder. Tocaram as sinetas. Dora Barmis apertou-lhe bem forte a mão e saiu. Raceni arrastou-o entre as coxias da direita.

A cortina levantou, para Giustino Boggiolo parecia que estivessem descobrindo sua alma e que toda aquela multidão, de repente silenciosa, se preparasse para o feroz deleite de seu suplício, suplício nunca visto, quase vivissecção, mas com algo de vergonhoso, como se todo ele fosse uma nudez exposta, que de um momento para o outro, por algum imprevisto movimento em falso, pudesse parecer atrozmente ridícula e desajeitada.

Sabia a peça de memória de cabo a rabo, os papéis de todos os atores da primeira à última fala e, involuntariamente, por pouco não as repetia em voz alta. Tomado de contínuas descargas elétricas, virava-se aos saltos de lá para cá com os olhos frenéticos brilhantes, as faces coradas, dilacerado pela lentidão dos atores, que pareciam demorar de propósito em cada fala para prolongar seu suplício, como se também se divertissem.

Raceni, caridosamente, em certo ponto tentou tirá-lo de lá, levá-lo ao camarim de Revelli, que ainda não entrara em cena, mas não conseguiu demovê-lo.

À medida que a representação avançava, uma violência estranha, um fascínio prendia Giustino ali, espantado, como que na presença de um fenômeno monstruoso: a peça que sua esposa escrevera, que ele sabia de memória palavra por palavra, e que até agora tinha praticamente chocado, separava-se dele, separava-se de todos, elevava-se, elevava-se como um balão de papel que ele tivesse diligentemente trazido até ali, naquela noite de festa, no meio da multidão, e que tivesse por muito tempo e com cuidado trepidante protegido as chamas acesas por ele para que enchesse, finalmente agora ele acendera a mecha. Separava-se dele, libertava-se palpitante e luminosa, subia, subia no céu, trazendo consigo toda sua alma periclitante e quase lhe arrancando as vísceras, o coração, a respiração, na espera ansiosa que de um instante a outro um sopro de ar, um golpe de vento, não o pegasse de lado e o incendiasse, não fosse devorado ali no alto, pelo mesmo fogo que ele acendera.

Onde estava o clamor da multidão pela subida?

A monstruosidade do fenômeno era este silêncio terrível em meio ao qual a peça se erguia. Somente ele vivia, ali, por si e por sua conta, suspendendo, aliás, absorvendo a vida de todos, arrancando as palavras de sua boca, e com as palavras o fôlego. E aquela vida lá, da qual ele sentia a independência prodigiosa, a vida que agora se desenvolvia calma e poderosa, agora rápida e tumultuosa em meio a tanto silêncio, incutia-lhe medo e quase horror, misturados com um desdém aos poucos crescente, como se a peça, deleitando-se de si mesma, deleitando-se de viver em si e só para si, desdenhasse agradar aos outros, impedisse que os outros manifestassem seu contentamento, assumisse, em suma, uma parte demasiado preponderante e demasiado séria, não se importando e diminuindo os inúmeros cuidados que ele tivera até agora, até fazê-los parecerem inúteis e mesquinhos, e comprometendo os interesses materiais que ele devia prover acima de tudo. Se não explodissem os aplausos... se todos ficassem assim até o fim, suspensos e aturdidos... O que era? O que acontecera? Dentro em pouco o primeiro ato terminaria... Nenhum aplauso... nenhum sinal de aprovação... nada!... Parecia que ia enlouquecer... abria e fechava as mãos, afundando as unhas nas palmas, e coçava a testa ardente e banhada de suor frio. Cravava os olhos no rosto alterado de Raceni, completamente atento ao espetáculo, e parecia ler nele seu próprio espanto... não, um espanto novo, quase um assombro... talvez o mesmo assombro que sentiam todos os espectadores... Por um momento temeu que a peça fosse algo atrozmente horripilante, até então nunca perpetrado e que em breve, de um instante a outro, explodisse uma feroz insurreição de todos os espectadores indignados, ofendidos. Ah, era mesmo uma coisa terrível aquele silêncio! O que era? O que era? Gostavam? Não gostavam? Ninguém respirava... Os gritos dos atores no palco, já na última cena, reboavam. Agora descia o pano ...

 Pareceu a Giustino que ele, só ele, das coxias, com sua ansiedade, com seu desejo, com toda a alma num esforço supremo arrancasse da sala, depois de um instante eterno de turbilhonante expectativa, os aplausos, os primeiros aplausos, secos, difíceis, como um crepitar de galhos secos, de restos queimando, depois uma labareda, um incêndio: aplausos plenos, quentes, longos, longos, estrepitosos, ensurdecedores... — então sentiu relaxarem-se todos os membros e desfalecer, quase cair, afogar-se naquele ruído frenético, que continuava, sim, continuava, ainda continuava, incessante, crescente, sem fim...

Raceni tomou-o nos braços, contra o peito, soluçando e o amparava, enquanto quatro, cinco vezes os atores voltavam à ribalta, àquele incêndio lá... Ele soluçava, ria e soluçava, tremia todo de alegria. Dos braços de Raceni caiu nos braços da Carmi, depois de Revelli, e depois de Grimi que lhe estampou nos lábios, na ponta do nariz e na bochecha as cores da maquiagem, pois num ímpeto de comoção quis beijá-lo a qualquer custo, a qualquer custo, apesar de Boggiolo se recusar, sabendo dos problemas que viriam. Com o rosto assim lambuzado, continuou caindo nos braços dos jornalistas e de todos os conhecidos que acorreram ao palco para cumprimentar. Não sabia fazer outra coisa. Estava tão exausto, esgotado, prostrado, que só naquele abandono encontrava alívio, e já se abandonava a todos, quase mecanicamente. Teria se abandonado até nos braços dos bombeiros, dos maquinistas, dos ajudantes de cena, se finalmente a Barmis não viesse tirá-lo daquele gesto cômico e digno de compaixão com uma forte sacudidela, e o guiasse ao camarim da Carmi para que ele limpasse o rosto. Raceni correra até sua casa para buscar notícias da esposa.

Nos corredores, nos camarotes, havia um vozerio, uma agitação, um alvoroço. Todos os espectadores, por três quartos de hora subjugados pelo poderoso fascínio daquela criação tão nova e extraordinária, tão viva do começo ao fim de uma vida de tirar o fôlego, rápida, violenta, resplandecente de imprevistos movimentos de alma, liberaram-se com aquele aplauso frenético, interminável, do estupor que os havia oprimido. Havia em todos uma alegria tumultuada, a certeza absoluta de que aquela vida, em sua novidade de comportamento e de expressão, que se demonstrava de uma solidez adamantina, não poderia mais se desfazer por algum golpe do acaso, já que qualquer arbítrio, como na própria realidade, seria necessário, dominado e tornado lógico pela fatalidade da ação.

Exatamente nisso consistia o milagre da arte, ao qual se assistia naquela noite com espanto. Parecia não haver a premeditada concepção de um autor, mas que a ação nascesse ali, de minuto em minuto, incerta, imprevisível, do choque de paixões selvagens, na liberdade de uma vida fora de qualquer lei e quase fora do tempo, no arbítrio absoluto de muitas vontades que se sobrepunham alternadamente, de muitos seres abandonados a si mesmos, que agiam na plena independência de sua natureza, isto é, contra qualquer fim a que o autor se propusera.

Muitos, entre os mais entusiasmados e não menos aflitos pela dúvida de que sua impressão pudesse não estar de acordo com a opinião de pessoas competentes, buscavam com os olhos, nas poltronas e nos camarotes, os rostos dos críticos dos melhores jornais, pediam para lhes indicar aqueles que tinham os vindo de fora e os ficavam espiando por muito tempo.

Os olhos estavam principalmente apontados para um camarote da primeira fila, o camarote de *Zeta*, terror de todos os atores e autores que enfrentavam a opinião do público romano.

Zeta discutia animadamente com outros dois críticos, Devicis, vindo de Milão, e Còrica, vindo de Nápoles. Aprovava? Desaprovava? O quê? A peça ou a interpretação dos atores? Agora, entrava no camarote outro crítico. Quem era? Ah, Fongia, de Turim... Como ria! Fingia chorar e abandonar-se no peito de Còrica e depois de Devicis. Por quê? *Zeta* levantava, com um gesto de forte indignação, gritava alguma coisa, e os outros três prorrompiam numa fragorosa risada. No camarote ao lado, uma senhora de rosto moreno, denso, de olhos verdes com grandes olheiras, ar sombrio, rigidamente altiva, levantou-se e foi sentar no outro canto do camarote, enquanto do fundo, um senhor de cabelos grisalhos... — ah, o Gueli, o Gueli! Maurizio Gueli! — esticava a cabeça para olhar no camarote dos críticos.

— Mestre, perdoe-me, — disse então *Zeta*, — e peça que a senhora me perdoe. Ele é um problema, Mestre! É a ruína da pobre moça! Se vocês querem bem à Roncella...

— Eu? Por caridade! — fez Gueli. E se retirou com o rosto alterado, olhando nos olhos de sua amiga.

Esta, com um tremor de riso cortante nos lábios negros e estreitando um pouco as pálpebras para amortecer o lampejo dos olhos verdes, inclinou várias vezes a cabeça e disse ao jornalista:

— Eh, muito... muito bem...

— Com razão, senhora! — exclamou ele. — Genuína filha de Maurizio Gueli, a Roncella! Digo, disse e direi. Isso é algo grande, minha senhora! Algo grande! A Roncella é grande! Mas quem a salvará de seu marido?

Livia Frezzi voltou a sorrir como antes e disse:

— Não tenha medo... Não lhe faltará ajuda... paternalmente, claro.

Pouco depois dessa conversa de um camarote a outro, enquanto se levantava a cortina para o segundo ato, Maurizio Gueli e a Frezzi deixavam o teatro como alguém que, não podendo mais refrear o ímpeto de adversa paixão, saísse para não dar um sórdido e escandaloso espetáculo. Estavam para subir no coche quando, de outro coche que chegara em alta velocidade desmontou, transtornado, Attilio Raceni.

— Ah, Mestre, que desventura!

— O que foi? — perguntou Gueli com voz aparentemente calma.

— Está morrendo... está morrendo... está morrendo... A Roncella, talvez neste momento... deixei-a... vim buscar o marido...

E sem nem ao menos cumprimentar a senhora, Raceni correu para dentro do teatro. Passando pela entrada da plateia, ouviu um fragor altíssimo de aplausos. Em dois saltos estava no palco. Ali, logo de início, viu-se em meio a uma luta furiosa. Giustino Boggiolo envaidecido, aliás, enlouquecido de alegria, no meio dos atores que o puxavam pelas faldas do casaco, gritava e se desembaraçava para se apresentar na ribalta, ele em vez da esposa, para agradecer ao público que ainda não se cansara de chamar a autora em cena aberta.

Capítulo IV.

Depois do Sucesso

1.

Na estação, uma multidão. Os jornais haviam divulgado a notícia de que Silvia Roncella, por milagre salva da morte exatamente no momento supremo de seu sucesso, finalmente era capaz de suportar as atribulações de uma longa viagem. Partia naquela manhã, ainda convalescente, para recuperar as forças e a saúde no Piemonte, na cidadezinha nativa do marido. Jornalistas, literatos, admiradores e admiradoras acorreram à estação para vê-la, para cumprimentá-la, e se apinhavam diante da porta da sala de espera, já que o médico que a assistia e que a acompanharia até Turim, não permitia que muitos se reunissem ao redor dela.

— Cargiore? Onde é Cargiore?
— Hum! Perto de Turim, dizem.
— Está frio lá!
— Não, ao contrário...

No entanto, aqueles que tiveram permissão para apertar sua mão, cumprimentá-la, apesar dos protestos do médico e dos pedidos do marido, não conseguiam mais separar-se dela para dar lugar a outros e, mesmo se distanciavam-se do divã onde ela estava sentada entre a sogra e a ama, permaneciam na sala, olhando atentamente cada mínimo gesto, cada olhar, cada sorriso dela. Os que de fora batiam nos vidros, chamavam, davam sinais de impaciência e irritação, não se davam por vencidos, alguns até pareciam gostar de se demonstrar insolentes a ponto de olhar com um indignado sorriso zombeteiro aquele espetáculo de impaciência e irritação.

O sucesso da peça *A nova colônia* fora realmente extraordinário, um triunfo. A notícia da morte da autora, difundida como um raio no teatro durante a primeira representação, ao final do segundo ato, quando já todo o público estava preso, fascinado pela vasta e poderosa originalidade da peça, suscitara uma tão nova e solene manifestação de luto e de entusiasmo, que ainda, cerca de dois meses depois, persistia um frêmito de comoção em todos os que tiveram a ventura de participar. Afirmando o sucesso da vida da obra de arte, aclamando, gritando, condenando, soluçando, parecia que o público, naquela noite, quisesse vencer a morte: ficara ali, no teatro, ao final do espetáculo por muito tempo, frenético, quase na espera de que a morte largasse sua presa sacra para a glória, a restituísse à vida. Quando Laura Carmi, exultante, irrompera no proscênio para anunciar que a autora ainda não estava morta, um delírio elevou-se como uma vitória sobrenatural.

Na manhã seguinte, todos os jornais saíram em edição extraordinária para descrever aquela noite memorável e, por toda a Itália, por todos os países, se espalhara rapidamente a notícia, suscitando em cada cidade o desejo impaciente de ver o mais rápido possível a peça representada e de ter mais notícias, mais notícias da autora e de seu estado, mais notícias do trabalho.

Bastava olhar para Giustino Boggiolo para ter uma ideia da enormidade do acontecimento, da febre de curiosidade deflagrada em todos os lugares. A esposa não, mas ele parecia saído naquele instante das garras da morte.

Naquela noite, arrancado dos braços dos atores que o seguravam pelo peito, pelos ombros, pelas faldas do casaco, para impedir que se apresentasse, ou antes, que se precipitasse para a ribalta no lugar da esposa, inebriado pelos fragorosos aplausos em cena aberta, no início do segundo ato, no momento da chegada da nova colônia, no momento em que os primeiros colonos, ao verem as mulheres, pararam de combater e deixaram Currao sozinho, fora levado para casa por Attilio Raceni, que se desmanchava em lágrimas, convulso.

Como não tinha enlouquecido ao ver o trágico alvoroço na casa, diante daqueles três médicos curvados sobre a esposa sangrando, abandonada, gritando, ao ver mutilarem e massacrarem seu corpo exposto?

Talvez algum outro, lançado assim de uma violenta e terrível emoção a outra oposta, não menos violenta e terrível, teria enlouquecido. Ele não! Ele, ao contrário, pouco depois de entrar em casa, necessitara e pudera encontrar a força sobre-humana para enfrentar a petulância cruel dos jornalistas vindos do teatro assim que a primeira notícia da morte começara circular nos camarotes e na plateia. Enquanto de um lado vinham os gritos, os grandes e horrendos gritos da esposa, pudera, mesmo sentindo aqueles gritos arrancarem-lhe as vísceras e o coração, responder a todas as perguntas que eles faziam, dar notícias, informações e até remexer nas gavetas para distribuir aos redatores dos jornais mais importantes o retrato da esposa, para que fosse publicado nas edições extraordinárias da manhã.

Ela, nesse meio tempo — bem ou mal — libertara-se de sua tarefa. Fez o que tinha que fazer. Lá estava ele, embrulhado em panos, aquela frágil coisinha rosada e querida, nos braços da ama, que o levava para longe, para descansar na paz e no ócio. Enquanto ele... Antes de tudo, muito diferente daquela coisinha ali! Parira um gigante, um gigante erguido, um gigante que agora, imediatamente, queria caminhar em grandes passadas por toda a Itália, por toda a Europa, até pela América, para cultivar louros, para ensacar dinheiro, e tocava a ele carregar o saco, já sem forças, extenuado pelo seu parto gigantesco.

Porque, realmente, para Giustino Boggiolo, o gigante não era a peça composta pela esposa. O gigante era o sucesso, do qual somente ele se reconhecia como autor. Mas sim! Se não fosse ele, se ele não tivesse feito milagres em todos aqueles meses de preparação, toda aquela gente teria vindo à estação, para homenagear sua esposa, para felicitá-la, para desejar boa viagem?

— Por favor, por favor... Acalmem-se, por favor... Não ouviram o médico?... Além disso, vejam, tem tanta gente lá... Sim, obrigado, obrigado... Por favor, por caridade... Aos poucos, aos poucos, disse o médico... Obrigado, por favor, por caridade... — dirigia-se a um e a outro, levantando as mãos, tentando manter todos o mais distante possível da esposa, para controlar aquele trabalho da maneira mais louvável, de forma que a imprensa, naquela noite mesmo, pudesse falar disso como de outro acontecimento. — Obrigado, oh, por favor, por caridade... Oh, senhora marquesa, quanta honra... Sim, sim, vá, obrigado... Venha, adiante-se Zago, aqui, cumprimente-a e depois vá embora, por favor. Um pouco de espaço, por favor, senhores... Obrigado, obrigado... Oh, senhora Barmis, senhora Barmis, ajude-me, por caridade... Olhe, Raceni, se vier o senador Borghi... Afastem-se, afastem-se, por favor... Sim senhor, ela vai partir sem ter visto nenhuma representação de sua peça... Como disse? Ah, sim... infelizmente, sim, nem uma vez, nem os ensaios... O que se pode fazer? Deve partir, porque eu... Obrigado, Centanni!... Deve partir... Até logo, Mola, até logo! Recomendações... Deve partir, porque... Como disse? Sim, senhora, aquela é a Carmi, a primeira atriz... A Spera, sim senhora!... Porque eu... deixe para lá, ah, deixe para lá... Nem diga, nem diga, nem diga... Em Nápoles, Bolonha, Florença, Milão, Turim, Veneza... não sei como me dividir... sete, sete companhias em cena, sim senhor...

Assim, uma palavra a este, uma àquele, para deixar todos contentes; olhares e sorrisos de inteligência aos jornalistas; todas aquelas notícias distribuídas assim, quase por acaso; e hora este, hora aquele nome pronunciado alto, para que os jornalistas tomassem nota.

Pálida, com os lábios flácidos, as narinas dilatadas, toda olhos, os cabelos escorridos, Silvia Roncella parecia pequena, mínima, mísera, como centro de todo aquele movimento ao seu redor. Mais do que atordoada, perdida.

Notavam-se em seu rosto certos movimentos involuntários, tiques nervosos, contrações, que traíam seus duros esforços de atenção, como se ela, a intervalos, não acreditasse no que via e se perguntasse o que afinal devia fazer, o que se queria dela, agora, no momento de partir, com a criança ao lado, para quem toda aquela concentração, toda aquela confusão, podia fazer mal, como fazia mal a ela.

"Por quê? Por quê?", diziam claramente aqueles esforços. "Então é verdade, mesmo verdade, este sucesso?"

Parecia que tinha medo de acreditar que fosse verdade, ou que fosse repentinamente assaltada pela dúvida de que, por baixo, tivesse algo combinado, toda uma maquinação urdida pelo marido sempre tão ocupado, um exagero, sim, pelo qual ela devia sentir, mais do que indignação, vergonha, como por uma irreverência indecente à sua maternidade, aos atrozes sofrimentos que lhe custara, e uma transgressão, uma violência aos seus modestos, recatados hábitos. Uma violência não apenas inoportuna, mas também fora de lugar, porque ela, agora ali, não fazia nada para atrair tanta gente: devia partir e basta, com a ama, o pequeno e a sogra, pobre velhinha completamente atordoada, e o tio Ippolito, que se prestava com grande sacrifício a acompanhá-la até lá, ao invés do marido, e fazer-lhe companhia na casa da sogra. Isso mesmo, uma viagenzinha em família a ser feita com as devidas precauções, enferma como estava.

Se o sucesso era verdadeiro, naquele momento, para ela, queria dizer aborrecimento, opressão, pesadelo. Mas talvez... sim, talvez, em outro momento, assim que ela readquirisse forças... se era verdadeiro... quem sabe!

Algo como um imenso ardor, feito de pungentes calafrios, elevava-se do fundo da alma, turvando, revirando, dilacerando afetos e sentimentos. Era o demônio, aquele ébrio demônio que ela sentia por dentro, do qual sempre tivera medo, contra o qual sempre se forçara a disputar o domínio sobre si mesma, para não se deixar prender e arrastar não se sabe para onde, distante daqueles afetos, daqueles cuidados em que se refugiava e se sentia segura.

Ah, o marido fazia de tudo, de tudo, para lançá-la ao demônio! Não lhe passava pela cabeça que se ela...?

Não, não. Contra o demônio um outro espectro mais tremendo surgia dentro dela: o espectro da morte. Tocara-a há pouco, e ela sabia como era: gelado, escuro, frio e duro. Aquele choque! Ah, aquele choque! Sob a macia flacidez da carne, sob o quente fluir do sangue, aquele choque contra os ossos de seu esqueleto, contra a sua caixa interna! Era a morte. A morte que a chutava com os pezinhos de seu filho, que queria viver matando-a. Sua morte e a vida de seu filho surgiam diante dela contra o demônio sedutor da glória: uma ignomínia sangrenta, brutal, vergonhosa, e aquela rósea aurora entre os panos, aquela pureza frágil e terna, carne de sua carne, sangue de seu sangue.

Assim atormentada, na prostração da convalescência, assim jogada de um sentimento a outro, Silvia Roncella, às vezes, se voltava para a criança, entre uma visita e outra, às vezes, apertava rapidamente a mão da velhinha a seu lado encorajando-a, às vezes, respondia com olhar frio e quase hostil aos cumprimentos, às congratulações de um jornalista ou de um literato, como a dizer-lhes: "Não me importa muito, sabe? Eu estava para morrer!", às vezes, entretanto, a alguma outra congratulação, a algum outro cumprimento, seu rosto se iluminava, tinha um brilho nos olhos e sorria.

— É maravilhosa! Maravilhosa! Ingenuidade, primitivismo encantador! Frescor de relva! — não se cansava de exclamar a Barmis no meio do burburinho dos atores que vieram, como tantos outros, ver pela primeira vez, conhecer a autora da peça.

Estes, para não parecerem aborrecidos, assentiam com a cabeça.

Tinham vindo com a certeza de uma calorosíssima acolhida por parte da Roncella diante de todos, de uma acolhida como convinha, se não exatamente aos principais artífices de tanto sucesso, aos mais eficazes cooperadores dela, não facilmente substituíveis ou superáveis! Porém, foram acolhidos como todos os outros, e de súbito perderam o ar com que tinham chegado e contiveram seus modos.

— Sim, mas sofre, — observava Grimi, abrindo a boca com a gravidade de um barítono. — É claro que sofre, olhem para ela! Estou dizendo que sofre muito...

— Quanta força para alguém tão pequeno! — dizia a Carmi, mordiscando o lábio. — Quem diria? Imaginava-a diferente!

— Ah, sim? Eu, não! Eu, não! Imaginava exatamente assim, — afirmou a Barmis. — Mas olhando bem...

— Sim, nos olhos... — logo reconheceu a Carmi. — Nos olhos há alguma coisa... Um certo brilho, sim, sim... Porque o grande de sua arte está... não sei... em algumas guinadas, não? Você não acha? Repentinas, inesperadas... em certas interrupções bruscas que sacodem e atordoam o leitor. Nós estamos habituados a um único tom, há os que dizem: a vida é assim, assim e assim; outros dizem: é assada, assado e assado, não é? A Roncella pinta um lado, mas depois, de repente, apresenta o outro lado. É o que me parece!

E a Carmi, saboreando como se fosse um doce a satisfação de ter falado tão bem, forte, percorreu os olhos pela sala como para receber os aplausos, ou pelo menos os sinais de aprovação unânime, e assim se vingar, com verdadeira superioridade, da frieza e da ingratidão da Roncella. Mas não recebeu aplausos nem de seu grupo, porque tanto a Barmis quanto seus companheiros de palco perceberam que ela, mais do que para eles, falara para ser ouvida pelos outros, e principalmente pela Roncella. Apenas duas pessoas, enfiadas num canto, a senhora Ely Faciolli e Cosimo Zago apoiado na muleta, aprovaram com a cabeça, e Laura Carmi olhou-os com desdém, como se eles, com sua aprovação, a tivessem insultado.

De repente, um vivo movimento de curiosidade propagou-se pela sala e muitos, tirando o chapéu, inclinando-se, apressaram-se em se afastar para deixar passar alguém, cuja inesperada presença de tanta gente, evidentemente, causava, mais do que aborrecimento e embaraço, uma autêntica perturbação, quase ira, irritação e vergonha ao mesmo tempo. Uma perturbação que saltava aos olhos de todos e que realmente não podia ser explicada apenas com a bem conhecida indignação daquele homem de servir de assunto aos outros.

Devia haver outro motivo. E havia. Sussurrava Dora Barmis no ouvido de Raceni, com feroz alegria:

— Ele teme, teme que os jornalistas esta noite, na resenha, incluam seu nome! E seguramente o farão! Tenho certeza de que o farão! O primeiro da lista! Quem sabe, meu querido, aonde ele disse à Frezzi que iria, e está aqui, veio aqui... Esta noite Livia Frezzi vai ler os jornais, vai ver o nome dele em primeiro lugar, imagine a cena que fará! Ela é louca de ciúmes, já lhe disse! Louca de ciúmes, mas — sejamos justos — com razão, me parece... Para mim não há dúvida!

— Fique quieta! — pediu Raceni. — O que você está dizendo! Ele pode ser pai dela!

— Inocente! — exclamou a Barmis com um sorriso de comiseração.

— Pode ser que a Frezzi seja ciumenta! Você sabe, eu não, — insistiu Raceni.

A Barmis abriu os braços: — Toda Roma sabe, santo Deus!

— Está bem. O que isto quer dizer? — continuou Raceni, acalorando-se. — Ciumenta e *louca*, no mínimo! Só pode ser loucura... Mas na primeira representação, ele saiu depois do primeiro ato. Todos os maldosos notaram, como uma prova de que não tinha gostado da peça!

— Ela saiu por outra razão, querido, por outra razão! — cantarolou a Barmis.

— Muito obrigado, eu sei! Mas qual? — perguntou Raceni. — Por que está enamorado da Roncella? Não me faça rir. É um contrassenso! Saiu por causa da Frezzi. Concordo! O que isto quer dizer? Todos sabem que ele é escravo daquela mulher! Que aquela mulher o humilha! E que ele faria de tudo para ficar em paz com ela!

— E vem aqui? — perguntou argutamente a Barmis.

— Certamente! Vem aqui! Certamente! — respondeu irritado Raceni. — Porque deve ter sabido como foi interpretada pelos maldosos sua saída do teatro, e vem para reparar. Aposto que está nervoso! Não esperava toda esta gente. Tem medo de que esta noite ela, assim como você e como todos os outros, possa interpretar mal essa sua vinda. Se fosse ao contrário, ele não teria vindo ou não estaria assim tão nervoso. É claro!

— Inocente! — repetiu a Barmis.

Não pôde dizer mais nada, porque, sendo iminente a partida, a Roncella entre Maurizio Gueli e o senador Romualdo Borghi, com o marido à frente abrindo caminho, preparava-se para sair da sala para tomar o trem.

Todos tiraram os chapéus. Surgiram gritos de viva no meio de um longo aplauso, e Giustino Boggiolo, já preparado, à espera, olhando de cá e de lá, sorridente, radiante, com os olhos muito brilhantes e as faces acesas, inclinou-se várias vezes para agradecer no lugar da esposa.

Na sala, por trás da porta envidraçada, a senhora Ely Faciolli ficou sozinha a soluçar dentro do lencinho perfumado, esquecida e inconsolável. Olhando com cautela, obliquamente, com a grande cabeça triste despenteada, o manco Cosimo Zago saltou com a muleta até o lugar do divã onde pouco antes esteve sentada a Roncella, pegou uma pequena pluma que caíra do boá dela e a colocou no bolso, a tempo de não ser descoberto pelo romancista napolitano Raimondo Jàcono, que atravessava ofegante a sala para ir embora, desgostoso.

— Você aqui? Fazendo o quê? Parece um cão perdido... Está ouvindo esses gritos? Glorificam-na! É a santa do dia! Palhaços, pior do que aquele seu marido! Vamos, vamos, coragem, meu filho! É a coisa mais fácil do mundo, veja... Ela pegou a Medeia e fez dela a maltrapilha de Taranto, você pega Ulisses e faz dele um gondoleiro veneziano. Um sucesso! Posso garantir! Você vai ver que logo estará rica. Oh! Duzentas, trezentas mil liras, como nada! Dança, comadre, que fortuna está tocando!

2.

Ao voltar para casa, de coche, com a senhora Ely Faciolli (a pobrezinha não conseguia tirar o lenço dos olhos, mas já nem tanto pela dor da partida de Silvia, quanto para não expor os estragos que as lágrimas tinham causado, longos e profundos, à sua química), Giustino Boggiolo dava de ombros, enrugava o nariz, tremia, parecia estar irritado com ela. Mas não, pobre senhora Ely, não, ela não tinha nada a ver com isso.

Três minutos antes da partida do trem, Giustino tivera um novo aborrecimento, e ele já tinha poucos! Quase como um pedaço de papel, um trapo, uma planta daninha que se agarra ao pé de um corredor compenetrado na corrida numa pista cheia de gente, o senador Borghi, falando com Silvia pela janelinha do vagão, pedira--lhe nada menos que o texto de *A nova colônia* para publicá-lo em sua revista. Por sorte ele tivera tempo de se intrometer, para mostrar que não era possível: três editores, dos maiores, já tinham feito riquíssimas propostas e ele ainda as estava examinado, temendo que a publicação diminuísse consideravelmente a curiosidade do público nas cidades que esperavam com febril impaciência a representação da peça. Borghi, em troca, fizera Silvia prometer uma novela — longa — para a *Vida italiana*.

— Desculpe-me, mas em que condições? — começou a dizer Giustino, como se tivesse a seu lado, no coche, o senador diretor e já ministro, e não a inconsolável senhora Ely, que não podia mesmo mostrar os olhos e encarar uma conversa naquele estado. — Em que condições? Precisamos ver, precisamos conversar, ora... Não são mais os tempos de *A casa dos anões*. O que serve para um ano, minha senhora, digamos a verdade, não é o suficiente para um gigante. A gratidão, sim senhora! Mas a gratidão... a gratidão, antes de mais nada, não deve ser explorada! O que está dizendo?

A senhora Ely aprovou, aprovou várias vezes com a cabeça, de dentro do lencinho, e Giustino continuou:

— Na minha terra, quem explora a gratidão, não só perde toda a estima, mas pode ser comparado... não, o que estou dizendo? Pior! Pode ser comparado a quem se nega cruelmente a dar ajuda. Vou guardar este bom pensamento para o primeiro álbum que o senhor senador me mandar. Melhor, vou anotar. Assim ele vai lê-lo...

Tirou do bolso o bloco e anotou o pensamento.

— Acredite, se eu não fizer isto... Ah, minha senhora, minha senhora! Eu deveria ter cem cabeças, cem, e ainda seria pouco! Se penso em tudo o que devo fazer, Deus, me dá vertigens! Agora vou ao escritório e peço seis meses de afastamento. Não posso fazer diferente. E se não concederem? Diga-me... Se não concederem? Vai ser uma coisa séria, serei obrigado a... a... O que está dizendo?

A senhora Ely disse algo de dentro do lencinho, algo que não quis repetir nem explicar por sinais, apenas levantou um pouco os ombros. Então Giustino disse:

— Veja bem, serei obrigado... serei obrigado a dar um chute no escritório! E depois vão dizer, — ah, tenho certeza! — que vivo às custas de minha esposa. Eu! Às custas de minha esposa! Como se minha esposa, sem mim... é de rir! Está se vendo: ela lá, saiu em férias, e quem fica aqui, trabalhando, guerreando? Guerra, sabe? Guerra de verdade, guerra... Entra-se em campo! Sete exércitos e cem cidades! Se eu aguentar... Vamos pensar no escritório! Se amanhã perco o emprego, por quem o perco? Por ela... Ah, melhor não pensar!

Tinha tantas coisas na cabeça, que não podia conceder mais do que um minuto de desabafo ao desprazer que algo lhe causasse. Entretanto, não pode deixar de pensar, antes de chegar em casa, no pedido, na traição do senador Borghi. Ficara muito irritado, até porque, neste caso, o senhor senador deveria ter falado com ele e não com a esposa. Além disso, santo Cristo! Um pouco de discrição! Aquela coitadinha viajara para cuidar da saúde, para repousar. Se lá em Cargiore, tivesse vontade de pensar em alguma coisa, poderia pensar numa nova peça, — caramba! — não em coisinhas que tomam muito tempo e não rendem nada. Um pouco de sensatez, santo Cristo!

Assim que chegou em casa — paf! Outro tropeço, outra dor de cabeça, razão de irritação. Mas muito mais grave!

Encontrou no gabinete um rapazinho muito alto, muito magro, com uma selva de cabelos encaracolados endiabrados, cavanhaque em ponta, bigodes levantados, um velho lenço verde de seda no pescoço, que talvez escondesse a falta da camisa, um jalequinho esverdeado, cujas mangas, rasgadas nos cotovelos, deixavam descobertos os pulsos ossudos, fazendo com que os braços e as mãos parecessem desproporcionais. Encontrou-o como se fosse o dono da casa, em meio a uma mostra de vinte e cinco desenhos a pastel espalhados pela sala, nas cadeiras, nas poltronas, na escrivaninha, por todos os lados: vinte e cinco desenhos com cenas culminantes de *A nova colônia*.

— Desculpe... desculpe... desculpe... — começou a dizer Giustino Boggiolo, entrando, aturdido e perdido, no meio de todo aquele aparato. — Desculpe, mas quem é o senhor?

— Eu? — disse o rapaz, sorrindo com ar de triunfo.

— Quem sou eu? Nino Pirino. Eu sou Nino Pirino, pintor tarantino, compatriota de Silvia Roncella. O senhor é o marido, não? Muito prazer! Eu fiz isto aqui, e vim mostrar para Silvia Roncella, minha célebre compatriota.

— E onde está? — fez Giustino.

O rapaz olhou-o, espantado.

— Onde está? Quem? Como?

— Meu senhor, ela viajou!

— Viajou?

— Toda Roma sabe, caramba! Toda Roma estava na estação, e o senhor não sabe! Tenho muito pouco tempo, desculpe... Mas... espere um momento... Desculpe, são cenas de *A nova colônia*, se não me engano?

— Sim senhor.

— E *A nova colônia* é de todo mundo? O senhor pega assim as cenas e... e se apropria delas... Como? Com qual direito?

— Eu? O que está dizendo? Não! — fez o rapaz. — Eu sou um artista! Eu vi e...

— Não senhor! — exclamou com força Giustino. — O que viu? Viu *A nova colônia* de minha esposa...

— Sim senhor.

— Esta é a ilha abandonada, não?

— Sim senhor.

— Onde o senhor a viu? Por acaso esta ilha existe de verdade, num mapa? O senhor não pode tê-la visto!

O rapaz acreditava realmente que fosse o caso de rir e, na verdade, estava com vontade de rir. Ao ser atacado assim, contra todas as suas expectativas, agora sentia o riso subindo para os lábios. Ainda mais espantado, disse:

— Com os olhos? Com os olhos não, claro! Não a vi com os olhos. Mas imaginei!

— O senhor? Não senhor! — emendou Giustino. — Minha esposa! Minha esposa a imaginou, não o senhor! E se minha esposa não a tivesse imaginado, o senhor não teria pintado ali porcaria nenhuma, estou dizendo! A propriedade...

Nesse instante, Nino Pirino conseguiu desferir a risada que o sacudia por dentro há algum tempo.

— A propriedade? Ah, sim? Qual? A da ilha? Esta é boa! O senhor quer ser o único proprietário da ilha? O proprietário de uma ilha que não existe?

Giustino Boggiolo, ouvindo-o rir desta maneira, alterou-se de raiva e gritou, tremendo:

— Ah, não existe? O senhor diz que não existe! Existe, existe, existe, sim senhor! Vou lhe mostrar que existe!

— A ilha?

— A propriedade! O meu direito de propriedade literária! O meu direito, o meu direito existe. O senhor verá que vou fazê-lo respeitar e valer! Estou aqui para isto! Todos já estão acostumados a violar esse direito, que emana de uma sacrossanta lei de Estado, por Deus! Repito que estou aqui para isto e vou lhe mostrar!

— Está bem... mas veja... sim senhor... acalme-se, veja... — dizia o rapaz, angustiado de vê-lo furioso. — Veja, eu... eu não quis usurpar direito algum, propriedade alguma... Se o senhor se irrita assim... estou pronto para deixar aqui todos os meus quadros e ir embora. Dou de presente ao senhor e vou embora... Pretendia fazer um agrado, uma homenagem à minha conterrânea... Sim, queria que ela... me ajudasse com o prestígio de seu nome, pois acho que mereço ser ajudado... São bonitos, não? Digne-se ao menos a dar uma olhada nesses meus quadrinhos... Não há mal nenhum, acredite! Dou de presente ao senhor e vou embora.

Giustino Boggiolo sentiu-se de repente desarmado e fechou a cara à generosidade daquele riquíssimo maltrapilho.

— Não, de jeito nenhum... obrigado... desculpe... eu queria dizer, eu estava discutindo pela... a... o... direito, a propriedade, é isso. É um problema sério, acredite... como se não existisse... Uma pirataria contínua no campo literário... Fiquei um pouco esquentado, não? É porque, veja... neste momento, me... me... me... esquento facilmente: estou cansado, mas muito cansado, não há nada pior do que o cansaço! Preciso olhar para frente e para trás, caro senhor, preciso defender os meus interesses, o senhor entende bem.

— Claro! Naturalmente! — exclamou Nino Pirino, reavendo o fôlego. — Mas, escute... Não se irrite de novo, por caridade! Escute...

o senhor acha que eu não consiga fazer um quadro, digamos, sobre... sobre *Os noivos*[18]? Leio *Os noivos*... imagino uma cena... não posso pintá-la?

Giustino Boggiolo concentrou-se com grande esforço, ficou um pouco pensativo puxando a ponta da barba em leque:

— Bem, — disse então. — Realmente não saberia... Talvez, tratando-se da obra de um autor morto, já em domínio público... Não sei. É preciso estudar a questão. De qualquer forma, o seu é diferente. Veja! O fato é que se amanhã um músico me pede para musicar *A nova colônia* — estou dizendo isto porque já estou tratando com dois compositores, dos melhores — mesmo que o libreto seja feito por outro, deve me pagar o que eu pedir, e não é pouco, sabe? Ora, se não me engano, seu caso é o mesmo: o senhor pela pintura, o outro pela música...

— Realmente... sim... — começou a dizer Nino Pirino, enrolando cada vez mais o cavanhaque, mas depois, num salto, mudando de ideia. — Não! Está enganado! Veja... o caso é outro! O músico paga porque, para o melodrama, usa as palavras, mas se não usar as palavras, se interpreta só musicalmente numa sinfonia, ou quem sabe, as imagens, os sentimentos suscitados pela peça de sua esposa, não deve pagar. Tenha certeza, não deve pagar!

Giustino Boggiolo estendeu as mãos como que para se defender de um perigo ou de uma ameaça.

— Estou falando academicamente, — apressou-se a acrescentar o rapaz. — Já lhe disse por que vim e, repito, estou pronto a deixar aqui os meus desenhos.

Nesse instante, Giustino teve uma ideia luminosa. A peça, cedo ou tarde, iria ser publicada. Fazer uma edição de luxo, ilustrada, com

---

[18] Trata-se do romance *I promessi sposi*, de Alessandro Manzoni.

a reprodução a cores daqueles vinte e cinco desenhos... Um livro assim não seria para muitos, de forma que ele impediria a exploração da obra da esposa pelo pintor e também daria a ajuda que ele pedia, moral e material, porque imporia ao editor uma compensação adequada pelas ilustrações.

Nino Pirino mostrou-se entusiasmado com a ideia e por pouco não beijou as mãos de seu benfeitor, que nesse meio tempo tivera outra ideia e lhe fazia sinal para esperar que esta se completasse.

— Isto mesmo. Um prefácio de Gueli... Assim, todos os maledicentes que estão grasnando que Gueli não gostou da peça... Esta manhã ele veio cumprimentar minha senhora na estação, sabe? Mas ainda não posso dizer (conheço-o bem!) que foi por mera cortesia. Se Gueli fizer o prefácio... Ótimo, sim, ótimo. Vou falar com ele hoje mesmo, assim que sair do escritório. Viu só quantas preocupações, quanto trabalho o senhor me dá agora? Tenho os minutos contados! Devo partir esta noite para Bolonha. Chega, chega... Vou dar um jeito de pensar em tudo. Deixe aqui os desenhos. Prometo que assim que passar por Milão... Qual seu endereço?

Nino Pirino apertou os cotovelos contra a cintura e perguntou, enchendo o peito, embaraçado:

— Sim... quando... quando o senhor passar por Milão?

— Não sei, — disse Boggiolo. — Daqui a dois ou três meses no máximo...

— Então, — sorriu Pirino, — é inútil que lhe dê meu endereço. Daqui a três meses, já terei trocado pelo menos oito vezes. O senhor pode escrever para minha caixa postal: Nino Pirino.

3.

Quando, mais tarde, Giustino Boggiolo voltou para casa (apenas tivera tempo de fazer correndo as malas) estava tão cansado, tão completamente desnorteado, que até as pedras teriam pena dele. Somente ele não tinha pena de si mesmo.

Assim que entrou na escura sombra do gabinete, viu-se, sem saber como nem por que, nos braços de uma mulher que o segurava contra o peito e acariciava seu rosto devagar, com a mão quente perfumada e lhe dizia com voz doce e materna:

— Pobrezinho... pobrezinho... eu sei!... assim você se destrói, querido!... oh, pobrezinho... pobrezinho...

E ele, sem vontade, abandonado, renunciando a adivinhar por que Dora Barmis estivesse lá, em sua casa, no escuro, e pudesse saber como ele, por todos os trabalhos feitos, todos os desgostos sofridos e o cansaço enorme, tivesse a grande necessidade de conforto e de repouso, deixava-se acariciar como uma criança.

Talvez tivesse entrado no gabinete divagando e se lamentando.

Realmente não aguentava mais! No escritório, o chefe o havia recebido como um cão, e jurara que não se chamaria mais Gennaro Ricoglia se não conseguisse barrar o pedido de seis meses de afastamento. Na casa de Gueli, então... Oh, Deus, o que acontecera na casa de Gueli?... Não entendia mais nada... Tinha sonhado? Mas como? Gueli não fora à estação aquela manhã? Devia ter enlouquecido... Ou ele tinha enlouquecido ou Gueli... Talvez, em meio a toda aquela agitação vertiginosa alguma coisa devia ter acontecido, que ele não tinha dado importância, e por isso agora não podia entender nada, nem porque a Barmis estava lá... Talvez fosse certo, fosse natural que estivesse lá... e o conforto piedoso e carinhoso também fosse oportuno, sim, e merecido... mas agora... mas agora chega.

Tentou se desvencilhar. Dora segurou-o com a mão contra o peito:

— Não, por quê? Espere...

— Devo... as... as malas... — balbuciou Giustino.

— Não! O que está dizendo! — respondeu Dora. — Quer partir neste estado? Você não pode, querido, não pode!

Giustino resistiu à pressão da mão, sentindo que aquele conforto já era excessivo e um pouco estranho, apesar de saber que a Barmis frequentemente não se lembrava de que era mulher.

— Mas... mas como?... — continuou a balbuciar, — sem... sem luz aqui? O que fez a criada da senhora Ely?

— A luz? Não quis, — disse Dora. — Levou embora. Aqui, aqui, sente comigo, aqui. Está bem no escuro... aqui...

— E as malas? Quem vai fazer? — perguntou Giustino, candidamente.

— Você quer partir mesmo?

— Minha senhora...

— E se eu o impedisse?

Giustino, no escuro, sentiu seu braço ser apertado com violência. Mais do que aturdido, espantado, tremendo, repetiu:

— Minha senhora...

— Idiota! — disparou ela com um frêmito de riso convulso, pegando-o pelo outro braço e sacudindo-o. — Idiota! Idiota! O que está fazendo? Não vê? É idiota... sim, idiota que queira partir assim... Onde estão as malas? Devem estar no seu quarto. Onde é seu quarto? Vamos, vou ajudá-lo!

E Giustino sentiu-se arrastar, arrancar. Relutou, perdido, balbuciando:

— Mas... mas se... se não levamos uma luz...

Nesse ponto, uma risada estridente cortou a escuridão e pareceu fazer tremer toda a casa silenciosa.

Giustino já estava acostumado àqueles súbitos rompantes de louca hilaridade na Barmis. Tratando com ela, sempre ficava numa perplexidade aflita, nunca sabendo como interpretar certos gestos, certos olhares, certos sorrisos, certas palavras. Naquele momento, sim, na verdade parecia-lhe claro que... — mas e se estivesse enganado? Então... não! À parte o estado em que se encontrava... não! Seria uma grande crueldade da qual não se sentia capaz.

Com a consciência de sua inexpugnável honestidade conjugal, encontrou coragem de acender resolutamente, e com certa indignação, um fósforo.

Uma nova, mais estridente e mais louca risada assaltou e contorceu a Barmis ao vê-lo com aquele fósforo aceso na mão.

— Por quê? — perguntou Giustino irritado — No escuro... certamente...

Passou algum tempo até que Dora se recuperasse daquela convulsão de riso e começasse a se recompor, a enxugar as lágrimas. Enquanto isto, ela acendeu uma vela que encontrara na escrivaninha, depois de ter feito voar três dos desenhos de Pirino.

— Ah, vinte anos! Vinte anos! Vinte anos! — estremeceu Dora afinal. — Sabe os homens? Me pareciam palitos! Aqui, entre os dentes, despedaçados e jogados fora! Bobagens! Bobagens! A alma, agora, a alma, a alma... Onde está a alma? Deus! Deus! Ah, como faz bem respirar... Diga, Boggiolo: para você onde está? Dentro ou fora? A alma! Dentro de nós ou fora de nós? Este é o problema! Você diz dentro? Eu digo fora. A alma está fora, querido. A alma é tudo, e nós, mortos, não seremos mais nada, querido, mais nada, mais nada... Vamos, acenda a luz! As malas, depressa... Vou ajudá-lo... É sério!

— Obrigado — disse Giustino, abatido, atônito, seguindo na frente com a vela, para o quarto.

Dora, assim que entrou, olhou para a cama de casal, para os móveis mais que modestos, sob o teto baixo:

— Ah, aqui... — disse. — Bom, sim... Que cheiro bom de casa, de família, de província... Sim, sim... bom... sorte sua, querido! Sempre assim! Você precisa se apressar. A que horas sai o trem? Ih, logo... Vamos, vamos, sem perder tempo...

E começou a arrumar com desenvoltura e maestria, nas duas valises abertas sobre a cama, as roupas que Giustino tirava da cômoda e lhe entregava. Nesse ínterim:

— Sabe por que vim? Queria lhe avisar que a Carmi... todos os atores da companhia... mas especialmente a Carmi, meu querido, estão furiosos!

— E por quê? — perguntou Giustino, parando.

— Sua esposa, querido, não percebeu? — respondeu Dora, fazendo-lhe sinal com as mãos para não parar. — Sua esposa... talvez, pobrezinha, porque ainda assim... recebeu-os mal, mal, mal...

Giustino, engolindo em seco, balançou várias vezes a cabeça para mostrar que percebera e estava desgostoso.

— É preciso consertar! — retomou a Barmis. — Assim que você encontrar a companhia em Nápoles, vindo de Bolonha... Sim, a Carmi quer se vingar a todo custo e você deve absolutamente ajudá-la.

— Eu? Como? — perguntou Giustino, novamente atônito.

— Oh Deus! — exclamou a Barmis, levantando os ombros. — Você não pretende que eu lhe ensine como. É difícil com você... Mas quando uma mulher quer se vingar de outra... Veja, ela também pode ser boa com um homem, especialmente se ele se entrega como uma criança... Mas para outra mulher, a mulher é pérfida, meu querido, capaz de tudo, se crê ter recebido uma afronta, uma grosseria.

E a inveja! Você sabe quanta inveja há entre as mulheres, e como as torna más! Você é um bom rapaz, um grande e bom homem... enormemente bom, eu sei, mas se quiser cuidar de seus interesses... precisa... precisa se esforçar... até se violentar um pouco... De resto, você vai estar muitos meses longe de sua esposa, não? Ora vamos, não vá me dizer...

— Mas não! Não, acredite, minha senhora! — exclamou Giustino. — Nem penso nisso! Nem tenho tempo para pensar! Para mim, casei e basta!

— Você pertence a ela?

— Acabou! Não penso mais! Todas as mulheres são homens para mim, não faço qualquer diferença. Para mim, mulher é minha esposa e basta. Talvez para as mulheres seja diferente... mas para os homens, acredite, pelo menos para mim... O homem tem mais o que pensar... Imagine se eu, com tantas preocupações, com tanto a fazer...

— Oh Deus, eu sei! Mas falo para seu próprio bem, não entende? — retomou a Barmis, segurando-se para não rir e afundando a cabeça nas valises. — Se quer fazer valer seus interesses, querido... Para você, está bem, mas forçosamente deve tratar com mulheres: atrizes, jornalistas... E se não fizer o que elas querem? Se não as acompanhar em seus instintos? Mesmo que sejam maus, concordo! Se essas mulheres invejam sua esposa? Se querem se vingar... entende? Falo para seu próprio bem... São necessidades, querido, o que fazer? Necessidades da vida! Vamos, vamos, pronto, feche e vamos embora. Vou acompanhá-lo até a estação.

No coche, instintivamente ela pegou sua mão, logo lembrou e quase a largou, mas depois... já que estava ali... Giustino não se rebelou. Pensava no que tinha acontecido na casa de Gueli.

— Explique-me a senhora, eu não sei, — disse a Dora. — Fui à casa de Gueli...

— À casa? — perguntou Dora, e logo exclamou: — Oh Deus, o que você fez?

— Por quê? — replicou Giustino. — Fui para... para lhe pedir um favor... Bem. Acredita? Me... me recebeu como se não me conhecesse...

— A Frezzi estava presente? — perguntou a Barmis.

— Sim senhora, estava...

— Então, qual a surpresa? — disse Dora. — Você não sabe?

— Desculpe! — retomou Giustino. — É de cair das nuvens! Fingir até de não se lembrar mais que esta manhã foi à estação...

— Você também disse isto, ali, na presença da Frezzi? — prorrompeu Dora, rindo. — Oh pobre Gueli, pobre Gueli! O que você fez, querido Boggiolo!

— Mas por quê? — voltou a replicar Giustino. — Desculpe, mas eu não posso admitir que...

— Você! Voltamos sempre ao ponto! — exclamou a Barmis. — Você quer acertar as contas sem a mulher! Pode tirar da cabeça... Quer conseguir um favor de Gueli? Que ele ainda tenha amizade pela sua senhora? Meu querido, você devia fazer a corte à sua inimiga. Quem sabe!

— Ela também?

— Livia Frezzi não é nada feia, pode acreditar! Não é mais uma... uma garotinha... mas...

— Pare, não diga nem por brincadeira, — fez Giustino.

— Mas estou falando realmente sério, querido, sério, sério, — rebateu Dora. — Você tem que mudar o registro! Assim você não consegue nada...

E até o momento em que o trem estremeceu para partir, Dora Barmis continuou a bater na mesma tecla:

— Lembre-se... a Carmi! a Carmi! Ajude-a a se vingar... Paciência... querido... Adeus!... Esforce-se... para o seu bem... violente-se um pouco... Adeus, querido, tudo de bom! Adeus! Adeus!

4.

Onde estava?

Sim, à sua frente, depois do prado, além da trilha, na esplanada gramada, surgiu a antiga igreja dedicada à Virgem das Estrelas Cadentes, com o longo campanário de cúspide octogonal, as janelas góticas e o relógio que tinha uma inscrição muito estranha para uma igreja: OGNVNO A SVO MODO[19]. Ao lado da igreja estava a branca casa paroquial com seu solitário jardim e, mais adiante, cercado de muros, o pequeno cemitério.

Ao amanhecer, o som dos sinos sobre aquelas pobres tumbas.

O som talvez não, mas o surdo ecoar que se propaga quando terminaram de soar, penetra nas tumbas e causa um tremor de angustioso desejo nos mortos.

Oh, mulheres das aldeias esparsas, mulheres de Villareto e de Galleana, mulheres de Rufinera e de Pian del Viermo, mulheres de Brando e de Fornello, deixem suas antigas avós devotas, que estão no cemitério, irem uma única vez a essa missa matinal, oficiada pelo velho cura sepultado há tantos anos, o qual, talvez, terminada a missa, antes de voltar ao túmulo, ficará espiando através do portãozinho

---

[19] CADA UM A SEU MODO. *Cada um a seu modo* (1924) é o título de uma peça de Pirandello que, juntamente com *A nova colônia* e *Os gigantes da montanha*, forma a trilogia das peças míticas do autor. A igreja descrita aqui se localiza na cidade de Coazze, e realmente tem essa inscrição.

do jardim solitário da casa paroquial, para ver se o novo cura é tão querido quanto ele foi.

Não... Onde estava? Onde estava?

Já conhecia muitos lugares e seus nomes. Mesmo lugares distantes de Cargiore. Estivera na Roccia Corba, nas colinas de Bràida, para ver toda a imensa Valsusa. Sabia que esta alameda, depois da igreja, desce entre castanheiras e azinheiras até Giaveno, onde estivera, atravessando a curiosa Via della Buffa, larga e rebaixada, toda sonora de águas correntes no centro. Sabia que o som do Sangone ouvia-se sempre, mais à noite, e impedia seu sono pela inquietação da imagem de tanta água correndo perene, sem descanso. Sabia que mais acima, no vale do Indritto, precipita-se ruidoso o Sangonetto, estivera no meio deste ruído, entre as rochas, para vê-lo. Grande parte das águas é canalizada para fornecer energia. De um lado, corre barulhenta, livre, vertiginosa, espumante, desenfreada; de outro, plácida pelos canais, domada, subjugada a serviço do homem.

Visitara todos os arrabaldes de Cargiore, os conjuntos de casas espalhadas entre as castanheiras, os amieiros, os choupos, e sabia seus nomes. Sabia que aquela a leste, muito distante, alta sobre a colina, era a Sacra di Superga. Sabia os nomes dos montes ao redor, já cobertos de neve: Monte Luzera e Monte Uja e a Costa del Pagliajo e o Cugno dell'Alpet, Monte Brunello e Roccia Vrè. Aquele em frente, ao sul, era o monte Bocciarda, aquele lá, o Rubinett.

Sabia tudo. Já tinha sido informada de tudo pela mamãe (madama Velia, como a chamavam ali), Graziella e o caro senhor Martino Prever, o pretendente. Sim, de tudo. Mas ela... onde estava? Onde estava?

Sentia os olhos cheios de um vago esplendor, não natural, tinha nos ouvidos uma perene onda musical, que era ao mesmo tempo voz e luz, em que a alma se embalava serena, com uma leveza prodigiosa, mas desde que não fosse tão indiscreta a ponto de querer entender a voz e olhar para a luz.

Era realmente tão pleno de frêmitos, como lhe parecia, o silêncio daquelas verdes alturas? Salpicado, quase cortado a intervalos por longos guinchos muito finos, por agudos fios de som, por cricrilares? Esse frêmito perene era o riso dos muitos regatos que corriam por canais, por fossas, por açudes íngremes e escuros à sombra de baixos amieiros, regatos que se apressam em espumantes cascatas ruidosas, depois de ter irrigado um campo, benditos, para fazê-lo em outro lugar, em outro campo que os espera, onde todas as folhas os chamam, brilhando festivas?

Não, não, ao redor de tudo – lugares, coisas e pessoas – ela via se espalhar um vaporoso ar de sonho, que fazia com que mesmo os aspectos mais próximos parecessem distantes e quase irreais.

Às vezes, é verdade, aquele ar de sonho se rompia de repente, então alguns aspectos pareciam saltar-lhe aos olhos, diferentes, em sua nua realidade. Perturbada, machucada por aquela dura, fria e impassível estupidez inanimada, que a assaltava com precisa violência, fechava os olhos e comprimia fortemente as mãos contra as têmporas. Aquilo era realmente assim? Não, talvez nem fosse assim! Talvez, quem sabe como a viam os outros... se é que viam! E o ar de sonho se refazia.

Uma noite, mamãe retirara-se para seu quarto, porque estava com dor de cabeça. Ela fora com Graziella saber como estava. No quartinho limpo e modesto ardia só uma lâmpada votiva num aparador diante de um antigo crucifixo de marfim, mas a lua cheia iluminava tudo docemente. Graziella, assim que entrou, começou a olhar pela janela os campos verdes inundados de luz, e de repente suspirou:

– Que lua, madama! Deus, parece que amanheceu...

Mamãe então pediu que ela abrisse a persiana.

Ah, que solenidade de atônito encanto! Em qual sonho surgiram aqueles altos choupos que se erguiam dos campos, que a lua inundava de límpido silêncio? Silvia sentia que aquele silêncio se afundava no tempo, e pensou em noites muito remotas, veladas como esta pela Lua, e toda aquela paz ao redor adquiria a seus olhos um sentido oculto. De longe, contínuo e profundo como uma obscura advertência, o burburinho do Sangone, no vale. A intervalos, um curioso rangido.

— O que range assim, Graziella? — perguntara mamãe.

E Graziella, no ar claro da janela, respondera alegremente:

— Um camponês. Colhendo feno sob a lua. Está afiando a foice.

De onde falara Graziella? Para Silvia, pareceu que falava da Lua.

Pouco depois, de um grupo de casas distante elevara-se um suave canto de mulheres. E Graziella, ainda falando da lua, anunciara:

— Estão cantando em Rufinera...

Ela não conseguira dizer nem uma palavra.

Desde que saíra de Roma, com aquela viagem, tantas e tantas imagens novas invadiram em turbilhão seu espírito, do qual recém se dispersavam as sombras da morte, ela notava em si, com espanto, um destacamento irreparável de toda sua vida anterior. Não conseguia mais falar nem se comunicar com os outros, com todos os que queriam continuar a ter com ela as mesmas relações de antes. Sentia-os irremediavelmente arrancados por aquele distanciamento. Sentia que já não pertencia mais a si mesma.

O que devia acontecer, acontecera.

Talvez porque lá para onde fora levada faltavam ao seu redor as humildes coisas às quais estava acostumada, às quais antes se agarrava, nas quais conseguia encontrar refúgio?

Vira-se perdida, e seu demônio aproveitara. Vinha dele aquela espécie de embriaguez sonora na qual delirava, agitada e atônita, pois transformava, com aqueles vapores de sonho, todas as coisas.

E ele, ele fazia com que, de tempos em tempos, a estupidez desses sonhos saltasse a seus olhos, fendendo os vapores.

Era um despeito atroz. Especialmente de todas as coisas que ela quisera e ainda queria ter de mais caras e sagradas, ele se divertia em mostrar a estupidez e não respeitava nem mesmo seu filho, sua maternidade! Sugeria que ambos não seriam estúpidos com a condição de que, graças a ele, criasse algo de belo. E que aquilo era como todo o resto. Que ela nascera para criar e não para produzir materialmente coisas estúpidas, nem para tropeçar e se perder nelas.

O que havia lá, no vale do Indritto? Água nos canais, obediente e boa trabalhadora, e também água livre, ruidosa, espumante. Ela devia ser esta e não aquela.

Este era o momento... O que dizia o relógio do campanário? CADA UM A SEU MODO.

Virá dentro em pouco, sem fim, a neve,
e casas e campos, tudo ficará branco,
o telhado, o campanário daquela igreja,
de onde agora, ao amanhecer, como um rebanho
de ovelhas, saem por duas portas
as aldeãs, e têm o namorado a seu lado.
Pensaram na alma, na morte
(aqui ao lado está o cemitério cheio de cruzes);
tomam-nas pela cintura e falam alto,
alegres de ouvir suas vozes
no ar novo do festivo dia,

entre os regatos que correm velozes,
entre os campos que verdejam ao redor.[20]

Assim mesmo! A SEU MODO. Mas não! Qual nada! Até agora ela nunca escrevera um verso! Nem sabia o que fazer para escrevê-los... — Como? Assim, assim como fizera! Assim como lhe cantavam dentro... Não os versos, as coisas.

Realmente, todas as coisas lhe cantavam dentro, e todas se transfiguravam, se revelavam em novos, imprevistos aspectos fantásticos. E ela sentia uma alegria quase divina.

Aquelas nuvens e aqueles montes... Com frequência, os montes pareciam grandes nuvens empedradas distantes, e as nuvens, montanhas de ar negras, pesadas, escuras. As nuvens tinham um grande trabalho com os montes! Ora troando e lampejando, assaltavam-nos com furiosos ímpetos de raiva, ora lânguidas e macias, deitavam-se em seus flancos e os envolviam carinhosamente. Mas parecia que eles não se importavam nem com a fúria, nem com a languidez, elevando-se com os dorsos azuis para o céu, carregando absortos o mistério das mais remotas eras. Mulheres e nuvens! Os montes amavam a neve.

E aquele prado, naquela estação, coberto de margaridas? Sonhara? Ou a terra quisera pregar uma peça ao céu, embranquecendo de flores aquele trecho, antes que ele o fizesse de neve? Não, não: em alguns recessos profundos e úmidos do bosque ainda despontavam

---

[20] *Verrà tra poco, senza fin, la neve,/e case e prati, tutto sarà bianco,/il tetto, il campanil di quella pieve,/donde ora, all'alba, qual dal chiuso un branco/di pecorelle, escono per due porte/le borghigiane, ed hanno il damo a fianco./Hanno pensato all'anima, alla morte/ (qua presso è il cimiter pieno di croci);/le riprende or la vita, e parlan forte,/liete di riudir le loro voci/nell'aria nuova del festivo giorno,/tra i rivoli che corrono veloci,/tra i prati che verdeggiano d'intorno.* Segunda estrofe da poesia de Pirandello publicada na revista *La riviera ligure*, nº 46, em fevereiro de 1903, sob o título de Cargiore.

flores, e, de tanta vida oculta, ela provara uma espécie de estranho êxtase religioso... Ah, o homem que toma tudo da terra e acredita que tudo seja feito para ele! Até aquela vida? Não. Ali, era senhor absoluto um grande zangão zumbidor, que parava para beber com voraz violência nos tenros e delicados cálices das flores, que se dobravam sob seu peso. E a brutalidade daquele animal escuro, ruidoso, aveludado e estriado de ouro ofendia como algo obsceno, e causava indignação a submissão com que as campânulas trêmulas e frágeis sofriam o ultraje dele e ficavam balançando levemente em seus caules, depois que ele, saciado e sôfrego, se afastava.

Ao voltar à calma casinha, sofria por não poder mais ser, ou pelo menos parecer àquela querida velhinha, sua sogra, como era antes. Na verdade, talvez porque nunca conseguira se segurar, se compor, fixar-se num sólido e estável conceito de si, ela sempre sentira com viva inquietude a extraordinária desordenada mobilidade de seu ser interior, e muitas vezes, com uma maravilha logo apagada como vergonha, surpreendera tantos gestos inconscientes, espontâneos, tanto de seu espírito como de seu corpo, estranhos, curiosíssimos, quase de coleante animal incorrigível; sempre tivera algum medo de si e ao mesmo tempo uma certa curiosidade nascida da suspeita de que existisse nela uma estranha que pudesse fazer coisas que ela não sabia e não queria: trejeitos, atos ilícitos e outras coisas preocupantes, que não estavam exatamente nem no céu nem na terra. Sim! Coisas horríveis, às vezes até inacreditáveis, que a enchiam de espanto e de horror. Ela! Ela tão desejosa de nunca ocupar muito espaço e não se fazer notar, até para não ter o aborrecimento de ter muitos olhos nela! Temia agora que a sogra não visse em seus olhos o riso que sentia subir a eles toda vez que encontrava na sala de jantar, enrugando as sobrancelhas peludas, cheio de uma surda ferocidade, o bom e inócuo senhor Martino Prever, ciumento de tio Ippolito como um tigre, o qual, continuando a alisar a borla do barrete de *bersagliere* e a fumar da manhã à noite o longuíssimo cachimbo, se divertia muito em irritá-lo.

Monsù[21] Prever era um belo velho com uma barba até mais longa do que a de tio Ippolito, mas inculta e emaranhada, com um par de olhos azuis-claros de criança, apesar da firme intenção de fazê-los parecer ferozes. Trazia sempre na cabeça um barrete branco de tecido, com uma larga viseira de couro. Muito rico, buscava somente a companhia da gente mais humilde, e a ajudava às escondidas — tinha até construído e mobiliado uma creche. Tinha uma bela casa em Cargiore, e no alto das colinas de Bràida, em Valgioje, uma grande vila solitária, de onde se via, entre castanheiras, faias e bétulas, todo o amplo, magnífico Valsusa, azulado de vapores. Em compensação pelos muitos benefícios recebidos, o vilarejo de Cargiore não o reelegera prefeito, e talvez por isso ele evitasse a companhia das poucas pessoas de bem. No entanto, nunca saía do vilarejo, nem no inverno.

Havia uma razão, e todos a sabiam ali em Cargiore: o persistente e teimoso amor por *madama* Velia Boggiolo. Não podia ficar, pobre *monsù* Martino, não podia viver sem vê-la. Todos em Cargiore conheciam *madama* Velia, mas ninguém maliciava, mesmo sabendo que *monsù* Martino passava quase todo o dia na casa dela.

Ele gostaria de se casar com ela, mas ela não queria, e não queria porque... Oh Deus, porque seria inútil na idade deles. Casar por divertimento? Ele já não ficava o dia todo em sua casa como se fosse o dono? Então! Devia ser suficiente... A riqueza? Mas todos sabiam que Prever não tinha parentes nem próximos nem distantes, e tudo o que era dele, exceto talvez um pequeno legado para os criados,

---

[21] "Senhor", em dialeto piemontês.

um dia iria do mesmo jeito para *madama* Velia, se morresse depois dele.

Era uma espécie de fascínio, uma atração misteriosa que *monsù* Martino sentira tarde por aquela mulher, que sempre estivera quieta, humilde e tímida em seu lugar. O senhor Martino pode ter tardado, mas um de seus irmãos sentira o mesmo bem cedo e com tanta violência que, um dia, ao saber que ela já estava noiva, muito quieto, pobre rapaz, se matara.

Já se passara mais de quarenta anos, e ainda persistia no coração de madama Velia, senão o remorso, uma perplexidade dolorosa. Talvez por isso, mesmo sentindo-se às vezes embaraçada — não exatamente aborrecida — pela contínua presença de Prever em casa, suportava-a com resignação. Graziella até havia cochichado para Silvia, que *madama* a suportava por medo de que ele também, *monsù* Martino — se ela tentasse afastá-lo um pouquinho — fizesse, Deus nos livre, como aquele seu irmão! Isto mesmo, porque... — está rindo? Oh, não era para rir — um fiozinho de loucura deviam ter aqueles Prever, diziam todos em Cargiore, um fiozinho de loucura. Precisava ver como ele falava sozinho, alto, por horas e horas, *monsù*... Talvez o tio, o senhor Ippolito, tenha feito bem em insistir tanto naquela brincadeira de querer casar com *madama*. E Graziella aconselhara Silvia a persuadir o tio a provocar também dom Buti, o cura, que de vez em quando visitava a casa.

— Sim, ele mesmo! Ele mesmo!

Ah, aquele dom Buti, que desilusão! Naquela branca casa paroquial com jardim ao lado, Silvia imaginara um homem de Deus bem diferente. No entanto, encontrara um padre alto, magro e curvo, todo pontiagudo, no nariz, nas faces, no queixo, e com um par de olhinhos redondos, sempre fixos e espantados. Desilusão de um lado, mas, do outro, que prazer sentira ao ouvir aquele bom homem falar dos prodígios de sua velha luneta usada como eficaz instrumento religioso e quase tão sagrado para ele quanto o cálice do altar maior.

Os homens, pensava dom Buti, são pecadores porque veem bem as grandes coisas próximas deles, as coisas da terra. As coisas do céu, nas quais deveriam pensar muito mais, as estrelas, as veem mal, e pequeninas, porque Deus as colocou muito altas e distantes. A gente ignorante as olha e diz *como são belas*, mas tão pequenas como aparecem, não calcula, nem pode calcular, que a maior parte do poder de Deus lhes é desconhecido. É preciso mostrar aos ignorantes que a verdadeira grandeza está lá em cima. Daí, a luneta.

E nas noites bonitas, dom Buti armava o telescópio no cemitério e chamava todos os seus paroquianos que vinham até de Rufinera e de Pian del Viermo, as moças cantando, os velhos apoiados no bastão, as crianças puxadas pelas mães, para ver as "grandes montanhas" da Lua. Como riam as rãs nos riachos! Parecia que até as estrelas tivessem lampejos de hilaridade no céu. Alongando e encurtando o instrumento para adaptá-lo aos olhos de quem se inclinava para ver, dom Buti controlava a vez, e ouvia-se de longe, no meio da confusão, os seus gritos:

— Com um olho só! Com um olho só!

Especialmente as mulheres e os jovens abriam e retorciam muito a boca, fazendo mil caretas com os lábios para conseguir fechar o olho esquerdo a abrir o direito, bufavam e embaçavam a lente da luneta, enquanto dom Buti, pensando que já estavam vendo, sacudia as mãos no ar, com o polegar e o indicador juntos, e exclamava:

— O grande poder de Nosso Senhor, hein? O grande poder de Nosso Senhor!

Que cenas divertidas ele vinha contar para tio Ippolito e *monsù* Martino naquele sereno ninho entre os montes, pleno de um seguro conforto familiar que emanava de todos os objetos já quase animados pelas antigas recordações da casa, santificados pelos santos e honestos cuidados amorosos. Que cenas, especialmente nos dias em que chovia e não se podia sair em nenhum momento!

Mas justamente naqueles dias, assim que Silvia começou a saborear a paz da vida doméstica, chegou um entregador carregado de encomendas para ela, ventos de glória saíam daqueles feixes de jornais que o marido lhe mandava desta ou daquela cidade, transtornando-a.

Era sucesso em todas as partes. E a responsável, aclamada pelas multidões, estava lá naquela casinha ignorada, perdida no verde planalto pré-alpino.

Era mesmo ela? Ou fora apenas um momento dela? Uma súbita luz no espírito, um lampejo, uma visão, com a qual ela mesma se espantava...

Ela mesma não sabia, agora, como e por que lhe viera em mente a *Nova colônia*, a ilha, os marinheiros... Ah, que engraçado! Ela não sabia, mas todos os críticos de teatro ou não de todos os jornais da Itália sabiam bem, muito bem. Quantas coisas diziam! Quantas coisas descobriam na sua peça, coisas que ela nem sonhara pensar! Oh, tudo coisas, convenhamos, que lhe davam um grande prazer, porque eram exatamente as coisas mais elogiadas. Elogios que, na verdade, mais do que a ela, que nunca pensara aquelas coisas, iam diretamente para os senhores críticos que as descobriram. Talvez, quem sabe, realmente existissem, se eles as descobriam de pronto...

Giustino, nas entrelinhas de suas cartas apressadas, demonstrava-se satisfeito, aliás, contentíssimo. É verdade que se dizia no meio de um furacão, e não parava de reclamar do cansaço extremo e das lutas contra os administradores das companhias e os empresários, das irritações que tinha com os atores e com os jornalistas, mas depois falava de grandes teatros regurgitando de espectadores, das multas que os diretores pagavam com prazer para ainda continuar por algumas semanas além dos limites dos contratos nesta e naquela "praça", para satisfazer os pedidos de novas réplicas por parte do público, que não se cansava de comparecer e aclamar em delírio.

Lendo aqueles jornais e cartas, dos quais lhe surgia diante dos olhos a visão fascinante dos teatros, de tanta e tanta multidão que a aclamava, que aclamava a ela, ela, a autora — Silvia sentia-se aliviada daqueles calafrios pungentes que sentira na sala de espera da estação de Roma, quando pela primeira vez vira-se diante de seu sucesso, despreparada, prostrada, perdida.

Aliviada, entusiasmada e vibrante, perguntava-se porque não estava lá, ela, onde a aclamavam com tanto ardor, em vez de estar aqui, escondida, apartada, colocada de lado, como se não fosse ela!

Mas sim, se ele não dizia claramente, dava muito bem a entender que ela não tinha nada a fazer ali, ele devia fazer tudo, ele sabia muito bem como fazer cada coisa.

Sim, ele... Imaginava-o, via-o agora ocupado, agitado, nervoso, agora exultante entre os atores, os jornalistas; e despertava nela um sentimento, não de inveja ou ciúme, muito mais de aborrecimento ansioso, uma irritação ainda não bem definida, entre angústia, pena e desdém.

O que devia pensar dele e dela toda aquela gente? Dele especialmente, ao vê-lo assim? Mas também dela? Talvez que fosse uma imbecil? Imbecil não, se conseguira escrever aquela peça... Mas, alguém que não sabia se comportar nem falar, inapresentável?

Sim, era verdade: sem ele talvez *A nova colônia* não fosse nem representada. Ele pensara em tudo, e por tudo ela devia lhe ser grata. Estava tudo bem ou pelo menos não saltava tanto aos olhos todo o grande trabalho que ele tivera quando o nome dela era ainda modesto, modesta a fama, e ela podia ficar na sombra, fechada, afastada.

Agora que o sucesso viera coroar todo o seu fervoroso empenho, que figura ele fazia, sozinho lá, em meio a isso tudo? Ela não podia mais ficar afastada, deixá-lo sozinho, exposto, como o artífice de tudo, sem que o ridículo investisse e cobrisse ambos? Agora que o sucesso viera, agora que ele afinal — ela relutante — conseguira seu intento, erguê-la e lançá-la para a ofuscante luz da glória, ela — por força — mesmo contra a vontade e se violentando, devia aparecer, se mostrar, apresentar-se; e ele — por força — retirar-se, não ser mais tão eficiente, tão obstinado, sempre no meio de tudo!

O primeiro sentimento de ridículo, que a seus olhos começara a se revestir o marido, Silvia tivera de uma carta da Barmis, na qual se falava da inesperada visita que Giustino fizera a Gueli para conseguir o prefácio ao livro de *A nova colônia*. Em suas cartas, Giustino não mencionara nada. Algumas frases da Barmis sobre Gueli, pouco claras, sinuosas, levaram-na a rasgar a carta com nojo.

Poucos dias depois, chegou uma carta de Gueli, também não muito clara, que aumentou seu mau humor e perturbação. Gueli desculpava-se com ela por não poder fazer o prefácio da peça, com algumas referências vagas a razões secretas que o haviam impedido no primeiro dia de assistir a toda a representação; falava também de algumas desgraças (sem dizer quais) trágicas e ridículas ao mesmo tempo, que enredam as almas e bloqueiam a vida, quando também não tiram o fôlego; e terminava com o pedido de que ela (se quisesse lhe responder) endereçasse a resposta não para sua casa, mas para a redação da *Vida italiana*, aonde ele ia de vez em quando falar com Borghi.

Silvia também rasgou esta carta com desprezo. O pedido, no final, a ofendeu. Apesar de toda a carta ter-lhe parecido uma ofensa. A desgraça trágica e ridícula ao mesmo tempo, de que ele falava, só podia ser a Frezzi, mas ele falava disso como algo que ela devia entender e conhecer bem por experiência própria. Em resumo, ficava muito clara uma alusão ao marido. E Silvia ofendeu-se ainda mais com essa alusão, já que, na verdade, começava a vislumbrar o ridículo do marido.

O inverno, no entanto, já ia adiantado, era horrível naquelas alturas. Chuvas contínuas, vento, neve e névoa, névoa que sufocava. Se ela já não tivesse tantas razões de inquietação e opressão, aquele tempo as teria causado. Fugiria sozinha para encontrar o marido, se a preocupação de deixar o menino antes do tempo não a detivesse.

Tinha por aquela sua criaturinha momentos de ternura angustiada, sentindo não poder ser a mãe que gostaria. Dessa angústia, que a preocupação com o filho causava, também culpava com surdo rancor o marido, que em seu teimoso furor afastara-a e desviara-a dos gestos amorosos, dos pequenos cuidados.

Ah, talvez ele tivesse traçado seu plano: fazê-la escrever, lá, como uma máquina, e para que a máquina não tivesse obstáculos, afastá-la do filho, isolá-la, depois cuidar de tudo, gerenciar aquela nova grande empresa literária. Ah, não! Não! Se ela não devia ser mais nem mãe...

Talvez ela fosse injusta. O marido, nas últimas cartas, falava da nova casa que, dentro em pouco, na primavera, teriam em Roma, e dizia para se preparar para finalmente sair da casca, dando a entender que no futuro seu salão seria o lugar de encontro da fina flor da arte, das letras, do jornalismo. Porém, mesmo essa ideia de representar um papel, o papel da "grande dama" em meio à insossa vaidade de tantos literatos, jornalistas e senhoras ditas intelectuais, a desconcertava, causava-lhe mau humor e náusea naqueles momentos.

Talvez fosse melhor ficar ali escondida, naquele ninho entre os montes, ao lado daquela querida velhinha e de seu filho, ali com o senhor Prever e o tio Ippolito, que dizia não querer mais ir embora, nunca mais – e piscava um olho maliciosamente para *monsù* Martino, que se roía por dentro ao ouvi-lo dizer isso.

Ah, pobre tio!... Nunca mais, nunca mais mesmo, pobre tio! Realmente ele devia ficar para sempre ali em Cargiore!

Tio Ippolito, uma noite, enquanto se apoquentava gritando contra Giustino, do qual recebera pouco antes uma carta, na qual ele anunciava que, pressionado, pedira demissão do emprego; e gritando contra o senhor Prever, que misteriosamente se obstinava a dizer que no fim das contas não seria um grande dano, porque... porque... um dia... quem sabe! (referia-se, sem dúvida, às disposições testamentárias) – de repente, revirara os olhos, entortado a boca como num bocejo. Um grande tremor dos ombros e da cabeça fizera saltar em seu rosto a borla do barrete de *bersagliere*, depois a cabeça caiu sobre o peito e todos os membros abandonaram-se completamente.

Fulminado!

Quanto tempo, quanto sofreu em vão o senhor Prever para ir buscar, com este tempo, o médico, que afinal veio todo afobado dizer o que já se sabia, e da pobre Graziella para trazer o cura com o óleo santo!

"Devagar! Devagar! Não estraguem assim sua bela barba!", ela gostaria de ter dito a todos para afastá-los e ficar olhando-o mais um pouco na cama, seu pobre tio, imóvel e severo, com os braços em cruz.

"– Em que trabalha, senhor Ippolito?"

"– Jardinagem..."

Não conseguia tirar os olhos da borla do barrete que no horrível estremecimento saltara-lhe no rosto, pobre tio! Pobre tio! Tinha loucura por Giustino e seu empenho teimoso, a literatura, os livros, o teatro... Ah sim, talvez toda a vida fosse uma loucura, cada respiro, cada cuidado, pobre tio!

Queria ficar ali? Então ficaria. Ali, no pequeno cemitério, ao lado da branca casa paroquial. Seu rival, o senhor Prever que não conseguia se consolar por ter se irritado tanto com sua vinda, dava-lhe abrigo em seu túmulo de família, que era o mais belo do cemitério de Cargiore...

Os dias que se seguiram à inesperada morte de tio Ippolito foram, para Silvia, cheios de uma dura, rude, horrível lubricidade, na qual, mais do que nunca, mostrou-se a crua estupidez de todas as coisas e da vida.

Giustino continuou a lhe mandar, primeiro de Gênova, depois de Milão, depois de Veneza, feixes e feixes de jornais e cartas. Ela não os abriu, nem ao menos os tocou.

A violência daquela morte rompera o tênue, superficial acordo de sentimentos entre ela, pessoas e coisas que a cercavam. Acordo que se poderia manter por breve tempo, desde que nada de grave e inesperado viesse revelar os ânimos e a diversidade de afetos e naturezas.

O desaparecimento repentino daquele que a reconfortava com sua presença, daquele que tinha nas veias o mesmo sangue e representava sua família, fê-la sentir-se sozinha e numa espécie de exílio naquela casa, naquele lugar, senão propriamente entre inimigos, entre estranhos que não podiam compreendê-la, nem participar diretamente de sua dor. O modo como a olhavam e continuavam calados, esperando seus movimentos e os gestos com que exprimia sua dor, faziam-na entender ainda mais e quase ver e tocar a sua solidão, exacerbando aos poucos a sensação. Viu-se excluída por todos os lados: a sogra e a ama, já que o menino devia ser confiado aos seus cuidados, excluíam-na desde o nascimento da criança; o marido, correndo de cidade em cidade, de teatro em teatro, excluía-a de seu sucesso; e todos a espoliavam de suas coisas mais preciosas;

ninguém se importava com ela, deixada sozinha ali naquele vazio. O que devia fazer? Não tinha mais ninguém de sua família, o pai estava morto e agora também o tio. Estava fora e muito distante de sua cidade, afastada de todos os seus hábitos, arremessada, lançada num caminho que evitava percorrer assim, com um passo que não era o seu, livremente, mas quase por violência alheia, empurrada por outra pessoa... E a sogra talvez a acusasse internamente de ter desencaminhado o marido, de ter-lhe enchido a cabeça a ponto de ele ter perdido o emprego. Sim! Sim! Já vira claramente essa acusação em alguns olhares enviesados.

Os olhinhos vivos na palidez do rosto, que sempre se dirigiam para outro lugar, quase perdendo a intensidade do olhar, demonstravam bem uma certa desconfiança dela, uma queixa que não queria ocultar, cheia de ansiedade e temor pelo filho.

Porém, a indignação contra essa injustiça, em vez de se dirigir à humilde velhinha, se revertia no coração de Silvia contra o marido distante. Era ele a causa daquela injustiça, ele, cego pelo seu furor, que já não via o mal que fazia a ela, nem o que fazia a si mesmo. Era preciso detê-lo, gritar para que parasse. Mas como? Seria possível, agora que as coisas tinham avançado tanto, agora que a peça, composta no silêncio, na sombra e no segredo, causara tanto barulho e iluminado tanto o seu nome? Como ela podia julgar, daquele lugar, sem ainda ter visto nada, o que deveria ou poderia fazer? Sentia confusamente que não podia e não devia ser mais como fora até então; que devia jogar fora para sempre o que de limitado e primitivo conservara para sua existência, e dar campo, abandonar-se à força secreta que possuía e que até agora não quisera conhecer bem. Só de pensar sentia-se perturbada, sentia-se profundamente confusa. De preciso, somente isso se afirmava diante de seus olhos: se ela mudasse, o marido não podia mais ficar à sua frente, atrapalhando-a, a cavaleiro de sua fama, com a trompa na boca.

Em que estranhas posições loucas retorciam-se os troncos esqueléticos das árvores, afundados na neve, com emaranhados farrapos, trapos de névoa empilhados entre os ramos eriçados! Olhando-os da janela, ela passava maquinalmente a mão na fronte e nos olhos, como que para tirar aqueles farrapos de névoa dos pensamentos eriçados, dispostos loucamente, como aquelas árvores, no gelo de sua alma. Ela olhava na úmida cerca de madeira apodrecida as gotas de chuva em fila, pendentes, brilhando no fundo cinzento do céu. Vinha uma brisa, batia nas gotas tremulantes, uma transbordava na outra e todas juntas, num riachinho, corriam pelos pilares da cerca. Entre um pilar e outro, ela estendia o olhar até a casa paroquial que surgia à sua frente, ao lado da igreja; via as cinco janelas verdes que davam para o jardim solitário sob a neve, guarnecidas de cortinas, que com sua brancura diziam ter sido lavadas e passadas junto com as toalhas dos altares. Que doce paz naquela branca casa! Ao lado, o cemitério...

Silvia levantava-se de repente, envolvia a cabeça no xale e saía, na neve, diretamente para o cemitério, para fazer uma visita ao tio. Seu espírito estava lúgubre como a morte dura e fria.

Essa lubricidade começou a se romper com a chegada da primavera, quando a sogra, que tanto pedira para ela não ir todos os dias, com aquela neve, aquele vento, aquela chuva, ao cemitério, começou a pedir, agora que chegavam os belos dias, para ir com a ama e o pequenino caminhar pela estrada de Giaveno, ao sol.

Então, ela passou a sair com o menino. Mandava a ama ir na frente, dizendo-lhe para esperar no primeiro tabernáculo, e entrava no cemitério para a costumeira visita ao tio.

Uma manhã, em frente do primeiro tabernáculo, encontrou a ama com um jovem jornalista vindo de Turim, com uma máquina fotográfica, para vê-la, ou, como ele disse, "à descoberta de Silvia Roncella e de seu retiro".

Como a fez falar e rir aquele gracioso maluco, quis saber tudo, ver tudo e tudo fotografar, principalmente ela em todas as poses, com a ama e sem a ama, com o menino e sem o menino, dizendo estar realmente feliz por ter descoberto uma mina, uma mina ainda inexplorada, uma mina virgem, uma mina de ouro.

Quando ele se foi, Silvia ficou muito tempo espantada consigo mesma. Ela também, ela também se descobrira outra, ali, diante do jornalista. Ela também se sentira bem em falar e falar... Não se lembrava mais do que havia dito. Tantas coisas! Bobagens? Talvez... Mas falara, finalmente! Tinha sido ela, como devia ser.

Sentiu muito prazer no dia seguinte, ao ver sua imagem reproduzida em tantas poses no jornal que ele mandou e ao ler tudo o que ele a fizera dizer, mas principalmente pelas expressões de admiração e entusiasmo que o jornalista não poupava, mais do que pela artista já célebre, pela mulher ainda desconhecida de todos.

Silvia mandou uma cópia do jornal imediatamente para o marido, para lhe dar uma prova de que ela sabia muito bem fazer aquilo, e não apenas ele.

Capítulo V.

A Crisalia e a Lagarta

1.

Desenganado, sempre. Mas ainda por cima sentir remorso depois de ter se sacrificado num trabalho do qual se esperava elogio e gratidão, parece demais. No entanto...

Giustino gostaria que os dois coches voassem para chegar logo em casa de volta da estação onde, com Dora Barmis e Attilio Raceni, fora receber Silvia.

O aspecto da esposa, ao chegar, era desconcertante. Mais do que tudo, as poucas palavras, os olhares, os gestos, no breve trecho de dentro da estação até a saída, quando entrou num coche com a Barmis, e ele com Raceni em outro.

— A viagem... Deve estar cansada... Tão sozinha... — disse Raceni a Giustino, também impressionado pelo rosto fechado e o frio tratamento da Roncella.

— Sim... — reconheceu logo Giustino. — Entendo. Eu devia ter ido buscá-la. Mas como fazer? Aqui, com a casa de pernas para o ar. E a morte do tio. Tem isso também. Ela sentiu, sentiu muito esta morte...

Desta vez foi Raceni que reconheceu imediatamente:

— Ah, sim... Ah, sim...

— Entende? — recomeçou Giustino. — Foi com ele e voltou sozinha... Deixou-o lá... E não só o tio! É verdade! Eu devia mesmo ter ido buscá-la em Cargiore... Foi também a separação do menino, por Deus! O senhor entende?

E Raceni, de novo:

— Ah, sim... Ah, sim... Claro... Claro...

Quanta coisa ele não tinha pensado, com todos os três ocupados em mobiliar a casa nova!

Foram à estação felizes, com a satisfação de terem conseguido a duras penas deixar tudo em ordem para ela. Então, de repente, perceberam que não só não mereciam agradecimentos ou gratidão por tudo que fizeram, mas ainda deviam se arrepender de não ter pensado, não no luto daquela morte recente, mas do sofrimento da mãe ao se separar de seu filho.

Agora, para Giustino, cada minuto parecia uma hora. Esperava que Silvia, assim que entrasse na nova casa, não pensasse em mais nada, pelo espanto... De propósito, não lhe revelara nada nas cartas.

Prodígios — sim, esta era a palavra — havia operado prodígios, com o conselho e a ajuda assídua da Barmis e também... sim, também de Raceni, pobrezinho!

Ele dizia casa, apenas por dizer. Casa qual nada! Não era casa. Era... — mas, silêncio, por caridade, que Silvia não saiba disso! Era um palacete — silêncio! — um palacete naquela rua nova, toda de palacetes, do outro lado da ponte Margherita, em Prati, na via Plinio. Um dos primeiros, com jardinzinho ao redor, cercado e tudo. Fora de mão? Fora de mão, nada! Em dois passos chegava-se ao Corso. Rua nobre, silenciosa, a melhor que se pudesse escolher para alguém que deve escrever! E tinha mais. Aquele palacete não era alugado. — Silêncio, por caridade! — Ele o comprara. Sim senhores, comprado, por noventa mil liras. Sessenta mil pagas ali, no ato, as outras trinta para pagar a prazo, em três anos. E — silêncio! — cerca de outras vinte mil liras ele gastara até agora com a decoração. Maravilhosa! Com a perícia da Barmis na matéria... Tudo novo e de estilo: simples, sóbrio, elegante e sólido: móveis de Ducrot! Precisava ver a sala, à esquerda da entrada; e a outra sala ao lado; e a sala de jantar que dava para o jardim. O estúdio era em cima, no andar de cima, ao qual se chegava por uma ampla e bela escada de mármore com gradil de pilastras, que começava pouco além da porta da sala. O estúdio — em cima

— e os quartos, dois belos quartos lado a lado, gêmeos. Na verdade, Giustino não sabendo o que Silvia pensava sobre isto, mas também por sua causa, gostaria de um quarto só. Dora Barmis mostrara-se indignada, horrorizada:

— Por caridade! Nem diga isso... Quer estragar tudo? Separados, separados, separados... Aprendam a viver, querido! Você me disse que de agora em diante sempre tomarão chá...

Dois quartos. Depois a sala de banho, o lavabo, e o guarda-roupas... Maravilha ou loucura? Para dizer a verdade, parecia que Boggiolo, nesta ocasião, tivesse perdido o famoso bloco. Tinha se descontrolado, e como! Mas tinha tanto dinheiro nas mãos! E a tentação... Para cada objeto que lhe fora apresentado em diversos exemplares de preço variado, vira apenas o pouquinho que gastaria a mais escolhendo o mais bonito. Sim senhores, ao final todos aqueles pouquinhos a mais, somados juntos, haviam acrescentado uma belíssima fila de zeros à despesa de mobiliário.

No entanto, não se arrependera da compra do palacete. Qual nada! Podendo fazê-lo, isto é, com tanto dinheiro nas mãos, podendo se livrar da prepotente usura dos proprietários, teria sido uma loucura não comprar, continuar a jogar fora duzentas ou trezentas liras ao mês por um apartamentinho pouco mais que decente. O palacete ficava, e o dinheiro do aluguel voaria para o bolso dos proprietários. É certo que, se não comprasse o palacete, o capital ficaria. De acordo! Então, era preciso calcular se com a renda de um capital de noventa mil seria possível pagar um aluguel mensal de trezentas liras. Não seria possível! Assim, em vez de um apartamentinho pouco mais que decente, com noventa mil liras tinha-se aquele palacete, aquele castelo! Mas, e as despesas? Sim, é verdade, as taxas e tantas coisas mais. Manutenção, iluminação, serviço... Com uma casa como aquela, certamente não servia mais uma criadinha abruzense, seriam preciso pelo menos três. Giustino, por enquanto, contratara dois criados, para experimentar. Aliás, um e meio, ou melhor, dois meios criados: uma meia cozinheira e um meio mordomo (*valet de chambre*, como lhe sugerira chamar a Barmis): rapaz esperto, com sua bela libré, para a limpeza, para servir à mesa e abrir a porta.

Pronto... os dois coches chegavam ao portão, Èmere (chamava-se Èmere)...

— Èmere!... Èmere!... — gritou Giustino, descendo. Depois, para Raceni: — Viu?... Não está no seu posto... Como eu lhe disse.

Ah, lá está ele. Está acendendo a luz, primeiro em cima, depois embaixo. Todo o palacete com as janelas iluminadas, esplêndido, sob o céu estrelado, parece mágica! Mas Silvia, que já havia descido do coche com a Barmis, precisa esperar diante do portão fechado, enquanto Raceni desce as malas, e um cão late no palacete ao lado. Giustino paga depressa os cocheiros e corre até a esposa para lhe mostrar, numa das pilastras que sustentam o portão, a placa de mármore com a inscrição: *Villa Silvia*.

Antes, olhou em seus olhos. Ele supusera que durante a corrida, ela, falando no outro coche com a Barmis sobre o tio morto e o menino abandonado, tivesse chorado. Mas não, não chorara. Conservava o mesmo aspecto da chegada: sombrio, rígido, frio.

— Está vendo? Nosso! — disse. — Seu... seu... *Villa Silvia*, vê? Seu... Comprei!

Silvia enrugou as sobrancelhas, olhou o marido, olhou as janelas iluminadas.

— Um palacete?

— Vai ver que beleza, senhora Silvia! — exclamou Raceni.

Èmere correu para abrir o portão, tirando o quepe engalonado e, segurando-o à altura da cabeça, sem se descompor minimamente à repreensão que Giustino lhe gritou na cara:

— Bela prontidão! Bela pontualidade!

A irritação de Giustino era acrescida pela carranca da Barmis. Certamente Silvia, no coche, não se mostrara gentil com ela. E aquela pobre mulher tinha trabalhado tanto, se afligido tanto com ele! Bela maneira de agradecer às pessoas!

— Está vendo? — recomeçou para a esposa, assim que entraram no vestíbulo. — Vê? Não fui a Cargiore... para lhe buscar, mas... hein?... Está vendo? Para preparar aqui esta surpresa, com a ajuda de... Como? Que vestíbulo, hein! Com a ajuda desta nossa cara amiga e de Raceni...

— Não! Não diga isto! Fique quieto! — tratou logo de interromper a Barmis.

Raceni também protestou.

— De jeito nenhum! — insistiu Giustino. — Se não fosse por vocês! Sim, é verdade... eu sozinho... Agora — isto é nada! — você vai ver... Temos motivo, não só para lhes agradecer, mas para sermos eternamente gratos...

— Oh Deus, que exagero! — sorriu a Barmis. — Deixe estar. Cuide de sua senhora que deve estar muito cansada...

— Sim, cansada mesmo... — disse Silvia, com um sorriso doce e frio ao mesmo tempo. — Peço desculpas se não agradeço como deveria... Esta viagem interminável...

— Já deve ser hora do jantar, — apressou-se em dizer Raceni, todo comovido com aquele sorriso (finalmente!) e com aquelas boas palavras (ah, que doçura de voz! Era outra voz... Sim, ela parecia outra!). — Um pequeno jantar e em seguida repouso!

— Mas antes, — disse Giustino, abrindo a porta da sala, — antes... como! Pelo menos assim, por cima, você precisa ver... Vamos, vamos... Ou melhor, eu vou na frente...

E começou a explicação, interrompido a intervalos pela Barmis com muitos: *"mas sim... vamos em frente... isto ela verá depois",* para cada detalhe em que ele se detinha repetindo desajeitadamente, com horríveis disparates, tudo o que ela lhe havia dito para explicar a propriedade, a elegância, a conveniência, o gosto.

— Está vendo? De porcelana... São de... De quem são, senhora? Ah, sim, de Lerche... Lerche, norueguês... Parece nada, no entanto, minha querida... custam! Custam! Que elegância, não?... E este gatinho, hein? Que amor! Sim, vamos em frente, vamos em frente... Tudo coisa de Ducrot!... É o melhor, sabe? Hoje é o melhor, não é verdade, senhora? Não há nada igual... Móveis de Ducrot! Todos móveis de Ducrot... Este também... Olhe aqui esta poltrona... com a chamam? *Yode* de fino couro... não sei de que... Tem mais duas no estúdio... também de Ducrot! Você vai ver o estúdio!

Se Silvia tivesse dito uma palavra, ou ao menos com olhar, com um leve sinal tivesse demonstrado curiosidade, agradecimento, admiração, Dora Barmis teria começado a falar, faria brevemente e com o devido tato, a devida observação, as devidas nuances, a explicação de todos aqueles requintes, de tanto que sofria com as grotescas explicações de Boggiolo, que lhe pareciam emaranhar, aleijar, amarfanhar tudo.

Mas Silvia sofria mais do que ela, ao ouvir o marido falar assim. Sofria por ele e por ela. E naquele momento imaginava como se divertira aquela mulher, se não Raceni, ao decorar aquela casa do seu jeito com o dinheiro dele, e sentia indignação, despeito, vergonha, por isso ela se enrijecia cada vez mais, e mesmo assim não acabava com o suplício, detida pela curiosidade, que se esforçava para não demonstrar, de ver aquela casa, que não lhe parecia sua, mas estranha, não era feita para viver como até agora ela tinha vivido, mas para representar, daqui em diante, sempre e obrigatoriamente, uma peça, mesmo diante de si mesma. Obrigada a tratar com os devidos cuidados todos aqueles objetos de refinada elegância, que a deixariam em contínua sujeição. Obrigada a sempre lembrar-se do papel que devia recitar entre eles. E pensava que já não tinha uma casa como até agora concebera e amara, assim como já não tinha o menino. Mas infelizmente devia ser assim. De modo que logo, como boa atriz, iria se apossar das salas, daqueles móveis de cenário, de onde toda a intimidade familiar devia ser banida.

Quando viu, em cima, seu quarto separado do quarto do marido:

— Ah, sim, — disse. — Bom, bom...

E foi a única aprovação que saiu de seus lábios aquela noite.

Giustino, que sentia um peso no peito ao pensar que esta outra novidade, que Silvia encontraria na casa nova, talvez não lhe agradasse, revirava na mente as melhores maneiras para apresentar e colorir a coisa sem ofender a esposa, nem causar o riso da Barmis, de repente sentiu-se aliviado e felicíssimo, não entendendo realmente o porquê do contentamento da esposa.

— Eu fico aqui, vê? Ao lado, — apressou-se em explicar. — Aqui, exatamente aqui... Quartos, como se chamam? Ah, gêmeos, sim... quartos gêmeos, porque vê? Tal e qual... este é o meu! E o que você tem lá? O meu retrato. O que eu tenho aqui? O seu retrato. Vê? Quartos gêmeos. Você gosta? Todos fazem assim... Tudo bem! Estou mesmo contente...

A Barmis e Raceni, vendo-o, naquela noite, como um cachorrinho atrás da esposa, ficaram maravilhados, e de tempos em tempos olhavam-se nos olhos e sorriam.

Mas naquela noite Giustino estava tão submisso e desejoso da aprovação de Silvia não porque, sobrevivente ao giro triunfal de *A nova colônia* pelas principais cidades da península, tivesse crescido nele a estima por ela, e esta agora lhe impusesse maior respeito e consideração, nem porque de seu aspecto adivinhava, ou pelo menos entrevia, ter mudado o ânimo da esposa para com ele. A estima era a mesma de antes. Do efetivo mérito artístico dela, ele, na verdade, nunca se considerara bom juiz, e agora não se importava nada, desde que este mérito fosse reconhecido pelos outros e sinceramente convencido de que assim fosse — ao menos naquela medida — pela obra extraordinária que ele, no momento oportuno, encenara e continuava a encenar. Tudo obra sua, aquele reconhecimento. Quanto ao ânimo dela, como poderia duvidar — agora mais do que nunca — que estivesse cheio de admiração e gratidão?

Então? Então deviam haver outras razões que nem a Barmis, nem Raceni imaginavam.

Giustino estava arrependido de ter gastado demais com a decoração, e temia que, de um lado, isto pudesse ter prejudicado um pouco aquela admiração e gratidão, de outro, desejava a aprovação como um bálsamo que lhe aquietasse o remorso. Além disso, estava realmente pesaroso por ter feito sua esposa viajar pela primeira vez sozinha, sem ter pensado na separação do filho e na morte do tio (para ele, as únicas razões do rígido comportamento de Silvia). E por fim... havia outro porquê, íntimo, particularíssimo, que tinha fundamento na mais rigorosa, na mais escrupulosa observação de seus deveres conjugais por seis longuíssimos meses aproximadamente. Pelo menos esta última razão Dora Barmis poderia supor. Ela sorria, realmente, às escondidas... Claro! Sem dúvida supusera...

Não apenas por ela, mas, quando chegou a hora do jantar, que desde antes de partirem para a estação já tinha sido encomendado para quatro, não cedeu absolutamente aos insistentes pedidos de Giustino, e foi embora. Raceni sentia ser conveniente seguir a

Barmis, mas ficara fascinado pela Roncella assim que a viu, e não soube responder "não" assim que ela, com um sorriso, lhe disse:

— Pelo menos você fica...

Durante o jantar, Silvia continuou a fasciná-lo de propósito, com grande espanto e grande indignação de Giustino, que em certo ponto não aguentou e soltou:

— E a Barmis, caramba! Sinto muito!

— Oh Deus! — exclamou Silvia. — Se ela não quis ficar... Você pediu tanto!

— Você deveria ter pedido também! — devolveu Giustino.

E Silvia, friamente:

— Acho que pedi, como pedi para Raceni...

— Mas você não insistiu! Podia ter insistido...

— Nunca insisto, — disse Silvia, e acrescentou, dirigindo-se sorridente para Raceni: — Insisti com você? Parece que não. Se a Barmis sentisse prazer em ficar conosco...

— Prazer! Prazer! E se ela foi embora, — estourou Giustino no máximo da irritação, — para não lhe perturbar depois da viagem?

— Giustino! — chamou imediatamente Silvia em tom de reprovação, mas continuando a sorrir. — Assim você ofende Raceni que ficou. Pobre Raceni!

— De jeito nenhum! De jeito nenhum! — rebelou-se Giustino. — Estou defendendo a Barmis de sua suspeita. Raceni sabe que nos dá prazer, se o retivemos!

Realmente não pareceu a Raceni que ele tivesse muito prazer, mas ela sim, muito. Não cabia mais em si, pobre rapaz: ficara vermelho como uma papoula, e sentia o sangue correr pelas veias como fogo líquido, tão depressa, que estava aturdido.

Giustino, que o via assim e ouvia de quando em quando Silvia repetir entre sorrisos: *"Pobre Raceni!... Pobre Raceni!"*, sentia, por sua vez, subir por dentro outro fogo: fogo de irritação, aliás, de ira, também fomentado ressentimento de ainda não ver no rosto da esposa qualquer sinal de prazer, de surpresa, de admiração por aquela sala de jantar, por aquele jogo de mesa, por aquela esplêndida jardineira no meio, repleta e fragrante de cravos brancos, pelo serviço impecável de Èmere, naquela bela libré, e da cozinheira, que demonstravam suas primeiras habilidades. Nada! Nenhum sinal! Como se ela sempre estivesse em meio àqueles esplendores, habituada a ser servida assim, a jantar assim, a ter aquele tipo de companhia à mesa, ou como se, antes de chegar, já soubesse de tudo e esperasse encontrar o palacete deles decorado assim, ou melhor, como se não ele, mas ela, apenas ela tivesse pensado e preparado tudo.

Mas como? Fazia de propósito? E por quê? Como era? Só porque ele não fora pegá-la em Cargiore? Porque não pensara na separação do menino? Então por que não parecia nem um pouco aflita! Olha ali, está rindo... Que modos eram aqueles, agora? E continua com aquele "*pobre Raceni!*".

Giustino estremeceu e sentiu-se dilacerado por dentro, desde os dedos dos pés até a raiz dos cabelos, quando Silvia anunciou a Raceni uma grande novidade: havia escrito versos em Cargiore, muitos versos, e prometeu-lhe de presente uma amostra para *As Musas*.

— Versos? Que versos? Você fez versos? — explodiu. — Faça-me o favor!

Silvia olhou-o sem entender nada.

— Por quê? — disse. — Não podia escrever? Nunca escrevi versos, é verdade. Mas já me surgiram prontos, acredite, Raceni. Não sei — isso sim — se são bons ou ruins. Talvez sejam ruins...

— E você quer publicá-los nas *Musas*? — perguntou Giustino, com os olhos mais do que nunca enevoados pela irritação.

— Mas, desculpe, por que não, Boggiolo? — ressentiu-se Raceni. — Acha mesmo que possam ser ruins? Imagine com que ansiedade serão procurados e lidos, como uma nova, inesperada manifestação do talento de Silvia Roncella!

— Não, não, por caridade, não diga isso, Raceni, — apressou-se em protestar Silvia. — Assim não os dou mais. São versinhos, aos quais você não deve dar importância. Só dou com esta condição, e só para lhe agradar.

— Está bem, está bem... — resmungou Giustino. — Posso fazer uma observação? Não por Raceni que... está bem, você prometeu e pronto... Mas você tinha prometido antes ao senador Borghi uma novela, e não escreveu!

— Oh Deus, vou fazer, se me vier inspiração... — respondeu Silvia.

— É o que eu digo... em vez de versos... pelo menos você poderia ter feito esta novela em Cargiore! — Giustino não conseguiu se conter de criticar mais uma vez. — Então... e se agora você não pode mais dar esses versos ao senador, já que prometeu a Raceni... eu diria para... esperar pelo menos até que você termine a novela para Borghi.

Tudo errado, tudo errado naquela noite, para estragar a festa de chegada ao palacete, prêmio de tantos sacrifícios! Ah, agora, a esposa também queria voltar atrás, aos bons tempos quando distribuía de presente a todos seus trabalhos? Também queria fazer sozinha, aproveitando que ele, naquela noite, não queria ser completamente descortês com ela?

Mas estava começando a ser, e por isso sentia crescer aos poucos a impaciência. Pudera! O desengano da falta de elogio, da falta de espanto, toda a altivez dela, a grosseria imerecida à Barmis, agora esta promessa a Raceni...

Para desabafar e de certa maneira para dissipar a raiva, assim que ele saiu, lançou contra ele uma série de impropérios e injúrias:

— Estúpido! Imbecil! Palhaço!

Silvia logo tomou sua defesa, sorrindo:

— E a gratidão, Giustino? Se ele ajudou tanto?

— Ele? Atrapalhou, isto sim! — saltou furioso Giustino. — Só atrapalhou! Como agora! Como sempre! A Barmis realmente me ajudou, entende? Ela, sim! A Barmis, que você expulsou daquele jeito. E para este aqui, sorrisos, cumprimentos, *pobre Raceni, pobre Raceni*, e também... também o presente dos versos, por Deus!

— Eles não trabalham juntos? — disse Silvia. — Ele diretor e ela redatora?... Daqui em diante, pela ajuda que lhe deram, seria melhor compensá-los de vez em quando assim, para que não tenham mais o prazer de nos servir por... não sei bem por quê...

— Ah não, querida, não... escute... — começou a dizer Giustino, acabando de perder todo o domínio de si, bastante magoado. — Faça o favor de não se meter nessas coisas, que são problema meu! Mas você viu? Viu, tudo bem? Eu não sei... Todas essas coisas aqui... É tudo nosso! E é fruto do meu trabalho, de tantas preocupações, de tantos cuidados! E agora você quer me ensinar o que se deve fazer, o que se deve dizer?

Silvia cortou imediatamente a discussão, declarando-se morta de cansada da longa viagem e desejosa de repouso.

Compreendeu muito bem que ele jamais cederia sobre isto, e tentar impedi-lo ou mesmo criar obstáculos ao que ele já considerava seu trabalho, sua profissão, seria criar inevitavelmente tal choque entre eles a ponto de determinar um rompimento irrecuperável.

Melhor compreendeu ele, no momento em que — rejeitado — no quarto ao lado, despindo-se, começou a desafogar, sem qualquer reserva, o desengano, a amarga irritação, a raiva, com imprecações, repreensões, cobranças, arrependimentos, rompantes de riso maligno, que quanto mais a desprezavam e a feriam, mais aumentavam a seus olhos o agora descoberto e fulgurante comportamento ridículo dele.

— Claro! Ela tinha razão! *Ajude-a, Boggiolo, ajude-a a se vingar!* Estupidez minha não ter feito! Este é o prêmio! A recompensa! Estúpido... estúpido... estúpido... Cem mil ocasiões... Tudo bem! Isto é nada, senhores! Ainda não somos nada! É o que vamos ver!... Presentear, presentear... Fazer versos e presentear... Agora poesia!... Aparece a poesia... Claro! Estamos vivendo nas nuvens, sem olhos para ver toda esta despesa... Prosa, prosa, esta, nem pensar... Tanto sofrimento, tanto trabalho, tanto dinheiro: este é o agradecimento! Já sabia... Claro, não é nada... Um palacete? Bah! O que é? Móveis de Ducrot? Bah! Já sabia... Ah, enfim na cama! Que bela cama de rosas!... Que delícia inaugurá-lo assim, caro senhor Ducrot! Corre daqui, estúpido! Corre de lá! Quebre o pescoço! Perda o fôlego! Perda o emprego! Pede, ameaça, briga! Este é o prêmio, senhores! Este é o prêmio!

E continuou assim, no escuro, por mais de uma hora revirando-se na cama, tossindo, fungando, soluçando...

Entretanto, do outro lado, ela, toda recolhida em si sob as cobertas, com o rosto afundado no travesseiro para não ouvi-lo, maldizia, maldizia a fama, que com a ajuda dele, isto é, ao preço de tanto riso e tanta zombaria das pessoas, crescera. Agora, sentia-se atacada, frustrada, envolvida, por todos aqueles risos e zombarias, como o barulho do trem que lhe permanecia nos ouvidos. Ah, como não percebera antes? Somente agora, todos os espetáculos que ele havia dado, um mais ridículo que o outro, saltavam-lhe aos olhos, surgiam com vívida crueza, dilacerando-a: todos os espetáculos, desde o primeiro banquete, quando, ao brinde de Borghi, levantara-se junto com ela, como se o brinde devesse ser dirigido a ele por ser seu marido, até o último a que ela tinha assistido, lá na estação, antes da partida para Cargiore, quando, abrindo caminho, inclinara-se por causa dos aplausos que explodiram na sala de espera.

Ah, se pudesse voltar, fechar-se novamente em sua casca para trabalhar quieta e ignorada! Mas ele nunca permitiria que lhe fosse frustrado seu trabalho de tantos anos, onde depositava toda sua satisfação. Com aquele palacete, que considerava, e talvez com razão, apenas fruto de seu trabalho, pretendera edificar quase um templo à Fama, para oficiar ali, para pontificar ali! Seria loucura esperar que agora renunciasse! Pusera isto na cabeça e lá, lá permaneceria para sempre e obrigatoriamente agarrado àquela fama, da qual se reconhecia o artífice! Cada vez mais procuraria mantê-la para aparecer no meio dela cada vez mais ridículo.

Era o seu destino, e era inevitável.

Como ela conseguiria resistir àquele suplício, agora que a venda lhe caíra dos olhos?

2.

Poucos dias depois, Giustino quis iniciar com solenidade a instituição das "segundas literárias de Villa Silvia", como a Barmis havia sugerido.

Para a primeira, convidou todos os mais conhecidos maestros e críticos musicais de Roma, pois o pretexto para a inauguração era a apresentação em piano de algumas partes da ópera *A nova colônia* já terminada pelo jovem maestro Aldo Di Marco.

O nome do maestro era completamente desconhecido. Sabia-se apenas que este Di Marco era veneziano, israelita e riquíssimo, e que, para musicar *A nova colônia*, fizera uma oferta tão grande, que Boggiolo apressara-se em romper as tratativas já bem encaminhadas com um dos mais insignes compositores.

Apesar de Giustino não se importar nem muito nem pouco com o bom êxito da ópera, que aliás desejava modesto para não fazer sombra à peça, mandara anunciar pelos amigos jornalistas que a ópera dentro em pouco revelaria à Itália etc. etc., e também mandara publicar nos jornais a esguia e, ah meu Deus, não muito cabeluda imagem do jovem maestro veneziano, o qual etc. etc.

O anúncio parecera-lhe necessário e oportuno, não apenas em consideração à enorme soma desembolsada pelo maestro para musicar a peça (adaptada em versos por Cosimo Zago), mas também para aumentar a solenidade da inauguração.

Não precisava fazer tanto.

A apresentação em piano e o jovem maestro desconhecido, de aspecto tão pouco promissor, representavam para todos uma chateação e um estorvo. Porém, era vivíssima a curiosidade de ver a Roncella em sua casa, mulher, depois do sucesso.

Silvia esperava por isso. E na ansiedade que lhe causava a lembrança de dentro em pouco enfrentar esta curiosidade, vendo o marido em aflição pelos preparativos e também com ar de quem sabe tudo e não precisa de ninguém, tinha vontade de gritar-lhe:

"Chega! Deixe disso, não se aflija mais! Eles vêm por mim, só por mim! Você não conta, não tem nada a fazer a não ser ficar quieto, quieto, num canto!".

A ansiedade não era apenas pela curiosidade a enfrentar, era também por ele, sobretudo por ele.

Recorreu até ao artifício de fingir ciúmes da Barmis e impediu-
-o de recorrer a ela para os preparativos, com a esperança de que,
faltando essa ajuda, ele não tivesse tanto trabalho e se deixasse persuadir que já fizera o suficiente.

Giustino, ao pensar que a esposa — depois de alcançar (talvez
por causa dele) tanta celebridade — começava a ser, apesar de enganada, um pouco ciumenta, sentia algum prazer, manifestou a irritação que este ciúme lhe causava neste momento com um sorrisinho
leviano. A ajuda da Barmis era indispensável. Mas Silvia manteve-se
firme.

— Não, ela não! Ela não!
— Mas, Deus... Silvia, está falando sério? Se eu...
Silvia balançou a cabeça com raiva e escondeu o rosto nas
mãos, para interrompê-lo.

Repentinamente, sentiu vergonha e asco de seu fingimento,
vendo que ele, no fundo, se comprazia: vergonha e asco, porque lhe
pareceu que ela também, agora, começasse a zombar dele como os
outros, pelo espetáculo desta leviandade.

Em seguida, acreditando abalá-lo fortemente, para salvá-lo e
salvar-se, fazendo cair a venda de seus olhos, prorrompeu:

— Por que, por que você quer que riam? De você e de mim?
Mais? Não percebe que a Barmis ri de você e sempre riu? E os outros todos riem com ela, todos! Você não percebe?

Giustino não titubeou minimamente com este ímpeto de raiva da esposa. Olhou-a com um sorriso de compaixão e levantou
uma das mãos num gesto, mais do que de desprezo, de filosófica
indiferença.

— Riem? Sim, faz tempo... — disse. — Mas faça as contas, minha
querida, e veja se são tolos aqueles que riem ou eu que... veja bem, fiz
tudo isso e coloquei seu nome em alta! Deixe-os rir. Vê? Eles riem,

e eu aproveito para conseguir deles o que quero. Estão aqui, estão aqui, todas as risadas deles...

Agitou as mãos olhando ao redor do quarto, como que dizendo: "Está vendo em quantas coisas belas se transformaram?".

Silvia deixou cair os braços e ficou olhando-o de boca aberta.

Ah, então ele sabia? Já percebera? Continuava indiferente, e ainda queria continuar? Não lhe importava nada que rissem dele e dela? Oh Deus, mas então... – se ele estava seguro, seguríssimo de que a fama dela era obra sua unicamente, e que toda esta sua obra, no fundo, não era mais do que fazerem rir dele, para depois converter essas risadas em grandes ganhos, naquele palacete ali, nos belos móveis que o adornavam – o que queria dizer? Talvez quisesse dizer que para ele a literatura era coisa para rir, uma coisa que um homem de critério, sagaz e precavido, não poderia se intrometer senão assim, isto é, para tirar proveito das risadas dos tolos que a levavam a sério?

Queria dizer isso? Não!

Continuando a olhar o marido, Silvia logo reconheceu que ela, pensando assim, não o via como realmente era. Não, não! Ele não queria o ridículo de que se valera. Desde que, lá em Taranto, chegaram aqueles trezentos marcos para a tradução de *Albatrozes*, ele começara a levar a literatura a sério, pois besteira para ele era apenas não se importar com os lucros que a literatura, como qualquer outro trabalho – se bem administrado – poderia render... E começara a administrar, a administrar com tal fervor, aliás, com tanto afinco que chegou a atrair o riso de todos. Não provocara risos intencionalmente, por razões comerciais, mas fora obrigado a suportá-los, e agora os considerava tolos só porque ele, mesmo entre eles e com eles, conseguira seu intento. Mas sua sensatez apoiava-se naqueles risos e era composta apenas por eles, e agora não podia mais se mover, ao mínimo movimento correspondia uma risada! Quanto mais sério queria parecer, mais ridículo parecia.

Ah, aquela noite da inauguração! Até no roçar das roupas, no leve arrastar dos sapatos atenuado pela espessura dos tapetes, em cada barulho, seja de uma cadeira arrastada, de uma porta aberta, de uma colherinha agitada na xícara; e depois no estrépito do piano quando Di Marco começou a tocar; sorrisinhos, risadinhas, gracejos, jatos de risos fragorosos, escancarados, debochados, Silvia sentiu, e pareceu-lhe ver em cada sorriso de respeito ou congratulação, a zombaria em cada olhar, em cada gesto, em cada palavra dos convidados.

Esforçou-se para não se preocupar com o marido, mas como, se ele estava sempre diante dela, pequeno, compenetrado, irrequieto, radiante, e ouvia que todos o chamavam? Sim, ora Luna pegava-o pelo braço, e outros quatro, cinco jornalistas corriam ao seu redor, em grupo, ora a Lampugnani o chamava de lado, no grupete das mais espirituosas senhoras.

Ela gostaria de reunir todos em torno dela, mas não podendo, no fervor da indignação, tinha de vez em quando a tentação de dizer ou fazer algo insólito, nunca visto, que fizesse com que todos perdessem a vontade de rir, de vir ali para zombar do marido, e, por consequência, dela.

No entanto, cabia-lhe aguentar a corte quase descarada que todos aqueles jovens literatos e jornalistas se permitiam fazer-lhe, como se ela, por ter a sorte de um marido daquele feitio, tão alegremente disposto a exibi-la a todos, um marido que tanto se esforçava para fazê-la entrar nas graças de todo mundo, um marido que, convenhamos, nem ela poderia levar a sério, não pudesse, nem devesse refutar aquela corte, até mesmo para não aborrecê-lo.

De fato, ele não se aproximava dela de quando em quando para recomendar que fosse agradável com um e com outro, e até aos mais atrevidos, aqueles que ela havia afastado com duro e frio desprezo? O Betti, que até agora aproveitara todas as ocasiões para escrever mal dela em vários jornais, e Paolo Baldani, que viera há pouco de Bolonha, belíssimo jovem e crítico muito erudito, poeta e jornalista, que com incrível arrogância sussurrara-lhe uma declaração de amor completa?

Ah, não apenas risos e zombarias, mas perguntava-se Silvia sobre aquelas breves, furtivas recomendações do marido, que não lhe pareciam inocentes, como eram para ele. – Isto também?

Gelava de desgosto e queimava cada vez mais de indignação.

As mais estranhas ideias passavam pela sua mente, incutindo-lhe perplexidade, uma vez que descobria no fundo de seu ser partes ainda inexploradas, tudo o que até então não quisera reconhecer, mas que já tivera o pressentimento de que, se um dia seu demônio se apossasse dela, quem sabe para onde a levaria.

Acabava de se decompor em sua consciência qualquer conceito que ela até agora se esforçara para manter firme, e entrevia que, abandonada àquela sua nova sorte, ou melhor, ao capricho do acaso, sem qualquer desejo de consistência interior, seu ânimo podia mudar, revelar-se de um instante ao outro capaz de tudo, das mais impensadas, inesperadas resoluções.

– Parece que... parece que... tudo bem, não? Muito bem... – apressou-se em dizer Giustino, quando os últimos convidados foram embora, para sacudi-la da postura em que permanecera: rígida em pé, com os olhos fixos, absortos, e a boca contraída.

Ainda sentia na mão fria o aperto de fogo que Baldani lhe dera há pouco, ao se despedir.

— Tudo bem, não?... — repetiu Giustino. — Sabe, andando aqui e ali, ouvi que diziam de você muitas... boas, boas coisas...

Silvia estremeceu e lançou-lhe um olhar, que o deixou perdido por um instante, com um sorriso vazio nos lábios de quem percebe que alguém está para descobrir outro lado que nós mesmos ainda não conhecemos.

— Você não acha? — perguntou. — Tudo bem... Só aquela música de di Marco pareceu... você ouviu? Erudita, sim... deve ser música erudita, mas...

— Precisamos continuar assim? — perguntou de repente Silvia, com voz estranha, como se só sua voz estivesse ali e ela ausente, numa distância infinita. — Aviso que assim não posso fazer mais nada.

— Como... por quê?... aliás, agora que... mas como! — fez Giustino atacado de surpresa. — Com aquele estúdio lá em cima...

Silvia apertou os olhos, contraiu o rosto e sacudiu a cabeça.

— Mas como? — repetiu Giustino. — Você pode se fechar lá... Quem vai incomodá-la?... Com tanto silêncio... Aliás, queria lhe dizer... Todos perguntaram o que você prepara de novo. Respondi: nada, por enquanto. Ninguém acredita. Certamente uma nova peça, dizem. Pagariam sabe-se lá quanto, por um sinal, uma notícia, um título... Você deveria pensar sobre isso, voltar ao trabalho...

— Como? Como? Como? — gritou Silvia, sacudindo os punhos, impaciente, exasperada. — Não posso pensar, não posso fazer mais nada! Para mim acabou! Eu podia trabalhar ignorada, quando nem eu mesma sabia! Agora não posso mais nada! Acabou! Não sou mais aquela! Não estou em mim! Acabou! Acabou!

Giustino seguiu-a com os olhos naquela agitação, depois, com um movimento de cabeça:

— Assim vamos bem! — exclamou. — Agora que começou, acabou? O que você está dizendo? Desculpe, quando se trabalha, por que se trabalha? Para alcançar um fim, me parece! Você quer trabalhar e ser ignorada? Então trabalhar para quê? Para nada?

— Para nada! Para nada! Para nada! — respondeu Silvia com ardor. — É isso mesmo, para nada! Trabalhar por trabalhar, e nada mais! Sem saber nem como nem quando, escondida de todos e quase escondida de mim mesma!

— Que loucuras são essas agora! — gritou Giustino, começando a se alterar também. — E o que eu fiz? Fiz mal em fazer valer o seu trabalho, não é? É isso que você quer dizer?

Silvia com as mãos novamente no rosto acenou que sim com a cabeça, várias vezes.

— Ah, sim? — recomeçou Giustino. — Então por que me deixou fazer até agora? Por agradecimento, agora que você colhe os frutos a que aspiram muitos dos que trabalham como você, a glória e a riqueza, você reclama?... E não é loucura? Vá lá, minha querida, devem ser os nervos! De resto, desculpe, o que você tem a ver com isto? Quem disse para você se meter em coisas que não lhe dizem respeito?

Silvia olhou-o espantada.

— Não me dizem respeito?

— Não, querida, não lhe dizem respeito! — replicou logo Giustino. — Você trabalha por nada, como antes. Volte a trabalhar como quiser e como gostar e deixe as preocupações do restante comigo. Eu bem sei... que novidade!... Bem sei que se fosse por você... Desculpe-me, mas se eu, com meu trabalho, tiro proveito, o que você tem com isso? Não sobrecarrego você com isso? Este é o meu trabalho! Você me dá seus escritos, escreva por nada, jogue fora, como quiser. Eu os pego e devolvo em dinheiro vivo. Você pode me impedir? É o meu trabalho, e você não tem nada a ver com isso. Você trabalha como trabalhou até agora, trabalha por trabalhar... mas trabalhe! Porque se não trabalhar mais, eu... eu... o que eu faço? Diga-me? Eu perdi o emprego, minha querida, para me dedicar aos seus trabalhos. É nisso que você precisa pensar! A responsabilidade agora é minha... quer dizer, de seu trabalho. Ganhamos muito, é verdade, e virá ainda mais com *A nova colônia*. Mas as despesas cresceram muito... Agora é outra casa. Ainda precisamos pagar trinta mil liras pelo palacete. Eu podia ter pagado, mas pensei em guardar alguma coisa para que você tivesse um pouco de folga... Agora você deve se recolher. Foi um choque muito forte, uma mudança muito repentina... Logo você vai se acostumar, vai reencontrar a calma... O mais difícil já foi feito, minha querida. Temos a casa... eu a quis exatamente assim, gastei, mas... pelas aparências, sabe?... São tudo! Sua assinatura agora vale muito... Sem presentear nada a ninguém! Se Raceni espera os versos que você prometeu para a revista dele, pode esquecer! Não vou lhe dar. *Pobre Raceni, pobre Raceni*, você vai ver quanto esses versos irão render... Deixe comigo! Basta que você volte a escrever... Escreva e não pense em nada. Naquele estúdio magnífico...

  Silvia não viu nesse longo discurso de Giustino a boa intenção de reconduzi-la à calma e à razão, ao reconhecimento e à gratidão do que ele havia feito e ainda queria fazer por ela. Viu apenas o que podia, naquele momento de exasperação, oferecer ao seu inimigo e tirano, isto é, que ele a obrigava terminantemente a trabalhar, já que tinha perdido o emprego, trabalhar para lhe dar uma profissão, que além de ridícula parecia completamente odiosa. Afinal, ele não queria viver de trabalho e do trabalho dela, para depois se atribuir todo o mérito dos lucros? Desde que o trabalho dela não custasse qualquer esforço, ela podia até reconhecer que o mérito dos ganhos inesperados fosse todo ou quase todo dele, mas não agora que ele lhe fazia expressa e precisa obrigação de trabalhar, agora que o trabalho era um suplício só de pensar que deveria entregá-lo a ele, todo, sem poder dispor como quisesse nem de uma mínima parte, todo, todo, porque se aproveitava para negociar até com a zombaria e agora também com o menosprezo dos outros. Tudo era rentável, mesmo aqueles pobres, íntimos e arredios versinhos... Negócio, mesmo à custa da dignidade dela! Será que ele percebia isso? Será possível que o furor o cegasse a ponto de não ver?

Insone toda a noite, Silvia ficou a pensar, e em certo momento, com a ajuda do escuro e do silêncio, surpreendeu, no fundo de seu ser, uma estranha mistura de sentimentos que certamente nunca tivera: sentimentos remotos, os quais lhe faziam subir à garganta uma angústia inesperada, quase nostalgia. Sim, via surgir claramente as casas de sua Taranto. Dentro delas as suas boas e pacatas conterrâneas, que, acostumadas a ser protegidas ciumentamente pelos homens e com o mais escrupuloso rigor, para que não tivessem nenhuma suspeita, acostumadas a ver o homem voltar para casa como para um templo a ser mantido fechado a todos os estranhos e aos parentes que não fossem íntimos, se perturbavam, se ofendiam como se fosse um desacato ao seu pudor, se o homem começava a abrir o templo, sem se importar com a boa reputação delas.

Não, não, ela nunca tivera esses sentimentos: seu pai sempre fora hospitaleiro, especialmente com os empregados subalternos, forasteiros. Ela sempre desdenhara esses sentimentos, sabendo que muitos murmuravam sobre a hospitalidade do pai, a qual sem dúvida tornaria difícil seu casamento com alguém da cidade. Na época, parecia-lhe que a mulher devesse se ofender com aquele cuidado ciumento dos homens como se fosse falta de estima e confiança.

Por que agora ela se ofendia com o contrário, descobria em si aqueles sentimentos insuspeitos, semelhantes em tudo aos das mulheres de lá?

Repentinamente, a razão lhe surgiu clara.

Quase todas as mulheres de lá se casavam sem amor, por conveniência, para ter uma situação, e entravam dependentes e obedientes na casa do marido, que era o patrão. Sua obediência, sua devoção, não eram movidas pelo afeto, mas só pela estima pelo homem que trabalha e que mantém. Estima que podia se sustentar sob a condição de que esse homem, com seu trabalho, se não com sua boa conduta, de alguma forma soubesse conservar rigorosamente o respeito que se deve ao patrão. Ora, um homem que abrandava o rigor a ponto de abrir aos outros a própria casa, logo caía na estima até das pessoas que eram admitidas, e a mulher sentia uma autêntica ofensa ao seu pudor porque se via descoberta em sua intimidade sem amor, em seu estado de submissão a um homem que não o merecia mais apenas pelo fato de permitir algo que os outros nunca teriam permitido.

Pois bem, ela também se casara sem amor, levada pela necessidade de ter uma situação e persuadida por um sentimento de estima e gratidão por aquele que a tomava como esposa sem se importar com outra grave culpa, que preocuparia seus conterrâneos, além da hospitalidade do pai: a sua literatura. Agora ele se metera a mercadejar o segredo sobre o qual fora edificada a estima, a gratidão dela. Começara a vender e apregoar com tanto estardalhaço a mercadoria, para que todos entrassem em seu segredo, vissem-no, tocassem-no. Que respeito podiam ter os outros por um homem assim? Todos riam e ele não se importava! Que estima ela podia ter e qual gratidão, se ele agora, invertendo os papéis, obrigava-a ao trabalho e queria viver dele?

Mais do que tudo, naquele momento, ofendia-a que os outros pudessem acreditar que ela ainda amasse aquele homem ou lhe fosse devota.

Será que ele também acreditava? Ou sua segurança repousava na confiança da honestidade dela? Ah, sim, mas honesta para si mesma, não mais para ele! Sua segurança não podia ter sobre ela outro efeito do que aquele de irritá-la como um desafio, ofendê-la e enchê-la de desdém.

Não, não, ela sabia que assim não podia continuar a viver.

3.

Dois dias depois, como era de se esperar depois daquele aperto de mão, Paolo Baldani voltou ao palacete.

Giustino Boggiolo recebeu-o de braços abertos.

— Incomodar, o senhor? Não diga isso! Honra, prazer...

— Fale baixo, fale baixo... — disse Baldani sorrindo e colocando um dedo sobre os lábios. — Sua senhora está? Não quero que ela me ouça. Preciso do senhor.

— De mim? Estou aqui... Como posso servi-lo?... Entremos aqui, na sala... ou se preferir, vamos ao jardim... ou na saleta aqui ao lado. Silvia está lá em cima, em seu estúdio.

— Obrigado, aqui está bem, — disse Baldani, sentando-se na sala. Depois, aproximando-se de Boggiolo, acrescentou em voz baixa:

— Preciso ser indiscreto.

— O senhor? Não... por quê? Aliás...

— É necessário, meu amigo. Mas quando a indiscrição é para o bem, um cavalheiro não deve hesitar. Vou lhe contar. Tenho pronto um estudo exaustivo sobre a personalidade artística de Silvia Roncella...

— Oh, obri...

— Fale baixo, espere! Vim lhe fazer algumas perguntas... digamos, íntimas, especialíssimas, que somente o senhor é capaz de responder. Gostaria de saber do senhor, caro Boggiolo, certos esclarecimentos... fisiológicos.

Giustino, pelo tom baixo, misterioso com que Baldani continuava a falar, estava quase sendo puxado pela ponta do nariz escutando de cabeça baixa, com os olhos atentos e a boca aberta.

— Fisio...?

— ...lógicos. Explico. A crítica, meu amigo, tem hoje necessidades de investigações bem diferentes, de que antes não se falava. Para se entender completamente uma personalidade é preciso conhecer profunda e precisamente até as mais obscuras necessidades, as necessidades mais secretas e mais recônditas do organismo. São investigações muito delicadas. Um homem, o senhor entende, se submete sem tantos escrúpulos, mas uma mulher... eh, uma mulher... digamos, uma mulher como a sua senhora, convenhamos! Conheço muitas mulheres que se submeteriam a esta investigação sem qualquer escrúpulo, até mais abertamente do que os homens, por exemplo... melhor não citar nomes! Ora, aventurar-se a um julgamento, como muitos fazem, fundado apenas nos traços fisionômicos aparentes, é para charlatães. A forma de um nariz, meu Deus, pode muito bem não corresponder à verdadeira natureza de quem o carrega no rosto. O narizinho tão gracioso de sua senhora, por exemplo, tem todas as características de sensualidade...

— Ah, sim? — perguntou Giustino, maravilhado.

— Sim, sim, certo, — confirmou com grande seriedade Baldani. — No entanto, talvez... Bem, para completar meu estudo, preciso do senhor, caro Boggiolo, algumas informações... repito, íntimas, imprescindíveis para entender completamente a personalidade da

Roncella. Se me permite, farei uma ou duas perguntas, não mais. Gostaria de saber se sua senhora...

E Baldani, aproximando-se ainda mais, falando ainda mais baixo, com elegância e sempre sério, fez a primeira pergunta. Giustino, curvo com os olhos mais atentos do que nunca, ficou muito vermelho. No final, colocando as duas mãos sobre o peito e erguendo-se:

— Ah, não senhor! Não senhor! — negou com vivacidade. — Posso jurar!

— Mesmo? — disse Baldani, olhando-o nos olhos.

— Posso jurar! — repetiu Giustino com solenidade.

— Então, — recomeçou Baldani, — tenha a cortesia de me dizer, se...

E baixinho, como antes, com elegância, sempre sério, fez a segunda pergunta. Desta vez Giustino, escutando, enrugou um pouco as sobrancelhas, depois demonstrou grande espanto e perguntou:

— E por quê?

— Como o senhor é ingênuo! — sorriu Baldani, e lhe explicou por quê.

Giustino então, ficando novamente muito vermelho como uma papoula, primeiro esticou os lábios como se fosse assobiar, depois fechou-os num risinho vazio e respondeu, hesitante:

— Isso... sim, às vezes... mas acredite que...

— Por caridade! — interrompeu-o Baldani. — Não precisa me contar. Quem poderia imaginar que Silvia Roncella... por caridade! Chega, é o bastante. Eram esses os dois pontos que eu precisava esclarecer. Obrigado de coração, caro Boggiolo, obrigado!

Giustino, um pouco desconcertado, mas sorridente, coçou a orelha e perguntou:

— Desculpe, talvez no artigo...?

Paolo Baldani interrompeu-o, negando com o dedo, depois disse:

— Antes de tudo, não é um artigo, é um estudo, já disse. O senhor vai ver! A pesquisa é secreta, serve para mim, para me guiar na crítica. Depois o senhor verá. Se quiser agora fazer a bondade de me anunciar à sua senhora...

— Imediatamente! — disse Giustino. — Tenha a paciência de esperar um momentinho...

E correu para o estúdio de Silvia, para anunciá-lo. Estava muito seguro de tê-la convencido com seu último discurso, e não esperava que ela se negasse veementemente a ver Baldani.

— Mas por quê? — perguntou.

Silvia teve a tentação de lhe jogar na cara a verdadeira resposta, para desfazer aquele ar de atônito e doloroso espanto, mas temia que ele fizesse aquele gesto de filosófica indiferença, como quando lhe havia mostrado as risadas e as zombarias dos outros.

— Porque não quero! — disse. — Porque me aborrece! Você não vê que estou aqui quebrando a cabeça!

— Vamos, cinco minutos... — insistiu Giustino. — Ele tem pronto um estudo sobre a sua obra! Hoje, uma crítica de Baldani, veja bem... é o crítico da moda... crítica, espere! como a chamam? não sei... uma crítica nova, de que se fala tanto agora, minha querida! Cinco minutos... Ele a estuda e só. Faço-o entrar?

— Muito bonito, muito bonito, — dizia, pouco depois, Paolo Baldani no estúdio, batendo levemente a mão feminina no braço da poltrona e olhando com olhos um pouco apertados Giustino Boggiolo. — Muito bonito, senhora, ver um homem tão preocupado com a sua fama e o seu trabalho, tão inteiramente devotado à senhora. Imagino como deve estar contente!

— Sabe?... porque... se eu... — tentou logo intervir Giustino, temendo que Silvia não quisesse responder.

Baldani deteve-o com a mão. Não havia terminado.

— Permite? — disse, e continuou: — Digo isso, porque tanta solicitude e tanta devoção devem ter seu peso na avaliação de sua obra, pois a senhora certamente pode, sem nenhuma outra preocupação estranha, dedicar-se totalmente à divina alegria de criar.

Parecia que ele falava assim por brincadeira, que com aquela sua fala rebuscada acompanhada por um leve sorriso irônico, quase imperceptível, pretendia envolvê-la com um fascínio de inquietante ambiguidade. "Só eu sei o que tenho por dentro", parecia dizer. "Para a senhora, para todos, uso essas palavras luxuosas que me revestem de um nobre desprezo, mas também posso, se for o caso, jogá-las fora e me desnudar, para me mostrar de repente belo e forte em minha nua animalidade".

Silvia via claramente esta animalidade no fundo dos olhos dele. Tivera uma prova na descarada declaração da outra noite. Tinha certeza que sofreria um novo e mais descarado assalto se o marido se afastasse um pouco do estúdio. No entanto — oh, que nojo! — ele elogiava e admirava Giustino diante dela, para se fazer de amigo e, depois de olhar para ele, volvia os olhos para ela com incrível impudência. Baldani, de fato, dizia-lhe com o olhar: "Você nem sonha o que sei de você...".

— Alegria de criar? — prorrompeu Silvia. — Nunca senti. E estou realmente triste de não poder mais dedicar-me, como antes, ao que o senhor chama de preocupações estranhas. Eram as únicas em que me encontrava, que me davam alguma segurança. Toda minha sabedoria estava nelas! Porque eu mesma não sei nada. Não entendo nada. Se o senhor me fala de arte, eu não entendo nada de nada.

Giustino se agitou na cadeira, todo confuso. Baldani percebeu, voltou-se para olhá-lo, sorriu e disse:

— Mas esta é uma confissão preciosa... preciosa.

— O senhor quer saber, se o ajuda, o que eu fazia, — continuou Silvia, — enfiada aqui com o propósito de escrever? Contei no meu braço as listrinhas brancas e pretas desta minha roupa de meio-luto: cento e setenta e três pretas e cento e setenta e duas brancas, do pulso até o ombro. Por isso, só sei que tenho um braço e este vestido. Fora isso, não sei nada, nada, nada, realmente nada.

— Isto explica tudo! — exclamou Baldani, como se já tivesse esperando. — Toda a sua arte é esta, minha senhora.

— As listrinhas brancas e pretas? — perguntou Silvia, fingindo espanto.

— Não, — sorriu Baldani. — A sua maravilhosa inconsciência, a qual explica o não menos maravilhoso nascimento espontâneo de sua obra. A senhora é uma verdadeira força da natureza, ou melhor, é a própria natureza que se serve do instrumento de sua fantasia para criar obras acima do comum. A sua lógica é a da vida, e a senhora não pode ter consciência disso, pois é lógica inata, lógica móvel e complexa. Veja, minha senhora: os elementos que constituem o seu espírito são extraordinariamente numerosos, e a senhora os ignora. Eles se agregam e se desagregam com uma facilidade, com uma rapidez prodigiosa. E isso não depende de sua vontade, eles não se deixam fixar pela senhora em qualquer forma estável, posso dizer que se mantém num estado de perpétua fusão, sem nunca se condensar: maleáveis, plásticos, fluidos. A senhora pode assumir todas as formas sem saber, sem usar a reflexão.

— Sim! Sim! Sim! — começou a dizer Giustino, explodindo, exultante e alegre. — É isso! É isso! Diga a ela, repita, faça com que ela grave na mente, caro Baldani! O senhor agora está fazendo o que um verdadeiro amigo faz. Ela está um pouco confusa, veja... um pouco incerta, depois desse sucesso.

— Não! — gritou Silvia em brasas, tentando interrompê-lo.

— Sim, sim, sim! — insistiu Giustino, levantando-se e interferindo, para impedir que lhe fugisse essa ocasião propícia, agora que a capturara. — Santo Deus, Baldani explicou tão bem! É exatamente como ele disse! Não encontra assunto para a nova peça, e...

— Não encontra? Mas se já o tem! — exclamou Baldani sorrindo. — Posso permitir-me uma sugestão pelo afeto que tenho pela senhora? A senhora já tem a peça! Os tolos acreditam (e vão dizendo) que é mais fácil criar fora das experiências cotidianas, colocando coisas e pessoas em lugares imaginários, em tempos indeterminados, como se a arte devesse obstruir a dita realidade comum, e não pudesse criar uma realidade própria e superior. Mas eu conheço a sua força e sei que a senhora pode confundir esses beócios, reduzi-los ao silêncio e obrigá-los à admiração, enfrentando e dominando uma matéria realmente diversa daquela de *A nova colônia*. Um drama de almas, em nosso meio, na cidade. A senhora tem no seu livro *Albatrozes* uma novela, a terceira, se bem me lembro, intitulada *A não ser assim...*[22] Esta é a nova peça! Pense nisso. Ficarei feliz por tê-lo indicado, se um dia puder dizer: esta peça ela escreveu por minha causa, fui eu que influenciei a matriz de sua fantasia para a fecundação, este novo germe vital!

Levantou-se e disse a Giustino com solenidade:

— Vamos deixá-la sozinha.

Foi até ela, pegou sua mão e, inclinando-se, beijou-a e saiu.

---

[22] *A não ser assim...* [Se non così...] ou *A razão dos outros* [La ragione delle altri] é uma peça de Pirandello encenada em 1915, baseada na novela "O ninho" [Il nido] de 1895. A sinopse será descrita mais adiante.

Silvia, assim que ficou sozinha, foi tomada por aquela orgulhosa irritação que se sente quando, debatendo-se numa tempestade em que não se enxerga mais, nem se espera salvação, de repente e com um gesto tranquilo, vemos quem menos queremos nos oferecer uma tábua ou uma corda. Queremos nos afogar em vez de aceitar ajuda, para não ficar devendo nossa salvação a alguém que a ofereceu com tanta facilidade. Essa facilidade, que demonstra ser tolo e vão o nosso recente desespero, nos parece um insulto, e logo queremos demonstrar, de nossa parte, boba e vã a ajuda tão facilmente oferecida, mas sentimos, contra nossa vontade, que já estamos agarrados à tábua ou à corda.

Silvia ansiava por voltar ao trabalho, um trabalho que a ocupasse completamente e impedisse de ver, de pensar em si mesma e de sentir. Procurava e não encontrava. Atormentava-se nessa ansiedade, convencendo-se cada vez mais de que não era capaz de fazer nada.

Agora, não teve vontade de ir até a estante pegar o volume de *Albatrozes*, já estava dentro de seu espírito, já se esforçava para ver a peça naquela terceira novela indicada por Baldani.

Havia? Sim, realmente havia. O drama de uma esposa estéril. Ersilia Groa, rica interiorana, não bela, de coração ardente e profundo, mas rígida e dura de aspecto e de maneiras, casada há seis anos com Leonardo Arciani, literato sem mais vontade — depois do casamento — nem de escrever, nem de se dedicar aos livros, mesmo tendo despertado com um seu romance grandes esperanças e viva expectativa no público. Os anos de casamento passaram aparentemente tranquilos. Ersilia não consegue demonstrar o afeto que tem no coração, talvez tema que ele não tenha nenhum valor para o marido. Ele lhe pede pouco e pouco ela lhe dá, podia lhe dar tudo se ele quisesse. Sob essa aparente tranquilidade, o vazio. Só um filho poderia preenchê-lo, mas, infelizmente, depois de seis anos, ela não espera mais tê-lo. Um dia, chega uma carta para o marido. Leonardo não tem segredos para ela: leem a carta juntos. É de uma prima dele, Elena Orgera, que já fora sua noiva. Agora, seu marido morrera e ela ficara pobre e sem proventos, com um filho que gostaria de colocar num orfanato: pede-lhe ajuda. Leonardo não quer, mas Ersilia o persuade a mandar ajuda. Dali a pouco, inesperadamente, ele volta ao trabalho. Ersilia nunca vira o marido trabalhar. Desconhecedora das letras, não sabe explicar aquele novo, imprevisto fervor. Vê que ele definha dia a dia, teme que adoeça, gostaria ao menos que não se afligisse tanto. Mas ele lhe diz que a inspiração voltou, que ela não pode compreender o que seja. E assim, por cerca de um ano, consegue enganá-la. Quando Ersilia afinal descobre a traição, o marido já tem uma filha com Elena Orgera. Dupla traição. Ersilia não sabe se o coração lhe sangra pelo marido que aquela mulher lhe tirou ou pela filha que lhe deu. A consciência, realmente, tem curiosos pudores: Leonardo Arciani rasga o coração da esposa, tira-lhe o amor, a paz, mas sente-se constrangido com dinheiro. Com o dinheiro da esposa, não, como cavalheiro não quer manter um ninho fora de casa. Mas os escassos e incertos proventos de seu difícil trabalho não bastam para suprir as necessidades, que logo começam a encher aquele ninho de espinhos. Ersilia, assim que descobre a traição, fecha-se hermeticamente, sem deixar transparecer ao marido nem a indignação, nem a dor: só pede que ele continue a viver em casa, para não fazer escândalo, mas separado dela. E não lhe dirige mais nem um olhar, nem uma palavra. Leonardo, oprimido por um peso que não pode suportar, fica profundamente admirado com a digna e austera atitude da esposa, que talvez tenha compreendido que, além e acima de qualquer direito seu, havia para ela um dever mais imperioso para com a filha. Sim, de fato, Ersilia compreende este dever: compreende porque sabe o que lhe falta; compreende tanto que, se ele agora, esgotado e humilhado como está, retornasse para ela, abandonando a amante com a filha, ela sentiria horror. Dessa sua compaixão tácita e sublime ele tem prova no silêncio, na paz, em tantos cuidados pudicamente dissimulados que encontra em casa. A admiração aos poucos se transforma em gratidão; a gratidão em amor. Agora, ele não vai mais ao ninho de espinhos, a não ser pela filha. E Ersilia sabe. O que espera? Ela mesma ignora, no entanto, alimenta em segredo o amor que já sente ter nascido nele. Para romper esse estado de coisas, surge o pai dela, Guglielmo Groa, grande comerciante do interior, rude, inculto, mas cheio de arguto bom senso.

 Sim, a peça poderia começar aqui, com a chegada do pai. Ersilia, que há três anos não fala com o marido, vai encontrá-lo na sede de um jornal, onde ele é suportado como redator artístico, para avisar que o pai, de quem ela escondera tudo, já suspeita e virá naquela mesma manhã pedir explicações. Pede que ele finja ao menos para poupar o pai daquela dor. É uma desculpa. Na verdade, teme que o pai, para chegar a uma solução impossível, quebre irremediavelmente o tácito acordo de sentimentos que ela penara tanto para estabelecer com o marido, e que lhe é causa de inefável tormento secreto e também de inefável doçura secreta. Ersilia não encontra o marido na redação do jornal e deixa-lhe um bilhete, prometendo voltar logo para ajudá-lo a fingir, quando o pai, que fora assistir a uma sessão matinal da Câmara, vier falar com ele. Leonardo encontra o bilhete da esposa e sabe pelo porteiro que pouco antes veio outra senhora procurá-lo. É Elena, que ele não vê há uma semana, sentindo-se espiado pelos olhos suspeitosos do sogro. De fato, Elena volta pouco depois, naquele momento tão pouco oportuno, e em vão Leonardo explica-lhe por que não foi vê-la e, como prova, lhe mostra o bilhete da esposa. Ela zomba da abnegação de Ersilia, que quer poupar desgostos e amarguras ao marido, enquanto ela... ela representa a necessidade, a crueza de uma realidade não mais sustentável: os fornecedores querem ser pagos, o senhorio ameaça despejo. Melhor acabar com isso! Tudo entre eles está acabado. Ele ama a esposa, aquela sublime silenciosa: pois bem, volte para ela! Leonardo responde-lhe que se a solução fosse assim tão simples, já teria voltado há algum tempo, mas infelizmente essa não é a solução, ligados como estão um ao outro. Pede que vá embora e promete que irá vê-la assim que puder. Em má hora para Leonardo, tão amargurado, o sogro chega antes do tempo, aborrecido com as conversas dos parlamentares. Guglielmo Groa não sabe estar diante de outro pai, seu genro, que como ele deve defender a própria filha. Acredita que o desvio do genro pode ser reparado com um pouco de tato e de dinheiro, oferece-lhe ajuda e pede que confie nele. Leonardo está cansado de mentir, confessa sua culpa, mas diz que já teve a punição mais grave que poderia esperar, e rejeita como inútil a ajuda do sogro e também conversar com ele. Groa acha que a punição de que fala Leonardo seja aquele trabalho a que se condenou, e o censura asperamente. Quando Ersilia, tarde demais, chega, o pai e o marido estão quase para se atracar. Vendo Ersilia, Leonardo, superexcitado, tremendo, apressa-se em recolher os papéis da escrivaninha e sai, Groa sai atrás dele, rugindo: "Ah, não quer falar?", mas Ersilia detém-no com um grito: "Ele tem uma filha, papai, uma filha! O que há para falar?".

Com este grito podia terminar o primeiro ato. No início do segundo, uma cena entre pai e filha. Ambos esperaram em vão, durante a noite, que Leonardo volte para casa. Então Ersilia revela ao pai todo o seu martírio, como fora enganada, como e porque se conformara em silêncio àquela pena. Ela quase defende o marido, porque – colocado entre ela e a filha – correu para a filha. A casa é onde estão os filhos! O pai fica indignado, rebela-se, quer ir embora imediatamente e, como Leonardo chega logo depois para pegar livros e papéis, enfrenta-o e diz para ficar ali, pois ele já está indo. Leonardo fica perplexo, não sabendo como interpretar o imprevisto convite do sogro para ficar. Mas Ersilia entra para dizer que o convite não parte dela e que ele, se quiser, pode ir embora. Leonardo chora e conta à esposa seu tormento, seu arrependimento, a admiração por ela e a gratidão. Ersilia pergunta-lhe por que ele sofre, se está com a filha. Leonardo responde que aquela mulher quer tirar a filha dele, porque ele não consegue mantê-la e porque não quer mais vê-lo naquela aflição. "Ah, sim?", grita Ersilia. "Ela quer isto? Então..." seu plano está feito. Ela compreende que não pode reaver o marido *a não ser assim*, isto é, com a condição de ter também a filha. Não lhe diz nada e, quando ele lhe pede perdão, aceita, mas ao mesmo tempo liberta-se dos braços dele e o obriga a ir embora: "Não, não" diz. "Agora você não pode mais ficar aqui! Duas casas, não, eu aqui e sua filha lá, não! Vai, vai, sei o que você deseja, vai!" E o manda embora a força. Assim que ele sai, desata num pranto de alegria.

O terceiro ato devia se desenvolver no ninho de espinhos, na casa de Elena Orgera. Leonardo vai ver a menina, mas esquece de levar o brinquedinho que prometera. A menina, Dinuccia, chorou muito, mas agora dorme. Leonardo diz que voltará logo com o brinquedo e sai. A menina, que já tem cinco anos, acorda, entra em cena, pergunta pelo pai e pede que a mãe lhe fale do presente que ele trará: um campo com muitas árvores, ovelhinhas, cachorro e pastor. Tocam à porta. "É ele!", diz a mãe. A menina vai abrir. Volta logo depois, confusa, com uma senhora velada. É Ersilia Arciani, que viu o marido sair da casa e não imagina que ele voltará logo. Elena suspeita de uma conspiração entre esposa e marido para tirar-lhe a filha. Grita, ameaça chamar ajuda, agride, debate-se. Ersilia tenta acalmá-la em vão, mostrar que sua suspeita é infundada, que ela não quer nem pode fazer qualquer violência, que veio para falar ao seu coração de mãe, para o bem de sua filha, que seria adotada, sairia da sombra da culpa, seria rica e feliz. Em vão grita que ela não tem o direito de pretender que ele abandone a filha, se ela não quer cedê--la. A porta ficara aberta por causa da confusão da menina ao ver-se diante daquela senhora e não do pai. Leonardo, entrando naquele instante, encontra-se no meio da contenda entre as duas mulheres, espantado de ver a esposa ali. A menina ouve a voz do pai e bate na porta do quarto onde Elena a fechou assim que Ersilia Arciani apareceu. Agora ela abre a porta furiosa, pega a pequena nos braços e grita para os dois irem embora, imediatamente! Leonardo, atingido, dirige-se para a esposa e pede para ela abandonar aquela empresa desumana e retirar-se. Ersilia vai embora. Elena, ao vê-lo expulsar a esposa, passa da excitação à confusão, à desorientação, e gostaria que Leonardo corresse atrás da esposa e fosse embora para sempre com ela. Mas Leonardo, no máximo da exasperação, grita: "Não!", pega a menina no colo, dá-lhe o presente e começa a arrumar na caixa, o celeiro, as arvorezinhas, as ovelhinhas, o pastor, o cachorro, em meio a risadas, gritos de alegria e perguntas infantis feitas por Dinuccia. Elena, escutando as perguntas da menina e as respostas do pai angustiado, relembra tudo o que disse Ersilia sobre o futuro de sua filha, e entre lágrimas começa a fazer perguntas a Leonardo, atento à alegria da filha: "Ela disse adoção... mas é possível?". Leonardo não responde e continua a falar das ovelhas e do cão com a menina. Dali a pouco, outra pergunta de Elena, ou uma consideração amarga sobre ela ou sobre Dinuccia, se ela fosse... Leonardo não aguenta mais, levanta-se, pega a filha nos braços e grita: "Você me dá a menina?". "Não! Não! Não!", responde precipitadamente Elena, arrancando-a dos braços dele e caindo de joelhos abraçada a ela: "Não é possível, não! Agora não posso, agora não posso! Vá embora! Vá embora! Depois... quem sabe! Se eu tiver forças, por ela! Mas agora vá! Vá embora! Vá embora!". Sim, a peça poderia ser esta. Ela a via claramente, tudo, até nos detalhes da arquitetura cênica. Mas ter sido sugerida por Baldani a irritava. E não se sentia minimamente atraída pela peça.

Nunca tinha trabalhado assim, construindo sua obra com vontade. A obra sempre se impusera a ela, mas prepotentemente, sem provocar em seu espírito qualquer movimento para fazê-la. Cada obra, nela, sempre se movera sozinha, por motivos próprios e ela não fizera mais do que obedecer docilmente e com amor a essa vontade de vida, a cada seu espontâneo movimento interior. Agora que ela queria e devia dar-lhe movimento, não sabia por onde, como começar. Sentia-se árida e vazia, e se afligia com aquela aridez e com aquele vazio.

Ao ver Giustino, — que fingia acreditar que ela tivesse voltado ao trabalho, mas não ousava lhe pedir notícias, e fazia de tudo para que ela acreditasse que ele estava certo disso, deixando-a sozinha, impondo silêncio a Èmere, afastando dela todos os cuidados com a casa, — sentia tal irritação, que até poderia se transformar em cólera, caso a náusea de outras coisas mais vulgares por parte dele não a tivessem detido, tinha vontade de gritar:

"Pare com isso! Poupe sua imaginação! Eu não faço nada, e você sabe! Não posso e não sei mais fazer nada, já disse! Èmere pode até assobiar, trabalhar em mangas de camisa, revirar as cadeiras e quebrar todos esses famosos móveis de Ducrot: eu gostaria muito, meu caro! Começaria a quebrar tudo, tudo aqui dentro, até as paredes, se pudesse!".

O que sentira há muitos anos, em Taranto, por algo muito menor, quando o pai mandara publicar suas primeiras novelas, ou seja, ao se lembrar dos elogios com que tinham sido recebidas, havia se interposto entre ela e as novas coisas que gostaria de descrever e representar, deixando-a por cerca de um ano sem conseguir tocar na pena. Sentia agora a mesma confusão, a mesma angústia, a mesma consternação, mas centuplicada. Ao invés de inflamá-la, o recente sucesso enregelava-a, ao invés de aliviá-la, esmagava-a, amarrava-a. Se tentava se aquecer, logo sentia que o calor era artificial, se tentava escapar daquela humilhação, daquela prostração, sentia que o esforço a enrijecia. Quase inevitavelmente o sucesso induzia-a a fazer cada vez melhor. E agora, para não se exceder, havia o excesso oposto: a árida dificuldade, a rígida nudez esquelética.

Assim, como um esqueleto, na árida dificuldade daquele trabalho forçado, ia saindo penosamente a nova peça, rígida, nua.

— Mas por quê? Está indo muito bem! — disse Baldani, quando ela, para calar o marido, leu o primeiro ato e parte do segundo para ele. — O que à senhora parece rigidez é do caráter desta sua estupenda criação, Ersilia Arciani, tanta frieza austera. Está indo muito bem, asseguro-lhe. A alma e os modos de Ersilia Arciani devem governar assim toda a obra, necessariamente. Continue, continue.

4.

Para a falta de inspiração, Silvia sentia necessidade, naquele momento, de outro guia, de outro conselho.

Todos tinham notado a ausência de Maurizio Gueli na noite da inauguração. Muitos, e certamente sem maledicência, tinham perguntado a Giustino:

— E Gueli? Não vem?

Giustino retrucou:

— Ele está em Roma? Disseram-me que estava no campo, em Monteporzio.

Para Silvia, especialmente algumas senhoras, como quem não quer nada, pediram notícias de Gueli. Silvia sabia que, ou por ciúmes ou por inveja ou, de alguma forma, para feri-la, mulheres e literatos cedo ou tarde começariam a falar mal dela. O próprio marido, de resto, era o primeiro a dar, sem necessidade, pretexto e assunto à maledicência. Com um marido como aquele, ela mesma reconhecia que seria quase impossível ficar fora de suspeita. Até mesmo seu amor próprio, irresistivelmente, por causa dos muitos indícios, a levaria a ter suspeitas, porque ela não podia mais sujeitar-se, diante dos olhos de todos, ao ridículo com que ele a cobria, fingindo não perceber. Devia por força, de alguma maneira, demonstrar que sentia dor e mágoa, e talvez fizesse pior, porque se humilharia demais e todos se aproveitariam para machucá-la e magoá-la ainda mais. Então, o prazer dos outros, se por um lado a salvaria parcialmente da humilhação, por outro ela não podia pretender que a libertasse dos mais tristes julgamentos das pessoas. Pode impunemente uma mulher zombar abertamente do próprio marido? Nem ela, de resto, com intenção ou não, saberia como fazer. Mas temia que, contra sua vontade, por uma irresistível reação, seu amor próprio o fizesse. Por isso, eram inevitáveis as suspeitas e a maledicência. Não, não, realmente, ela não podia mais continuar pura e honesta, naquelas condições.

Ficou contente com a ausência de Gueli na noite da inauguração. Contente, não tanto porque era uma razão a menos para falarem, já que era conhecida a simpatia de Gueli por ela, quanto porque, depois da carta que ele enviara a Cargiore, ela não o veria com prazer. Ainda não sabia bem o porquê. Mas pensar que a simpatia de Gueli, bem conhecida por ela por via secreta e por uma razão que em princípio havia desdenhado, desse pretexto à maledicência, feria-a muito mais do que qualquer outra suspeita que pudesse surgir por Betti ou Luna ou Baldani, ou qualquer outro.

Ela nunca enganaria o marido com ninguém. Por mais que a estrutura de sua consciência estivesse partida pelo tumulto de tantos novos pensamentos e sentimentos, por mais que a raiva, o desprezo que a conduta do marido lhe suscitava, pudessem incitá-la a se vingar, ainda acreditava firmemente poder afirmar que nenhuma paixão, nenhum ímpeto de rebelião a levariam a faltar com seu dever de lealdade. Se amanhã não conseguisse resistir conviver naquelas condições com o marido, se, talvez não indefesa, mas quase induzida e incentivada, com o coração não apenas vazio de afeto por ele, mas também repugnado e afogado de náusea e tristeza, se sentisse crescer e arrastar por alguma desesperada paixão, ela não, não enganaria à traição, nunca. Contaria ao marido e a qualquer custo salvaria sua lealdade.

Infelizmente, nada mais naquela casa tinha o poder de detê-la com o som das antigas recordações. Para ela, era uma casa quase estranha, de onde podia facilmente ir embora, despertava-lhe continuamente a imagem de uma vida falsa, artificial, vazia, insossa, à qual, por não ser persuadida por nenhum afeto, não conseguia se acostumar, e que a obrigação imprescindível de seu trabalho tornava odiosa. Nem mesmo daquele trabalho forçado lhe era permitido tirar satisfação, se não servia a ela, servia pelo menos para agradar a outras pessoas. Ainda por cima, ela deveria ficar grata ao marido, que a tratava como o camponês trata o boi que puxa o arado, como o cocheiro trata a égua que puxa o coche, a um e outro se prendem o mérito da boa aradura e da boa corrida e depois querem ser agradecidos pelo feno e pela cocheira.

Ora, com a simpatia mais ou menos sincera que lhe demonstravam Baldani, Luna, agora também Betti e todos aqueles jovens literatos e jornalistas exageradamente vestidos e penteados, ela não precisava se preocupar. No entanto, tinha medo da simpatia de Gueli, que como ela estava envolvido por uma infelicidade trágica e ridícula ao mesmo tempo, que lhe tirava a respiração (assim ele tinha escrito), tinha medo de Gueli porque, mais do que qualquer outro, ele podia ler seu coração, porque, de sua presença e de seu conselho, ela, naquele momento em que estava enjoada, machucada pela fria e atrevida sabichonice de Baldani, sentia aguda e urgente necessidade.

Fechada no estúdio, surpreendia-se com os olhos atônitos e o espírito suspenso, seguindo atentamente pensamentos, os quais rejeitava com horror.

Esses pensamentos eram como uma cômoda escada, pela qual ela podia descer para sua perdição; eram uma sequência de desculpas para tranquilizar a consciência, para mascarar o aspecto odioso de uma ação que essa consciência ainda representava como uma culpa, e atenuar a condenação das pessoas.

A seriedade austera e a idade de Gueli não causariam suspeitas de que ela, por baixa perversão, buscasse nele o amante, ao invés de um guia digno e quase paterno, um nobre companheiro ideal. Da mesma forma, talvez Gueli encontrasse forças, nela e por ela, para romper a cruel ligação com aquela mulher que há tantos anos o oprimia.

E o filho?

Por um momento, este nome, lançado naquele sombrio imaginar, se dissipava. Mas logo a ideia do filho trazia com angústia à memória uma ordem de vida, uma castidade de cuidados, uma santa intimidade, que outros, e não ela, quiseram quebrar violentamente.

Se ela tivesse podido se agarrar ao filho que lhe fora arrancado e não pensar nem esperar mais nada, certamente encontraria nele a força de se fechar no trabalho da maternidade e ser apenas mãe, a força de resistir a qualquer tentação de arte para não dar mais pretexto ao marido para ofendê-la e levá-la ao desespero com aquele furor de ganhos e aquele espetáculo de bravatas.

Somente com uma condição conseguiria conviver com o marido, ou seja, com a condição de renunciar à arte. Mas agora podia? Não podia mais. Ele só tinha como emprego ser agente de seu trabalho, e ela devia forçosamente trabalhar, e não conseguia mais nem ser mãe, nem trabalhar. Forçosamente? Então fora de lá! Fora dele! Deixaria a casa e tudo para ele. Não podia mais aguentar. Mas o que aconteceria com ela?

Diante dessa pergunta, todo o seu espírito escurecia e ela se afastava com horror. Que alegria poderia ter reconhecendo que apenas imaginara? Pouco depois, recaía naqueles tristes pensamentos e, infelizmente, com menor remorso pela tola petulância do marido, que continuava a importuná-la quanto mais a via distante do trabalho e aflita.

Por isso, quando afinal Maurizio Gueli, inesperadamente, de repente, se apresentou no palacete com um estranho ar resoluto, com modos insólitos, olhou-a nos olhos e, com evidente desprezo, acolheu todas as mesuras, cerimônias e festas de Giustino, ela se viu perdida por um instante. Por sorte, ouvindo o marido desabafar com Gueli sem nada compreender, em certo ponto teve uma impressão tão viva e forte de ser levada quase a empurrões, pancadas, e ser puxada pelos cabelos a cometer uma loucura. Teve tanta vergonha de seu estado, que conseguiu ter contra Gueli um impulso de altivez, quando ele, atrevendo-se a falar do ar sombrio dela, revoltou-se asperamente contra o marido e por pouco não o tratou como um vulgar aproveitador.

Com esse impulso imprevisto, Gueli ficou atordoado.

— Compreendo... compreendo... compreendo... — disse, fechando os olhos, com um tom e um ar de tão intensa, profunda e desesperada amargura, que logo ficou claro para Silvia o que ele compreendera sem indignação ou ofensa.

E foi embora.

Giustino, atordoado e irritado de um lado, mortificado do outro pelo modo como Gueli fora embora, sem querer se defender nem atacá-lo, pensou em desfazer sua perplexidade repreendendo a esposa pela violência com que... — mas apenas conseguiu iniciar a reprovação: Silvia encarou-o vibrante e transtornada, gritando:

— Vá embora! Cale-se! Ou me jogo da janela!

O comando e a ameaça foram tão ferozes e veementes, o aspecto e a voz tão alterados, que Giustino se encolheu e saiu do estúdio com o rabo entre as pernas.

Pareceu-lhe que a esposa estava enlouquecendo. O que acontecera? Não a reconhecia mais! — *Me jogo da janela... cale-se!... Vá embora!* — Ela nunca falara assim... Ah, as mulheres! Fazer tudo por elas... Olhe o que acontece! — *Vá embora! Cale-se!...* — Como se ali não fosse o lugar dele! Se não era loucura, era outra coisa pior, pior do que ingratidão...

Desgostoso e contrariado, Giustino, com o coração ferido, custava a dizer a si mesmo o que lhe parecia que fosse. Sim, claro! Ela queria que lhe pesasse, com falta de generosidade, a necessidade de seu trabalho, quando por ela — ele — sem nunca se lamentar, sem se dar paz um momento, fizera tanto. Por ela, para poder atender e se dedicar completamente a ela, até renunciara ao emprego sem hesitar! Então era isso: não pensava mais dever tudo a ele, via-o sem emprego, à espera de seu trabalho e se aproveitava disso para tratá-lo como um criado: *Vá embora! Cale-se!*...

Ah, um ano... não, um ano não! – um mês, queria vê-la só um mês sem ele, com uma peça a ser representada ou um contrato a ser feito com algum editor! Então ela veria se tinha necessidade dele...

Não! Não era possível que não reconhecesse isso... Devia ser outra coisa! Aquela mudança desde que voltara de Cargiore, aquele descontentamento, aqueles delírios, aqueles caprichos, toda aquela aspereza com ele... Ou talvez ela achasse realmente que ele e a Barmis...?

Giustino esticou o pescoço e contraiu para baixo os cantos da boca, para exprimir espantado aquela dúvida, abriu os braços e continuou a pensar.

O fato era que, assim que retornara de Cargiore, com a desculpa de ter encontrado aqueles dois malditos quartos gêmeos recomendados pela Barmis, ela, como se suspeitasse que fora ideia dele e dela para manter camas separadas, quase não queria mais saber dele. Talvez o orgulho não lhe deixasse manifestar abertamente este sentimento de rancor e ciúmes, e desabafava daquela forma...

Mas santo Deus, santo Deus, santo Deus, como era capaz de supor uma coisa dessas? Se alguma vez, à mesa, mostrara descontentamento pela Barmis ter se afastado bruscamente, esse descontentamento – ela devia entender – era apenas pela falta dos sábios conselhos e úteis ensinamentos que uma mulher com tanto gosto e tanta experiência poderia lhe dar. Porque sabia que teimosamente fechada em si, tão sozinha, sem amizades, ela não podia ficar. Não queria trabalhar, não gostava da casa, talvez suspeitasse dele sem razão: não queria ver ninguém, nem sair para se distrair um pouquinho... Que vida era aquela? Outro dia, quando chegou uma carta de Cargiore, onde a avó falava com tanta ternura do netinho, caíra num choro, num choro, num choro...

Por muitos dias Giustino, de cara feia para a esposa, remoía se não seria o caso de mandar vir a Roma o menino com a ama. Para ele também era uma crueldade mantê-lo longe assim, não por causa do menino, pois não podia estar em melhores mãos. Pensou que a criança certamente logo preencheria o vazio que ela sentia naquela casa e no ânimo naquele momento. Mas também precisava pensar em tantas outras coisas, tantas outras necessidades urgentes, em tantos compromissos assumidos em vista dos novos trabalhos a que ela deveria se dedicar. Ora, se tinha tanta dificuldade em trabalhar assim, com as mãos livres, imagine com o menino ali, que a absorveria em todos os cuidados maternos...

De repente, uma notícia longamente esperada veio a distrair Giustino deste e de outros pensamentos. Em Paris *A nova colônia*, já traduzida por Desroches, seria encenada no início do próximo mês. Em Paris! Em Paris! Ele precisava partir.

Retomado pelo frenesi do trabalho preparatório, armado daquele telegrama de Desroches que o chamava a Paris, começou a andar pelas redações dos jornais. Toda manhã, na escrivaninha, no estúdio, e ao meio-dia, à mesa, na sala de jantar, e à noite, no criado-mudo, no quarto, fazia com que Silvia encontrasse três ou quatro jornais não só de Roma, mas também de Milão, de Turim, de Nápoles, de Florença e de Bolonha, onde aquelas próximas representações parisienses eram anunciadas como um novo e grande acontecimento, uma nova consagração triunfal da arte italiana.

Silvia fingia não perceber. Mas ele não teve a menor dúvida de que este seu novo trabalho preparatório lhe tivesse causado um enorme efeito, quando, numa daquelas noites, ouviu que a esposa, no quarto ao lado, levantar-se de repente da cama e se vestir para ir se fechar no estúdio. De início, para dizer a verdade, ficou apreensivo, mas depois, espiando pelo buraco da fechadura e percebendo que ela estava sentada à escrivaninha na postura que costumava ter toda vez que escrevia inspirada, por milagre, assim de pijama como estava, no escuro e de pés descalços, começou a pular como um cabrito de contentamento. Está lá! Está lá! Voltou ao trabalho! Como antes! Ao trabalho! Ao trabalho!

Ele também não dormiu naquela noite, em febril expectativa. Quando amanheceu, foi até Èmere para impedi-lo de fazer o menor barulho, e logo mandou ordenar à cozinheira que preparasse o café da manhã para a senhora, imediatamente! Assim que ficou pronto:

— Psiu! Ouça... Bata devagar, e pergunte se ela quer... baixinho, hein? Baixinho, por favor!

Èmere voltou pouco depois, com a bandeja na mão, para dizer que a senhora não queria nada.

— Está bem! Silêncio... deixe... A senhora está trabalhando... todos calados!

Ficou um tanto consternado quando, também ao meio-dia, Èmere, que fora mandado com as mesmas recomendações anunciar que estava na mesa, voltou para dizer que a senhora não queria nada.

— O que está fazendo? Escreve?

— Escreve, sim senhor.

— Como ela falou?

— Não quero nada, saia!

— Continua escrevendo?

— Sim senhor.

— Está bem, está bem. Vamos deixá-la escrever... Todos quietos!

— Servimos para o senhor? — perguntou Èmere a meia voz.

Giustino, tendo passado a noite em claro, realmente tinha apetite, mas sentar à mesa sozinho, enquanto a esposa trabalhava em jejum, não lhe pareceu direito. Martirizava-se para saber no que ela trabalhava com tanto fervor. Na peça? Certamente. Mas queria terminá-lo de uma vez só? Esperar que ela terminasse para comer? Outra loucura...

Pelas três da tarde, Silvia, acabada, vacilante, saiu do estúdio e foi jogar-se na cama, no escuro. Giustino logo correu para a escrivaninha, para ver. Ficou decepcionado. Encontrou uma novela, uma longa novela. Na última folha, debaixo da assinatura, estava escrito: *Para o senador Borghi*. Sem qualquer satisfação, começou a ler, mas, depois das primeiras linhas, passou a se interessar... Vejam só! Cargiore... dom Buti com seu telescópio... o senhor Martino... a história de mamãe... o suicídio daquele irmãozinho de Prever... Uma novela estranha, fantástica, cheia de amargura e doçura, na qual palpitavam todas as impressões que ela tivera durante a inesquecível temporada lá em cima. Deve ter tido uma visão repentinamente, durante a noite...

Paciência, se não era a peça! Já era alguma coisa. E agora tocava a ele! Ela ia ver o que conseguia fazer com o pouco que lhe dava nas mãos. Pelo menos quinhentas liras o senhor senador pagaria por aquela novela: quinhentas liras, imediatamente, ou nada.

À noite, foi ver Borghi, na redação da *Vida italiana*.

Talvez Maurizio Gueli tivesse estado lá há pouco e falado mal dele a Romualdo Borghi. Mas Giustino não se importou com a enjoativa frieza com que o recebeu, até gostou, porque assim, desobrigado de qualquer atenção pelo antigo reconhecimento, pôde com a mesma frieza falar claramente sobre acordos e condições. Deixou que Borghi pensasse dele o que quisesse, interessado apenas em mostrar à esposa tudo o que ela devia unicamente a ele.

Poucos dias depois da publicação daquela novela na *Vida italiana*, Silvia recebeu de Gueli um bilhete de fervorosa admiração e cordial satisfação.

Vitória! Vitória! Vitória! Assim que leu o bilhete, Giustino, frenético de alegria, correu para pegar o chapéu e a bengala:

— Vou agradecê-lo em casa! Vê? Ele mesmo se convida.

Silvia parou na frente dele.

— Onde? Quando? — perguntou tremendo. — Ele não faz mais do que felicitar. Proíbo-o de...

— Santo Deus! — interrompeu-a. — É tão difícil entender? Depois da ingratidão que ele lhe fez, escreve isto... Deixe comigo, minha querida! Deixe comigo! Entendi muito bem porque você não gosta de Baldani, entendi muito bem, sabe? Veja que não o convidei mais. Mas com Gueli é outra coisa! Gueli é um mestre, um verdadeiro mestre! Você vai ler a peça para ele, escutará seus conselhos, vocês se fecharão aqui, trabalharão juntos... Devo partir amanhã, deixe-me partir tranquilo! A novela, está bem, mas estou preocupado com a peça, minha querida! Neste momento é preciso a peça, a peça, a peça! Deixe comigo, por favor!

E saiu para a casa de Gueli.

Silvia não tentou detê-lo. Contraiu o rosto numa careta de náusea e ódio, torcendo as mãos.

Ah, ele queria a peça? Pois bem, depois de tanta comédia, ele teria a peça.

Capítulo VI.

O Voo

1.

Maurizio Gueli estava num dos mais cruéis momentos de sua tristíssima vida. Pela nona ou décima vez, reduzido ao máximo de sua paciência, encontrara em seu desespero a força para arrancar o cabresto. Esta comparação animal era sua, e ele a repetia com prazer. Livia Frezzi estava há quinze dias na casa de Monteporzio, sozinha. Ele em Roma, sozinho.

Sozinho, não livre, sabendo por triste experiência que, quanto mais forte afirmava o propósito de nunca mais se reconciliar com aquela mulher, tanto mais próximo estava o dia. Se era verdade que ele não podia mais viver com ela, também era verdade que não podia viver sem ela.

Desde que viera de Gênova para Roma, há cerca de vinte anos, em seu melhor momento, quando na Itália e fora dela já se estabelecera como indiscutível sua fama de escritor excêntrico e profundo, com a publicação de *Sócrates demente*, em que a brilhante e poderosa genialidade permitia jogar com os mais graves pensamentos e a poderosa doutrina com a mesma agilidade graciosa com que um equilibrista joga com suas bolas de vidro colorido, fora recebido na casa de seu velho amigo Angelo Frezzi, medíocre historiador, que há pouco havia desposado, em segundas núpcias, Livia Maduri.

Ele tinha então trinta e cinco anos e Livia pouco mais de vinte.

Porém, não fora o prestígio da fama que havia enamorado Livia Frezzi de Gueli, como muitos facilmente acreditaram na época. Dessa fama, aliás, e de certa embriaguez que ele tinha naquele momento, ela se mostrara, desde o início, tão gelidamente desdenhosa, que ele logo, por pirraça, obstinara-se a vencê-la, quase obrigado a fechar os olhos de seus deveres para com o amigo e anfitrião pela aspereza com que ela, abertamente, sem levar em conta a amizade antiga do marido por ele, sem qualquer respeito pela hospitalidade, tinha para com ele.

Maurizio Gueli recordava-se, como desculpa, ter tentado, realmente, a princípio, fugir para não trair a amizade e a hospitalidade. Mas agora o desprezo por si mesmo e por todos, o desgosto de sua covardia para com aquela mulher, a vergonha de sua escravidão, haviam enchido seu espírito com tal e tanta amargura, haviam-no tornado tão desapiedado contra si mesmo, que ele não conseguia mais se conceder qualquer ilusão. Se ainda recordava aquela tentativa de fuga, no fundo sabia bem que não podia dar a ela qualquer peso a seu favor, que se realmente ele tivesse querido se salvar e não trair o amigo, certamente deveria dar as costas e se afastar da casa que o hospedava.

No entanto... Sim! Repetira-se para ela pela milésima vez a mesma farsa das quatro ou cinco ou dez ou vinte almas contrastantes, que todo homem, conforme sua capacidade, alberga em si, distintas e móveis, como ele acreditava, e da qual com espantosa percepção sempre soubera descobrir e representar o variado jogo simultâneo em si mesmo e nos outros.

Por uma ilusão muitas vezes inconsciente, sugerida pelo interesse ou imposta pela necessidade espontânea de se querer de um modo em vez de outro, de parecermos diferentes do que somos a nós mesmos, assumimos uma dessas tantas almas e de acordo com ela aceitamos a mais favorável interpretação fictícia de todos os atos que, escondidos de nossa consciência, ardilosamente operam as outras. Todos tendem desposar por toda vida uma alma só, a mais cômoda, aquela que traz como dote a possibilidade mais adequada para alcançar o estado a que aspiramos, mas fora do honesto teto conjugal de nossa consciência é muito difícil que depois não tenhamos casos com as outras almas rejeitadas, das quais nascem atos e pensamentos bastardos, que logo nos apressamos em legitimar.

Talvez seu velho amigo Angelo Frezzi não tivesse percebido que não fora muito difícil convencê-lo a ficar em sua casa, quando ele manifestara o desejo de ir embora, desejo dupla e calculadamente fingido, pois o desejo dele era ficar e o revestia da dor de não conseguir que a senhora gostasse dele? Se Angelo Frezzi havia percebido bem, por que protestara e insistira tanto para detê-lo? Certamente ele também representara uma farsa! Duas almas, a social e a moral, isto é, a que o fazia andar sempre vestido de sobrecasaca e colocava em seus grossos lábios pálidos e úmidos o mais amável dos sorrisos, e a outra que o fazia frequentemente baixar com lânguida dignidade as pálpebras molhadas e maltratadas sobre os olhos azulados, ovais, estriados, impudentes, tinham ostentado sua virtude nele, sustentando com sombria firmeza que o amigo, merecidamente famoso, nunca se sujaria com uma traição ao amigo e anfitrião. Ao mesmo tempo, uma terceira almazinha astuta e zombeteira lhe sugeria baixinho que ele podia muito bem fingir não ouvi-la:

"Muito bem, meu caro, isto, detenha-o! Você bem sabe que seria uma grande sorte se ele conseguisse levar embora esta segunda esposa tão mal dotada, com uma cabecinha tão erguida, áspera, dura e pertinaz contra você, coitadinho, velho demais, velho demais para ela! Insista, e quanto mais você fingir acreditar que ele é incapaz de trair, tanto mais confiante você se mostrar, tanto mais fácil será fazer de um quase nada motivo de escândalo".

De fato, Angelo Frezzi, mesmo sem razão, pelo menos por parte da esposa, imediatamente fizera acusações de traição, mas foi preciso se passar ainda um ano para que Livia, indo viver sozinha, se entregasse a Gueli.

Nesse ano, ele se envolvera de tal modo que não pudera mais se libertar, entregando-se totalmente, empenhando-se em aceitar e seguir sem qualquer sacrifício todos os pensamentos e sentimentos dela.

Agora fingia crer que este envolvimento consistisse no dever imprescindível assumido para com aquela mulher que havia perdido a reputação por sua causa, ao ser expulsa, ainda inocente, pelo marido. Certamente ele sentia este dever, mas também sabia que, no fundo, não era a única e verdadeira razão de sua escravidão. Então, qual era a verdadeira razão? Talvez a piedade que ele, lucidamente, e com a tranquila consciência de nunca ter dado qualquer pretexto, qualquer incentivo ao ciúme dela, devia ter daquela mulher, sem dúvida de mente enferma? Oh, sim, esta piedade também era verdadeira, como verdadeiro era o dever, mas mais do que razão de sua escravidão, esta piedade não seria uma desculpa, uma nobre desculpa, com que ele revestia a ardente necessidade que o arrastava para aquela mulher, depois de um mês ou mais de distanciamento, durante o qual fingira crer que, em sua idade, depois de ter dado por tantos anos a ela o melhor de si, não poderia mais recomeçar a vida com outra? Estas considerações eram verdadeiras, sim, verdadeiras e bem fundamentadas, mas ele bem sabia o que pesava na balança oculta na intimidade mais secreta da consciência, e que a idade, a dignidade eram desculpas e não razão. Se outra mulher, de fato, não procurada, tivesse tido o poder de atraí-lo, arrancando-o da sujeição, libertando-o da obsessão por aquela que lhe inspirara uma abominação profunda e invencível de qualquer outro abraço e o mantinha num estado de esquiva timidez obscura, a ponto de não poder mais não só ter contato, mas nem mesmo pensar no contato de outra mulher: oh, ele certamente não se importaria com a idade, a dignidade, o dever, a piedade, com nada. Esta era, portanto, a verdadeira razão de sua escravidão, esta esquiva timidez obscura, que provinha do fascinante poder de Livia Frezzi.

Ninguém era capaz de compreender como e por que aquela mulher pudesse exercitar sobre Gueli um fascínio tão poderoso e persistente, um feitiço tão nefasto. Livia Frezzi era, sim, sem dúvida, uma bela mulher, mas a rígida dureza de comportamento, a severidade do olhar, hostil sem curiosidade, o desprezo quase ostensivo por qualquer elegância, tiravam toda graça e toda atração daquela beleza. Parecia, aliás, era manifesto que ela fazia de tudo para desagradar.

Pois bem, consistia exatamente nisso o seu fascínio, e só podia compreendê-lo aquele a quem unicamente ela queria agradar.

O que outras mulheres belas dão ao homem, ao qual se entregam na intimidade, é muito pouco em confronto com o que distribuem todo o dia a outros homens, e esse pouco é concedido com modos, graças e sorrisos tão semelhantes àqueles que elas prodigalizam a muitos, que esses muitos, mesmo sem entrar nessa intimidade, podem facilmente imaginar, de modo que — pensando bem — logo perdem a alegria de possuí-las.

Livia Frezzi dera a Maurizio Gueli a alegria de posse única e inteira. Ninguém podia conhecê-la ou imaginá-la como ele a conhecia e via nos momentos de abandono. Ela era toda para um só, fechada aos outros, menos a um.

Do mesmo modo, porém, queria que este um fosse todo para ela. Fechado completamente nela e para sempre, exclusivamente seu, não só nos sentidos, no coração, na mente, mas até no olhar. Olhar, mesmo sem a mínima intenção para outra mulher, já era para ela quase um crime. Ela não olhava ninguém, nunca. Crime era agradar alguém além dos limites da mais fria cortesia. *Displiceas aliis, sic ego tutus ero*[23].

Ciúmes? Ciúmes, não! Comportar-se assim era como mandava a seriedade, como mandava a honestidade. Ela era séria e honesta, não ciumenta. E queria que todos se comportassem assim.

Para contentá-la, era preciso se restringir e constringir a viver unicamente para ela, excluir-se realmente da vida alheia. E se os outros, mesmo sem receber atenção, mesmo se não olhados, e até talvez por isso, mostrassem o mínimo interesse ou alguma curiosidade por uma existência tão apartada, por uma atitude tão esquiva e desdenhosa, ela colocaria igualmente a culpa em quem estava com ela, como se ele fosse a causa dos outros a olharem ou dar atenção.

Ora, era impossível para Maurizio Gueli impedir isto. Por mais que fizesse, sua fama era tanta, que não podia passar despercebido. Ele podia no máximo não olhar, mas como impedir que os outros não olhassem? Recebia cartas e presentes de todas as partes, nunca podia aceitar um convite, nunca responder uma carta, um presente, mas, não senhores, ainda devia prestar contas a ela dos convites que recebia, das cartas e dos presentes que chegavam.

Ela compreendia que todo aquele interesse, toda aquela curiosidade dependiam da fama dele, da literatura que ele professava, e contra essa fama e contra a literatura apontava mais ferozmente a sua inveja, armada de rude escárnio, alimentava por estes o mais agudo e sombrio rancor.

Livia Frezzi estava firmemente convencida de que a profissão de literato não pudesse comportar qualquer seriedade, qualquer honestidade, que até fosse a mais ridícula e a mais desonesta das profissões, como aquela que consistia numa contínua oferta de si,

---

[23] Em tradução livre do latim, "Você desagrada aos outros, por isso estou segura".

num contínuo comércio de vaidades, numa súplica de vazias satisfações, num perpétuo anseio de agradar aos outros e receber elogios. Apenas uma boba, em seu modo de ver, podia vangloriar-se da fama do homem com quem convivia, sentir prazer pensando nesse homem, que admirado e desejado por tantas mulheres, pertencia ou dizia pertencer somente a ela. Como e em quê podia pertencer a uma só este homem, se queria agradar a todos e a todas, se dia e noite se esforçava para ser elogiado e admirado, para se entregar às pessoas e dar prazer a quantos podia, para chamar continuamente a atenção para si, correr na boca de todos e ser apontado? Se se expunha constantemente a todas as tentações? Por causa dessa vontade irresistível de agradar aos outros, era de crer que ele pudesse resistir a todas aquelas tentações?

Muitas vezes Gueli tentara mostrar, em vão, que um verdadeiro artista, como ele acreditava ser, não andava assim à caça de satisfações vazias, nem num perpétuo anseio de agradar aos outros, que não era um palhaço devotado a divertir as pessoas e impressionar as mulheres e que os elogios que poderiam lhe agradar eram somente dos poucos que reconhecia terem capacidade para entendê-lo. No entanto, levado pelo ímpeto de defesa, frequentemente por apenas uma observação acabava por perder a razão. Se, por exemplo, acontecia de ele acrescentar, como consideração geral, que também era humano e sem malícia, que não apenas um literato, mas qualquer pessoa sente alguma satisfação ao ver sua obra bem recebida e prestigiada pelos outros, quem quer que fosse. Ah, os outros! Os outros! Sempre pensando nos outros! Ela nunca pensara nisso! Para ele não havia mal nenhum? E como isto, quem sabe em quantas outras coisas! Onde estava o mal para ele? Em que consistia? Quem podia ver claro na consciência de um literato, cuja profissão era um contínuo jogo de ilusões? Fingir, fingir sempre, dar aparência de realidade a todas as coisas não verdadeiras! Sem dúvida, aquela austeridade, aquela digna honestidade que ele ostentava eram aparências. Quem sabe quantas palpitações, tremores, cócegas por causa de uma olhadinha misteriosa, por um risinho de mulher apenas esboçado, passando pela rua! A idade? Mas qual idade! Por acaso o coração de um literato pode envelhecer? Quanto mais velho, mais ridículo.

Maurizio Gueli sentia as vísceras retorcerem e o coração se revoltar diante da zombaria incessante e da difamação feroz. Porque ele sentia ao mesmo tempo a tolice atroz de sua tragédia: ser o chamariz de uma autêntica loucura, sofrer o martírio por culpas imaginárias, por culpas que não eram culpas e que, de resto, ele sempre se resguardara bem de cometer, mesmo a custo de parecer deselegante, soberbo e insociável, para não dar a ela o mínimo incentivo. Mas parecia que as cometia, sem saber, quem sabe como e quando.

Manifestamente, ele era dois: um para si, outro para ela.

Este outro que ela via nele, pegando no ar, malvado fantasma, cada olhar, cada sorriso, cada gesto, o próprio som da voz, além do sentido das palavras, tudo enfim sobre ele, alterando-o e falseando-o aos olhos dela, assumia vida, e para ela só isso existia e ele não existia mais. Não existia mais, a não ser pelo indigno e desumano suplício de ver-se viver naquele fantasma, e só nele. Em vão ele se esforçava para destruí-lo: ela não acreditava mais nele, ela via nele somente isso e, como era justo, fazia dele símbolo de ódio e zombaria.

Ela vivia de tal forma este outro, que o modelara assim, assumia em sua mórbida imaginação uma tão sólida, evidente consistência, que ele mesmo quase o via viver de sua vida, mas indignamente falseada; de seus pensamentos, mas retorcidos; de cada olhar, cada palavra, cada gesto seu; via-o viver assim, e às vezes chegava ao ponto de duvidar de si mesmo, de pensar que talvez ele fosse realmente aquele. Já estava tão consciente da alteração que cada mínimo gesto seu imediatamente seria apropriado pelo outro, parecendo-lhe viver com duas almas, pensar com duas cabeças, com um sentido para ele e outro para o outro.

"É isso", logo observava, "se eu agora digo assim, minhas palavras assumem para ela outro significado."

Não errava nunca, porque conhecia perfeitamente o outro ele que vivia nela e por ela, tão vivo quanto ele era vivo, aliás, talvez até mais, porque ele vivia apenas para sofrer, enquanto ele vivia na mente dela para se divertir, para enganar, para fingir, para tantas outras coisas, uma mais indigna do que a outra. Ele reprimia qualquer movimento, sufocava até os mais inocentes desejos, vetava-se tudo, até mesmo sorrir a uma imagem de arte que lhe passasse pela mente, e falar e olhar, enquanto o outro, quem sabe como, quem sabe quando, encontrava jeito de fugir daquela prisão, com sua inconsistência de fantasma vaporoso de uma autêntica loucura, e corria pelo mundo fazendo de tudo um pouco.

Mais do que fizera para ficar em paz com ela, Maurizio Gueli não podia fazer: excluíra-se da vida, havia até renunciado à arte. Não escrevia nenhuma linha há mais de dez anos. Mas esse sacrifício de nada valera. Ela não podia calcular. A arte para ela era um jogo desonesto, portanto o dever de um homem sério, sem mérito nenhum, era renunciar a ela. Ela nunca lera uma página dos livros dele, e se gabava disso. Da vida ideal, dos melhores dotes dele, ignorava tudo. Não via nele mais do que um homem, um homem que, por força, tão violentado, tão excluído de qualquer outra vida, tão privado de qualquer outra satisfação, obrigatoriamente devia buscar nela a única compensação que ela podia lhe dar, o único desabafo que com ela podia se conceder para todas as suas renúncias, para todas as suas privações, para todos os seus sacrifícios. Vem exatamente daí o mau conceito que ela formara dele, o fantasma que modelara nele e que era a única coisa que ela via viver, sem compreender que ele era assim apenas para ela, porque não conseguia ser de outro modo com ela. Nem isso Gueli podia demonstrar a ela, por medo de ofendê-la em sua rigidíssima honestidade. Frequentemente assediada por suspeitas contínuas e por desprezo, ela lhe negava também aquela compensação. Então ele se irritava mais covardemente pela sua escravidão. Depois, quando ela estava mais inclinada a ceder, e ele aproveitava, imediatamente, com o cansaço, uma irritação mais generosa assaltava-o, um frêmito de indignação sacudia-o da tétrica melancolia da volúpia saciada e esgotada. Via a qual preço obtinha aquela satisfação dos sentidos de uma mulher arredia a qualquer sensualidade e que, no entanto, abrutalhava-o, não lhe concedendo viver a vida do espírito e condenando-o à perversidade daquela união por força luxuriosa. E se naqueles momentos ela era tão imprudente a ponto de recomeçar a zombaria, explodia feroz e prontamente a rebelião.

Foram exatamente nesses momentos de cansaço que ocorreram as separações temporárias: ou ele partia para Monteporzio e ela ficava em Roma, ou vice-versa, ambos resolvidos a não se reunir nunca mais. Mas em Roma ou fora, ele sempre continuara a prover a manutenção dela, privada como era de recursos. Maurizio Gueli, se não era mais rico, como o deixara o pai, sócio de uma das maiores agências de navegação transoceânica, ainda estava muito bem.

Não obstante, assim que se via sozinho, ele se sentia perdido na vida, da qual se tinha excluído por tanto tempo. Logo sentia não ter mais raízes e não poder mais replantá-las de alguma maneira, não apenas pela idade. O conceito que os outros tinham feito dele, depois de tantos anos de clausura austera, pesava-lhe como um manto: regulava seus passos, impunha-lhe vigilantemente a compostura, a reserva já habitual, condenava-o a ser o que os outros acreditavam ou queriam que ele fosse. O espanto que lia em muitos rostos assim que aparecia em algum lugar não costumeiro, a vista dos outros habituados a viver livremente, e a secreta sensação de seu embaraço e de seu mal estar diante da insolência daqueles afortunados que nunca prestaram contas a ninguém de seu tempo e de seus atos, perturbavam-no, humilhavam-no, irritavam-no. E também sentia, com aversão, outra coisa, um fenômeno monstruoso: assim que ficava sozinho, parecia descobrir em si, realmente vivo, a cada passo, a cada olhar, a cada sorriso, a cada gesto, o outro ele que vivia na doente imaginação da Frezzi, aquele mau fantasma odiado, que escarnecia dele por dentro, dizendo:

"Pois bem, agora você vai aonde quiser, agora você olha aqui e ali, até para as mulheres, agora você sorri, agora você se mexe, e acha que faz inocentemente? Não sabe que tudo isso é ruim, ruim, ruim? Se ela soubesse! Se ela visse! Você que sempre negou, que sempre disse a ela não ter prazer de ir a lugar nenhum, a nenhum encontro, não olhar para as mulheres, não sorrir... Quer saber? Mesmo que você não o faça, ela sempre vai achar que você fez, então faça, faça, que dá no mesmo!".

Não, ele não podia fazê-lo, não sabia mais fazê-lo, sentia-se preso, exasperadamente, pela iniquidade do juízo daquela mulher. Via o mal, não para si, naquilo que fazia, mas para aquela que há tantos anos o habituara a julgá-lo mal e como tal atribuíra-lhe aquele outro ele que — segundo ela — usava fazer o mal continuamente, mesmo quando ele não o fazia, mesmo quando ele, para ficar em paz, proibia-se de fazê-lo, como se realmente fosse mal.

Toda essa complicação de sentimentos secretos causava-lhe tal desgosto, tal aversão, uma humilhação tão desprezível, uma tristeza tão surda, amarga e negra, que logo ele voltava a evitar os contato e a vista dos outros e, novamente apartado, no vazio, na horrível solidão, imergia-se em considerações sobre sua miséria ao mesmo tempo trágica e ridícula, sem mais remédio. Não conseguia fazer o esforço de abstrair para se dedicar ao trabalho, a única coisa que podia salvá-lo. Então começavam a voltar todas aquelas desculpas que ele fingia serem a razão de sua escravidão, voltavam instigadas principalmente pela instintiva necessidade, cada vez mais urgente, de sua ainda forte masculinidade, da lembrança sedutora dos abraços dela.

E retornava à sua prisão.

2.

Estava exatamente a ponto de retornar, quando Giustino Boggiolo veio convidá-lo para o palacete, onde Silvia — segundo ele — esperava-o com impaciência.

Maurizio Gueli morava numa casa antiga da via Ripetta, com vista para o rio, que ele recordava fluente entre as margens naturais, íngremes, povoadas por carvalhos. Também se lembrava da velha ponte de madeira crepitante à passagem de cada coche e, junto à casa, a ampla escadaria do porto e as tartanas[24] da Sicília que vinham atracar ali carregadas de vinho, e os cantos que se elevavam à noite daquelas tavernas flutuantes com as velas estendidas, enquanto serpenteavam na água escura, vermelhos e longos, os reflexos dos lampiões. Agora, a escadaria e a ponte de madeira, as margens naturais e os majestosos carvalhos tinham desaparecido: um novo grande bairro surgia do outro lado do rio encaixado entre diques cinzentos. Como o rio entre os diques, como Prati di Castello[25] com suas ruas

---
[24] Uma espécie de embarcação a vela.
[25] Bairro de Roma.

retas e longas, ainda sem a cor do tempo, sua vida em vinte anos havia se disciplinado, descolorido, entristecido, endurecido.

Pelas duas grandes janelas do escritório austero, que mais parecia uma sala de biblioteca, sem um quadro, sem bugigangas de arte, com as paredes ocupadas por altas estantes lotadas de livros, entrava o último clarão purpúreo do inflamado crepúsculo por trás os ciprestes de Monte Mario.

Afundado na grande poltrona de couro diante da antiga escrivaninha maciça, Maurizio Gueli ficou por um tempo carrancudo e sombrio olhando aquele homenzinho meio enevoado na frente dele pelo clarão purpúreo. O homenzinho que vinha, tão sorridente e seguro, pôr a prova o destino de duas vidas.

Em duas ocasiões ele já manifestara à Roncella a estima e a simpatia pela obra e pelo talento dela, participando do banquete em sua homenagem, assim que ela chegara a Roma, e indo cumprimentá-la na estação após o sucesso da peça. Depois escrevera a ela uma primeira vez em Cargiore, e recentemente fora visitá-la no palacete da via Plinio. Todas essas demonstrações de estima e simpatia só puderam acontecer entre uma e outra separação da Frezzi, e por elas ele sentira mais forte a perturbação, a impressão de transgredir e de fazer mal, ao passo que logo entrevira naquela jovem, de espírito tão semelhante ao seu, apesar de ainda selvagem e inculto, aquela que poderia libertá-lo do jugo da Frezzi, se a excessiva distância de idade, o dever dela, se não para com o indigno marido, certamente para com o filho, não lhe tivessem feito considerar um autêntico crime só de pensar. No entanto, na carta que enviara a Cargiore permitira-se dizer mais do que devia, e ultimamente, na visita ao palacete, fazê-la entender mais do que dissera. Lera em seus olhos o mesmo horror que ele tinha de seu estado e, ao mesmo tempo, o mesmo terror de sair dele, tinha também admirado o esforço com que conseguira se recompor diante dele, quase expulsando-o. Agora, devia crer no que lhe dizia o marido, isto é, que ela esperava-o com impaciência? Queria dizer, sem dúvida, que ela tomara uma violenta, desesperada resolução, da qual não se volta mais atrás. E mandara o próprio marido, convidá-lo? Não, isso lhe pareceu demais, e não algo que ela fizesse. O convite certamente era devido ao bilhete de congratulações que ele lhe escrevera depois da leitura da novela na *Vida italiana*, e a impaciência talvez fosse coisa do marido.

Maurizio Gueli não gostaria de reconhecer, mas via claramente que o instigador era ele, duas vezes: primeiro com sua visita, e depois com aquele bilhete. E já que ela resistira à primeira instigação, quase ofendendo-o, era natural que agora, depois daquele bilhete, o convidasse.

O que fazer? Podia recusar, alegar uma desculpa, um pretexto. Ah, a violência contínua que sua vida sofrera por vinte anos, a contínua exasperação do espírito levavam-no, somente, a exceder inevitavelmente, a cometer atos irrefletidos, a comprometer e a se comprometer.

Para ele, de fato, eram excesso, ato irrefletido, comprometimento grave o que para qualquer outro seria inócuo e comuníssimo ato sem consequências: uma visita, um bilhete de congratulações... Ele devia considerá-los delitos, e como tais considerá-los verdadeiros, na monstruosa consciência que aquela mulher criara nele, por isso tinham peso de chumbo até as mais leves e inocentes ações da vida: um olhar, um sorriso, uma palavra...

Maurizio Gueli sentiu-se tomar por um ímpeto de rebelião, por um prepotente arrebatamento de orgulho. Lançou contra a Frezzi a irritação que naquele momento sentia pela consciência do mal que na verdade acreditava ter feito com aquela primeira visita e depois com o bilhete. Para tirar de sua visão aquele tratante à espera de resposta, prometeu que logo iria visitá-la. — O senhor a incentiva, sabe! — dizia Giustino, despedindo-se, diante da porta. — Incentive-a, incentive-a até com força... Esta bendita peça! Já está no fim do segundo ato, falta o terceiro, mas já está tudo pensado. Pode acreditar que... me parece bom, Baldani que o ouviu, disse que...

— Baldani?

Pelo tom com que Gueli fez esta pergunta, Giustino compreendeu ter tocado numa tecla que não devia tocar. Ignorava que Paolo Baldani havia se lançado, naqueles dias, com fúria demolidora sobre uma série de artigos num jornal florentino, contra toda a obra literária e filosófica de Gueli, do *Sócrates demente às Fábulas de Roma*.

— Sim... sim, foi visitar Silvia, e... — respondeu atrapalhado, hesitante. — Silvia realmente não queria, fui eu... sabe? Para... para incentivá-la...

— Diga à Roncella que irei esta noite mesmo, — cortou Gueli, afastando-o com um olhar duro.

Giustino desmanchou-se em reverências e agradecimentos.

— Amanhã vou para Paris — acrescentou, já no patamar, — para assistir...

Mas Gueli não lhe deu tempo de terminar: apenas inclinou a cabeça e fechou a porta.

À noite, foi à Villa Silvia. Voltou no dia seguinte, quando Giustino Boggiolo já partira para Paris, e depois dia após dia, de manhã ou à tarde.

Ambos tinham a consciência de que uma mínima ação, uma mínima concessão, um mínimo abandono determinariam uma reviravolta absoluta e completa em sua existência.

Mas como seria possível impedi-la por muito tempo, se tanta era a exasperação de seus espíritos e tão claramente um a sentia no outro? Se seus olhos, encontrando-se, brilhavam, suas mãos tremiam ao pensar num fortuito contato, e aquela moderação os mantinha num estado de angustiosa e insustentável suspensão, a ponto de fazê-los considerar como um descanso, uma libertação aquilo que mais temiam e de que queriam fugir?

Apenas o fato de ele ir até lá, ela o acolher e os dois ficarem juntos e a sós, mesmo quase sem se olhar e sem se tocar, para eles já era algo pecaminoso, um comprometimento que sentiam mais e mais irreparável.

Ambos sentiam estar cedendo cada vez mais, inevitavelmente, a uma violência não apenas interna de um sentimento recíproco que os atraísse, mas, ao contrário, a uma violência externa que os pressionasse e compelisse a se unir contra o esforço que faziam para resistir e ficar afastados, sentindo que sua união seria forçosamente o que eles não queriam.

Ah, poder-se libertar daquelas condições odiosas, sem que a união deles fosse possível apenas a custo de uma culpa que incutia nela aversão e horror, nele consternação e remorso!

A violência que sentiam era exatamente esta: precisar realizar aquela culpa mais forte do que eles, mas necessária, inevitável, se queriam se libertar. Estavam ali, juntos, para realizá-la, trêmulos, dispostos e relutantes.

Por trás dele, havia a cruel sombra daquela mulher rígida, malévola, intratável, que já lhe soprava aos ouvidos que ele não poderia mais voltar, não poderia mais mentir, agora, negar que se aproveitara da liberdade para se aproximar de outra mulher: aquela ali! Honesta, não é? Honesta como ele, em tudo semelhante a ele. Ah, ela sim! Ela o levaria novamente à arte, pegando-o pela mão, para viver de poesia, e reacenderia com o fogo da juventude o sangue entorpecido... Vamos, por que essa timidez? Coragem! Ah, talvez o amor... sim! O amor o imbecilizava... Que bela mãozinha, hein? Com aquela veiazinha azul que se ramificava... Colocar aquela mãozinha na fronte, nos olhos... e beijá-la, beijá-la sobre as unhas rosadas... Não, elas não arranhavam. Gatinha mansa, gatinha mansa... Vamos, tente acariciar o pescoço! Miado ou balido? Pobre ovelhinha, que um marido infame queria ordenhar e tosar...

Como ir novamente de encontro a tal zombaria? Ouvia aquelas palavras como se a Frezzi realmente as soprasse pelas suas costas.

Pelas costas, a incentivá-la, ela sentia o marido que a colocara e deixara ali com Gueli e partira para Paris, para dar espetáculo também lá de suas habilidades, para converter em dinheiro o divertimento que ofereceria a atores, atrizes, escritores e jornalistas franceses, certo de que ela, aqui com Gueli, preparava uma nova peça. Ele queria! Só queria isto! E como não se importava com todas as risadas, não se importava agora que a esposa fosse alvo de todas as fofocas que, durante sua ausência, viam Gueli ir lá, já livre da Frezzi, Gueli sobre cuja simpatia por ela já se tinha tanto falado.

Ambos estavam com aquela tempestade a custo comprimida no peito, prudentes e ainda afastados, lá, firmes no lugar e à tarefa a eles atribuída: concentrados na nova peça que parecia, pelo título, provocar e escarnecer deles: — *A não ser assim...*

Por isso, ele lhe propôs de talvez de mudar o título. O gesto da protagonista, de Ersilia Arciani, sua ida à casa da amante do marido para pegar a menina, sugeria a imagem do gavião que se lança num ninho para arrebatar o filhote. Sim, talvez a peça pudesse se intitular assim: *Gavião*.

Mas estava de acordo com a índole de Ersilia Arciani, à razão e ao sentimento que a levara a praticar aquele ato, a ideia de rapacidade cruel que o gavião evoca? Não, segundo ela, não estava de acordo. Mas Silvia entendia porque ele, com aquela proposta de mudar o título, tendia a alterar a índole da protagonista, a dar uma razão de vingança e um intento agressivo àquele seu gesto. Certamente ele via naquela índole fechada, naquela austera rigidez de Ersilia Arciani algo da Frezzi e não podia tolerar que ela fosse e se demonstrasse tão nobre, tão indulgente à culpa, e queria desumanizá-la. Porém, desumanizando-a, não seria outra peça? Era preciso recomeçar, repensar tudo desde o início.

Aparentemente, ele entendia as sensatas observações que ela lhe fazia num tom que deixava claro ter compreendido e não querer insistir para não tocar numa ferida ainda viva e dolorosa.

Já haviam surgido nos jornais de Roma, Milão e Turim longas entrevistas do marido com os correspondentes de Paris, os quais, mesmo falando seriamente da peça e da grande ansiedade com que o público parisiense aguardava a representação, com um tom que deixava entender claramente uma intenção de burla, decantavam a prodigiosa atividade, o zelo, o fervor admirável daquele homenzinho "que considerava como sua a obra da esposa, que achava justo também receber as glórias". Afinal, chegou o telegrama de Giustino anunciando o sucesso, e seguiram-se jornais e jornais e jornais com a apreciação dos críticos mais respeitados, em grande parte favoráveis.

Silvia impediu Gueli de ler na sua frente, mesmo que para si, aqueles jornais.

— Não, por caridade, por caridade! Não aguento mais ouvir isso! Juro que daria... não sei, qualquer coisa parece pouco, daria tudo, tudo, para não ter escrito aquela peça!

Èmere, entretanto, quase de hora em hora vinha anunciar uma nova visita. Silvia gostaria de dizer a todos que não estava em casa. Mas Gueli a fez entender que faria mal. Ela descia à sala e ele ficava ali, escondido no estúdio, esperando-a, lendo os jornais ou pensando. Lá embaixo, no entanto, estavam Baldani, ou Luna, ou Betti.

— Ah, juventude! — suspirou uma vez Gueli ao vê-la voltar ao estúdio com o rosto afogueado.

— Não! Não diga isso! — saltou ela, pronta e veemente. — Tenho nojo deles! Tenho nojo! Ah, precisa acabar, precisa acabar, precisa acabar... Se soubesse como os trato!

Imediatamente um silêncio de um peso enorme caía em suas conversas cansadas e arrastadas, um silêncio, durante o qual sentiam seu sangue ferver e borbulhar, e seus espíritos angustiarem-se na ânsia de uma tremenda expectativa. Bastava que num daqueles momentos ele estendesse a mão sobre a mão dela: ela deixaria, e irresistivelmente apoiaria a cabeça, esconderia o rosto no peito dele, e o destino deles, já inevitável, seria selado. Por que então retardá-lo? Ah, por quê! Porque eles ainda podiam pensar nesse seu abandono e por isso ainda se continham, apesar de por dentro ambos já tivessem se abandonado perdidamente.

Mas o instante em que não pensariam mais viria!

Estavam chegando ao limite extremo de um ato que marcaria o final de sua primeira vida, sem ainda terem dito uma palavra de amor, falando de arte, como uma aluna fala ao professor. De repente, estariam lá, perdidos, angustiados, abalados, no início de uma nova vida, sem saber nem como se falar, como se entender sobre o caminho a seguir, para que ela, de alguma forma, se afastasse de lá.

Sentiam tão absolutamente a necessidade de fugir, mais por pena de si mesmos do que por amor, que o desgosto de se demorar em detalhes do modo bastava para detê-los.

Certo, ele também deveria deixar sua casa cheia de recordações da outra. Aonde ir? Era preciso encontrar algum refúgio, pelo menos no primeiro momento, um abrigo para se furtar ao estouro inevitável do escândalo. Isto também os humilhava e desgostava.

Afinal, não tinham o direito de viver em paz e humanamente, na plenitude incontaminada da sua dignidade? Por que se humilhar? Por que se esconder? Porque nem o marido nem a outra aceitariam em silêncio as razões que eles, antes ainda de faltar com seu dever de lealdade para ambos, podiam jogar em suas caras, afirmando aquele direito há tanto tempo e de tantas maneiras pisoteado, gritariam, tentariam impedir... Outro desgosto, mais forte do que o primeiro.

Estavam suspensos e detidos nesses pensamentos quando ele, na véspera da volta de Giustino de Paris, começou uma conversa na qual ela logo entendeu uma proposta decisiva para aquele estado de sofrimento.

Aquela peça trabalhosa e dura, que ela começara e não conseguia terminar, pesava neles como uma condenação. Na discussão sobre os personagens e as cenas estavam presas até agora a dor de sua irresolução. Agora, a proposta dele de deixar de lado a peça e a sugestão de fazerem juntos uma outra, baseada na visão que ele tivera há muitos anos do interior romano, perto de Óstia, de gente de Sabina, que vai até lá passar o inverno em horríveis cabanas, significam claramente para ela o fim da irresolução. E mais claramente ainda ela descobriu nele o propósito de acabar com qualquer demora e enfrentar sua nova vida, nobre e operosa, no convite que lhe fez para o dia seguinte — exatamente o dia em que deveria chegar o marido — de irem ver juntos aqueles lugares próximos a Óstia, lugares ameaçadores, do lado do mar, onde domina uma torre solitária, Tor Bovacciana, aos pés de um rio atravessado por uma corda, ao longo da qual passa uma barcaça para transportar algum pescador silencioso, algum caçador...

— Amanhã? — ela perguntou, e seu ar e sua voz expressaram uma entrega total.

— Sim, amanhã, amanhã mesmo. A que horas chega?

Ela logo entendeu quem, e respondeu:

— Às nove.

— Bom. Estarei aqui às nove e meia. Não será preciso dizer nada. Eu falo. Partiremos em seguida.

Não disseram mais nada. Ele saiu depressa. Ela ficou vibrante sob a obscura iminência de seu novo destino.

A torre... o rio atravessado pela corda... a barca que transporta os raros passantes para aqueles lugares ameaçadores...

Sonhara?

Então era lá o abrigo? Em Óstia... Não era preciso dizer nada... Amanhã!

Ela deixaria tudo aqui: sim, tudo, tudo. Escreveria para ele. Até a última hora mentiria. Por tudo isso era grata a Gueli. Mesmo partindo, no dia seguinte, não teria mentido. Com aquela peça, peça que ele propusera entraria na vida nova, com a arte e dentro da arte, nobremente. Era o caminho, não era um recurso ou um pretexto para enganar: o caminho para sair, sem mentira e sem vergonha, daquela casa odiosa, não mais sua.

3.

— Vamos, vamos, rápido, depressa, senão não chegam a tempo!

Giustino gritou do portão do palacete esta última recomendação aos dois que se afastavam em carruagem, e esperou que pelo menos Silvia, se não Gueli, se voltasse para acenar.

Não se voltou.

Giustino, aborrecido com a cara feia persistente da esposa, sacudiu os ombros e subiu para o quarto para esperar que Èmere viesse anunciar que o banho estava pronto.

"Que mulher!", pensava. "Fazer aquela cara de desgosto até a um convite tão gentil... O Duomo de Orvieto: lindo! Arte antiga... coisa para ser estudada..."

Na verdade, ele também não gostara muito que, exatamente no dia, aliás, quase no momento de sua chegada de Paris, Gueli tivesse vindo convidar a esposa para aquele passeio artístico. Mas Gueli não sabia que ele chegaria naquela manhã! Demonstrara tanto desgosto, até porque no dia seguinte devia partir para Milão e não teria mais tempo para mostrar a Silvia todas as maravilhas de arte no Duomo de Orvieto.

Lindo, lindo, o Duomo de Orvieto: ouvira-o dizer... Certamente não impressionaria muito a ele que vinha de Paris, mas... arte antiga, coisa para ser estudada...

Aquele rosto desgostoso era mesmo um choque. Ainda mais que Gueli, santo Deus, prestara-se tão gentilmente a lhe fazer companhia naqueles dias, e com tanta graça a exortava a não se preocupar com a chegada do marido, o qual, tendo-se certamente divertido em Paris, não podia achar ruim que a esposa se divertisse por algumas poucas horas, até à noite... Ele mesmo já havia dito: — Vá, por favor, é um prazer!

Giustino bateu duas vezes na testa com o dedo, fez uma careta e cantarolou:

— Não queeeero... não queeeero...

Èmere veio avisá-lo que o banho estava pronto.

— Estou aqui!

Pouco depois, deitado deliciosamente na branca banheira esmaltada, onde a água assumia uma agradável cor azulada, repensando no fragoroso turbilhão de esplendores de Paris, na nítida calma daquele luminoso quarto de banho, seu, sentiu-se feliz. Sentiu que aquele era finalmente o verdadeiro repouso do vencedor.

Naquele banho quente, a sensação de cansaço também era deliciosa, e lhe recordava o quanto havia trabalhado para vencer daquele modo.

Ah, esta vitória de Paris, esta vitória de Paris fora a verdadeira coroação de toda sua obra! Agora podia se dizer plenamente satisfeito: feliz.

No fim das contas, era bom que Silvia tivesse ido àquele passeio. Com o cansaço e no primeiro ímpeto da chegada, ele talvez estragasse o efeito da narrativa e das descrições que queria fazer.

Agora, depois do banho, descansaria, depois iria dormir. À noite, já descansado, faria a narrativa e a descrições à esposa e a Gueli das "grandes coisas" de Paris. Ele gostaria que também estivessem presentes alguns jornalistas, para relatar ao público, talvez em forma de entrevista. Mas amanhã, sim! Encontraria um, encontraria cem, felicíssimos em contentá-lo.

Acordou às oito da noite, e logo pensou nos presentes que trouxera de Paris para a esposa: um penhoar magnífico, uma cascata de rendas; uma elegantíssima bolsa de passeio de último modelo; três pentes e uma presilha de cabelos de tartaruga clara, finíssimos, e também um enfeite de prata artisticamente trabalhado para a escrivaninha. Tirou-os das malas para que a esposa, assim que entrasse, enchesse os olhos de espanto e prazer: os pentes e a bolsa sobre a penteadeira; o penhoar na cama. Pediu para Èmere ajudá-lo a levar o outro presente para a escrivaninha; colocou-o ali e ficou no estúdio para ver o que a esposa fizera em sua ausência.

Como, como? Nada! Será possível? A peça... oh, ainda no fim do segundo ato... Na primeira página o título estava riscado e ao lado estava escrito entre parêntesis Gavião seguido de um ponto de interrogação.

O que queria dizer?

Mas como! Nada? Nem uma linha em tantos dias! É possível?

Remexeu nas gavetas: nada!

Do meio das folhas da peça escorregou um papelzinho. Pegou-o: estavam escritos aqui e ali, em minúsculas letras, algumas palavras: fugacidade lúcida... depois, mais embaixo: *frias dificuldades amar...* mais embaixo ainda: *no meio de tanta mentira...* e depois: *Quantas sólidas opiniões cambaleiam como bêbados...* e por fim: *sinos, gotas d'água em fila na grade da sacada... árvores loucas e pensamentos loucos... as cortinas brancas da casa paroquial, a barra esfarrapada de um vestido sobre um sapato acalcanhado...*

Hum! Giustino fez uma careta. Revirou o papelzinho. Nada. Era só isto.

Ali estava tudo o que a esposa escrevera em cerca de vinte dias! De nada valeram nem os conselhos de Gueli... O que significavam aquelas frases soltas?

Colocou as mãos nas faces e ficou assim por um tempo. Os olhos caíram na segunda frase: *frias dificuldades amar...*

— Mas por quê? — disse forte, sacudindo os ombros.

Ainda com as mãos nas faces, começou a passear pelo estúdio. Por que e quais dificuldades agora que tudo, graças a ele, estava fácil e aplainado. O caminho estava aberto, e que caminho! Uma alameda, sem pedras nem espinhos, para correr de sucesso em sucesso?

— Dificuldades *amar...* Frias dificuldades amar... *Frias e amar...* Hum! Mas quais? Por quê?

Continuava a passear, agora com as mãos cruzadas nas costas. Parava um pouco, pensativo, de olhos fechados, e recomeçava a andar para parar logo depois, repetindo em cada parada, ainda de cara feia:

— *Árvores loucas e pensamentos loucos...*

E ele que esperava a peça acabada e contava começar amanhã mesmo a intercalar as primeiras "indiscrições" sobre a peça nos relatos aos jornalistas do sucesso em Paris!

Èmere entrou para lhe trazer os jornais da tarde.

— Como? — perguntou Giustino. — Já é assim tão tarde?

— Passam das dez, — respondeu Èmere.

— Ah sim? Como? — repetiu Giustino que, tendo dormido até tarde, perdera a exata percepção do tempo. — O que eles fizeram? Deviam estar aqui às nove e meia o mais tardar... O trem chega dez para as nove...

Èmere esperou, imóvel, que o patrão terminasse suas considerações, e disse:

— Giovanna quer saber se deve esperar a senhora.

— Claro que deve esperar! — respondeu, irritado, Giustino. — E também o senhor Gueli que jantará conosco... Talvez algum atraso... Se... se... mas não! Se tivessem perdido o trem, teriam mandado um telegrama. Já são dez?

— Passadas, — repetiu Èmere, sempre imóvel, impassível.

Giustino, olhando-o, sentiu crescer a irritação. Abriu um jornal para olhar os avisos, se por acaso havia alguma mudança no horário das ferrovias.

— Chegadas... chegadas... chegadas... Aqui: de Chiusi, 20 e 50.

— Sim senhor, — disse Èmere. — O trem já chegou.

— Como você sabe, imbecil?

— Sei porque o senhor do palacete ao lado, que vai e vem de Chiusi, chegou há três quartos de hora.

— Ah sim?

— Sim senhor. Aliás, quando ouvi o barulho da carruagem, pensei que fosse a senhora e desci para abrir o portão. Então vi o senhor do palacete ao lado, que vem de Chiusi... Se a senhora foi a Chiusi...

— Foi a Orvieto! — gritou Giustino. — Mas é a mesma linha... Quer dizer que perderam o trem!

— Se o senhor quiser, posso ir perguntar ao lado...

— O quê?

— Se o senhor chegou mesmo de Chiusi...

— Sim, sim, vá, mas diga a Giovanna para esperar.

Èmere foi, e Giustino recomeçou a passear nervosamente:

— Perderam o trem... perderam o trem... perderam o trem... — passou a dizer com gestos de raiva. — Orvieto!... passeio a Orvieto!... o Duomo de Orvieto!... Justo hoje, o Duomo de Orvieto! O que tem a ver? Não têm cabeça!... Necessidades precipitadas, irresistíveis... certas ideias!... Depois se zangam se ouvem dizer aquilo... como se chama? Que são uma corriola de doidos O Duomo de Orvieto... Se tivesse trabalhado, eu entendia a distração! Não fez nada, por Deus! *Árvores loucas e pensamentos loucos...* ela mesma diz...

Èmere voltou para dizer que o senhor do palacete ao lado tinha vindo exatamente de Chiusi.

— Está bem! — gritou Giustino. — Sirva a mesa só para mim! Poderiam pelo menos ter mandado um telegrama.

Vendo a mesa posta para a esposa e Gueli, ao qual gostaria de ter o prazer de contar as "grandes coisas" de Paris, seu despeito aumentou, e ordenou a Èmere para tirar a mesa.

Èmere talvez o tivesse olhando como sempre olhara, mas a Giustino pareceu que naquela noite o olhasse de outro modo, também se irritou com isto e o mandou para a cozinha.

— Quando precisar, chamo.

Ver um marido, cuja esposa, por um acaso imprevisto, passe a noite fora em companhia de outro homem, deve ser muito divertido para alguém que não tenha esposa, principalmente se esse marido chegou naquele mesmo dia em casa depois de vinte dias de ausência e trouxe tantos belos presentes. Belo presente, em troca!

Giustino nunca poderia imaginar que Gueli, cavalheiro austero, mais do que maduro, pudesse minimamente se aproveitar de um acaso como esse... Além disso, Silvia, a reserva, a honestidade em pessoa! Mas um telegrama, por Deus, um telegrama poderiam ter mandado, deveriam, deveriam, deveriam ter mandado um telegrama.

Essa falta do telegrama não expedido, aos poucos foi ficando mais grave aos olhos de Giustino, porque foi aumentando a irritação que ele sentia por aquele passeio, justo no dia de sua chegada, pela narração das "grandes coisas" de Paris que ficara presa na garganta e o impedia de comer, pelos presentes que a esposa não vira e pela merecida compensação que tinha todo o direito de esperar depois de vinte dias de ausência, por Deus! Não expedir nem mesmo um telegrama...

O silêncio da casa, talvez porque ele estivesse com o ouvido à espera da campainha de um entregador do telégrafo, repentinamente causou-lhe uma sinistra impressão. Levantou-se da mesa, olhou de novo no jornal o horário da ferrovia para saber a que hora no dia seguinte a esposa poderia retornar e viu que não antes da uma da tarde. Havia outro trem de manhã, mas muito cedo para uma senhora. Podia-se esperar que, no entanto, senão durante a noite, de manhã cedo chegasse o telegrama, o telegrama, o telegrama. Subiu para ler o jornal na cama e esperar o sono que certamente, por muitas razões, tardaria a vir.

Da porta, olhou dentro do quarto vazio da esposa. Que pena! Na cama, à espera, estava o belo penhoar de rendas. Pelo reflexo da luz na cúpula do abajur, o branco das rendas coloria-se de uma suave e tênue cor rosada. Giustino sentiu-se perturbado e angustiado, e voltou os olhos para a penteadeira para ver os pentes e a bolsa pendurada num dos braços que seguravam o espelho. Aproximou-se e, notando alguma desordem na penteadeira, certamente por causa da pressa com que Silvia se penteara para sair de manhã, para o inoportuno convite de Gueli, começou a arrumar, pensando que devia ser bem triste para a esposa, já habituada a dormir num quarto como aquele, passar a noite quem sabe em qual mísero hotelzinho de Orvieto...

4.

Na manhã seguinte, acordou tarde e logo perguntou a Èmere se não havia chegado o telegrama.

Não havia chegado.

Alguma desgraça? Algum acidente? Não! Gueli e Silvia Roncella não eram viajantes como os outros. Se alguma desgraça tivesse acontecido, logo se saberia. Além disso, se fosse o caso, Gueli ou algum outro teria telegrafado, para não deixá-lo angustiado com o silêncio. Pensou em telegrafar para Orvieto, mas para onde endereçar o telegrama? Não, nada. Melhor esperar com paciência a chegada do trem. Enquanto isto iria atualizar as contas atrasadas há tantos dias, as entradas e as saídas. Uma trabalheira!

Estava a cerca de três horas imerso em sua minuciosíssima contabilidade, e distante de qualquer preocupação pela esposa, quando

Èmere veio anunciar que tinha uma senhora lá embaixo que queria falar com ele.

— Uma senhora? Quem?

— Na verdade ela queria ver a patroa. Disse que a patroa não estava.

— Mas quem é? — gritou Giustino. — Senhora... senhora... senhora... Já esteve aqui?

— Não senhor, nunca.

— Estrangeira?

— Não senhor, não parece.

— E quem pode ser? — perguntou a si mesmo Giustino. — Estou indo.

E desceu para a sala. Ficou na soleira, atônito diante de Livia Frezzi, que, com o rosto contrafeito, horrivelmente macerado, pinçado aqui e ali por espasmos nervosos, atacou-o com os dentes cerrados, os lábios abertos e os olhos verdes fixos e descoloridos...

— Ela não voltou? Ainda não voltaram?

Giustino, ao vê-la ali parada numa fúria dilacerante, teve medo, e também compaixão e desprezo.

— Ah, a senhora também sabe? — fez. — Ontem à noite... ontem à noite certamente... perderam o... o trem... mas... mas talvez em alguns momentos...

A Frezzi avançou sobre ele como que para agredi-lo:

— Então o senhor sabe? Permitiu que fossem juntos? O senhor!

— Como... minha senhora... mas por quê? — respondeu, recuando. — A senhora... a senhora acha... eu tenho pena... mas...

— O senhor? — insistiu a Frezzi.

Então Giustino, juntando piedosamente as mãos, como que para receber e oferecer num ato de súplica a razão daquela pobre mulher:

— Desculpe, o que pode haver de mal nisso? Peço que acredite que minha esposa...

Livia Frezzi não o deixou prosseguir: fechou as mãos junto ao rosto contraído, quase espremido para fazer saírem dos dentes cerrados, pelo insulto embebido, todo o seu fel, todo o seu desprezo e interrompeu:

— Imbecil!

— Ah, por Deus! — saltou Giustino. — A senhora me insulta em minha casa! Insulta a mim e à minha esposa com sua indigna suspeita!

— Eles foram vistos, — retomou ela, rosto contra rosto tendo nos lábios um horrível sorriso. — Juntos, de braços dados, nas ruínas de Óstia... assim!

E estendeu a mão para agarrá-lo pelo braço.

Giustino se afastou.

— Óstia? Mas que Óstia! A senhora se engana! Quem lhe disse isto? Eles foram a Orvieto!

— A Orvieto, é mesmo? — zombou a Frezzi. — Foi o que eles disseram?

— Sim senhora! O senhor Gueli! — afirmou firmemente Giustino. — Um passeio artístico, uma visita ao Duomo de Orvieto... Arte antiga, coisa de...

— Imbecil! Imbecil! Imbecil! — interrompeu de novo a Frezzi. — O senhor os ajudou?

Giustino, palidíssimo, levantou o braço e, contendo-se com dificuldade, gritou:

— Agradeça a Deus, senhora, por ser mulher, senão...

Mais revoltada e mais feroz do que nunca, a Frezzi encarou-o, interrompendo:

— O senhor, o senhor é que deve agradecer a Deus, de eu não tê-la encontrado aqui! Mas ele eu encontro, o senhor vai ver!

Saiu com esta ameaça, e Giustino ficou olhando ao seu redor, tremendo e atônito, movendo os dez dedos das mãos no ar como se não soubesse o que pegar e o que tocar.

— Enlouqueceu... enlouqueceu... enlouqueceu... — murmurava. — É capaz de cometer um crime...

O que devia fazer? Sair, correr atrás dela? Um escândalo na rua... No entanto?

Sentia-se arrebatado pela fúria dela, esticava o corpo para sair correndo, e logo parava, preso por uma reflexão que não tinha tempo nem modo de se afirmar no confuso espanto, na perplexidade, entre tantos conselhos incertos e opostos. E delirava:

— Óstia... que Óstia!... Voltariam... de braços dados... nas ruínas... É louca... Foram vistos... Quem pode tê-los visto?... Foram contar para ela?... Alguém que sabe que ela é ciumenta e se diverte... E então?... Ela é capaz de ir à estação e fazer sabe-se lá o que...

Olhou o relógio sem pensar que a Frezzi não tinha nenhuma razão para ir à estação àquela hora, se supunha que Gueli e Silvia tivessem ido a Óstia e não a Orvieto. Chamou Èmere para que lhe trouxesse o chapéu e a bengala. Faltava quase meia hora para a uma da tarde. O tempo certo para estar presente à chegada do trem.

— Para a estação, depressa! — gritou, montando no primeiro coche que encontrou junto à Ponte Margherita.

Chegou instantes depois do trem de Chiusi. Os últimos passageiros ainda desciam. Olhou entre eles. Não estavam! Correu para a saída, olhando aqui e ali para todos os que deixava para trás. Não os via! Será que não tinham chegado nem naquele trem? Talvez já tivessem saído, estavam no coche... Mas os teria encontrado ali na estação:

— Fugiram de mim!

Saltou depressa em outro coche para voltar ao palacete.

Estava quase certo, quando chegou, que Èmere responderia que ninguém chegara.

Não havia mais dúvida de que algo grave acontecera. Estava entre a extravagância (que agora lhe saltava duvidosa aos olhos) daquele passeio proposto justamente à sua chegada, à qual, depois do malogrado retorno, seguia-se um longo e inexplicável silêncio, e a suspeita ultrajosa daquela louca. Gostaria de sair daquela ultrajosa suspeita para que esta não preenchesse o vazio e o silêncio, e não tomasse conta dele. Tentava enfrentá-la, para espantar a enormidade do engano que aqueles dois lhe tinham feito, incomensurável para a sua consciência de marido exemplar, que sempre e tudo dedicara à esposa, inclusive conquistar para ela o sucesso e a riqueza, a fama de austeridade de que gozava Gueli, e a honestidade, honestidade de sua esposa, mal-humorada e dura. Estranha sim: ela andava estranha nos últimos tempos, depois do sucesso da peça, justamente porque sua honestidade mal-humorada e dura, amante da simplicidade e da sombra, ainda não sabia ajustar-se ao luxo e ao esplendor da fama. Não, não! Como duvidar da honestidade dela, que lhe devia ao menos tanta gratidão, e da lealdade de Gueli, já velho, e há tantos anos ligado àquela mulher, escravo dela?

Uma ideia... Talvez o criado de Gueli tivesse telegrafado, em Orvieto, sobre a imprevista chegada da Frezzi de Monteporzio, e agora ele não ousasse retornar a Roma? Mas, por Deus, precisava segurar Silvia lá com ele, pelo medo de voltar? E Silvia prestar-se a isto, sem ver que perdia sua dignidade? Claro que não! Não era possível! Teriam entendido que quanto mais demoravam para voltar, maiores seriam as suspeitas e a irritação daquela louca... A menos que

Gueli, persuadido pelo medo, perseguido pela suspeita, agora, fora das garras da Frezzi, induzisse Silvia...

O silêncio, aquele silêncio com ele, era o mais grave de tudo!

Ele devia ir a Orvieto? E se não estavam mais lá? Se nunca estiveram lá? Sim, ele já duvidava... Talvez tivessem ido a outro lugar... De repente, lembrou-se de que Gueli dissera que devia ir a Milão. Será que levara Silvia com ele? Mas como! Sem avisar? Se honestamente tivessem tido vontade de visitar algum outro lugar, teriam avisado de alguma maneira... Não, não... Aonde tinham ido?

Ah, a campainha! Levantou-se de um salto e não esperou que Èmere corresse para abrir o portão, ele mesmo foi, viu-se diante do carteiro que lhe estendia uma carta.

Era de Silvia! Ah, finalmente... Mas como? No envelope, um selo da cidade... Ela escrevia de Roma?

— Fora! Fora! — gritou para Èmere, mostrando-lhe que pegara a carta.

Rasgou o envelope ali mesmo no jardim, diante do portão.

A carta, brevíssima, umas vinte linhas, não tinha lugar de procedência, nem data, nem cabeçalho. Depois de ler as primeiras linhas, ele sentiu faltar por duas vezes a respiração, o rosto empalideceu, os olhos escureceram, passou a mão na testa e depois esticou a carta com as duas mãos, a carta se partiu.

Mas como?... embora?... assim?... para não enganá-lo? Olhava ferozmente um plácido leãozinho de terracota junto ao portão, que, com a cabeça deitada nas patas dianteiras, continuava a dormir. — Mas como? Não o enganara com aquele velho?... Não fora embora com ele? E lhe deixava tudo... o que queria dizer tudo? Que era tudo, que era ele, se ela... Mas como? Por quê? Nem uma razão! Nada... Ia embora assim, sem dizer o porquê... Porque ele fizera tanto, até demais, por ela? Era esta a compensação? Jogava-lhe tudo no rosto...

Como se ele tivesse trabalhado para si e não para ela também! Ele podia ficar ali sem ela? Era a derrocada... a derrocada de toda a sua vida... a sua aniquilação... Mas como? Nada, nada, nada de preciso dizia aquela carta. Não falava de Gueli, dizia não querer enganá-lo e apenas afirmava decisivamente o propósito de romper a convivência deles. E vinha de Roma! Então ela estava em Roma? Onde? Na casa de Gueli, não, não era possível, havia a Frezzi, e ela viera naquela manhã mesmo. Talvez não estivesse em Roma, e aquela carta fora mandada a alguém para postá-la. Para quem? Talvez para Raceni... talvez para a senhora. Ely Faciolli... Alguma coisa, a um ou a outro, deveria ter escrito e, se não, do envelope poderia se descobrir o lugar de procedência. Ele precisava ir, localizá-la a qualquer custo, fazê--la falar, que lhe explicasse por que não podia mais viver com ele, e fazê-lo entender a razão. Devia ter enlouquecido! Talvez Gueli... Não, ele ainda não acreditava que pudesse ter se metido com Gueli! Talvez Gueli, quem sabe, a tivesse instigado contra ele, vexado como era pela Frezzi, enlouquecido também... Ah, loucos, todos loucos! Que cego ele tinha sido convidando-o contra a vontade dela... O que será que Gueli pensava dele! Que ele queria vexar a esposa como a Frezzi o vexava? Sim, devia ter na cabeça esta maldade... Porque ele a obrigava a trabalhar? Por ela! Por ela! Para manter a fama dela, nas alturas a que a havia alçado com tanto trabalho! Tudo, tudo para ela! Se ele havia até perdido o emprego por ela? Se não havia vivido mais para si mesmo, como suspeitar de tal maldade? Ela, muito mais, ela, Silvia havia se aproveitado dele, ele dedicara todo o seu trabalho, todo o seu tempo, toda a sua alma, e agora ela o abandonava, agora o jogava fora, como um trapo inútil. Podia ele ficar com o palacete, os ganhos feitos com os trabalhos dela? Loucuras! Nem pensar! Ficava no meio da rua, sem estado, sem profissão, como um saco vazio...

Não, não, por Deus! Antes que o escândalo estourasse, ele a encontraria! Encontraria!

Abriu o portão para correr à casa da senhora Ely Faciolli, mas ainda não havia aberto tudo, quando dois repórteres, e logo depois um terceiro e um quarto, pararam à sua frente com os rostos alterados pela corrida e pela ansiedade.

— O que foi?

— Gueli... — disse um ofegante. — Gueli foi ferido...

— E Silvia? — gritou Giustino.

— Não, nada! — respondeu outro, que tomava fôlego.

— Fique tranquilo, não estava lá!

— E onde está? Onde está? — perguntou Giustino, debatendo-se e tentando escapar.

— Não está em Roma! Não está em Roma! — gritaram em coro, para detê-lo.

— Se estava com Gueli! — exclamou Giustino, tremendo, convulso. — E a carta... a carta é de Roma!

— Uma carta, ah... uma carta de sua senhora? O senhor recebeu?

— Sim! Está aqui... Faz um quarto de hora... Com selo da cidade...

— Pode mostrar? — pediu um, timidamente.

Mas outro se apressou em esclarecer:

— Não sabe! Não é possível! É certo que sua senhora está em Óstia.

— Em Óstia? Certo?

— Sim, em Óstia, em Óstia, sem dúvida.

Giustino levou as mãos ao rosto e voltou a tremer:

— Ah, então é verdade! Então é verdade! Então é verdade!

Os quatro ficaram olhando para ele, apiedados. Um deles perguntou:

— O senhor sabia que sua senhora estava em Roma?

— Não, ontem, — começou Giustino, — com Gueli... disseram que iam a Orvieto...

— A Orvieto? Não!

— Pretexto!

— Para colocá-lo na pista errada...

— Se Gueli, veja, voltava de Óstia...

— Desculpe, — repetiu o primeiro, estendendo a mão, — pode-se ver esta carta?

Giustino colocou o braço para trás.

— Não, nada... diz que... nada! Mas onde, onde Gueli foi ferido?

— Duas feridas gravíssimas!

— No ventre, no braço direito...

Giustino sacudiu a cabeça:

— Não! Onde? Onde? Em casa? Na rua?

— Em casa, em casa... Pela Frezzi... Voltava de Óstia e... assim que chegou em casa...

— De Óstia? Então, ele deve ter postado a carta...

— Ah, sim... sim... é provável...

Giustino voltou a cobrir o rosto com as mãos, gemendo:

— Acabou! Acabou! Acabou!

Depois perguntou com raiva:

— A Frezzi foi presa?

— Sim, imediatamente!

— Eu sabia que cometeria um crime! Veio aqui esta manhã!

— A Frezzi?

— Sim, aqui, procurar minha esposa! E não fui atrás dela! — Ah, meus amigos! Meus amigos! Meus amigos! — acrescentou, estendendo os braços para Dora Barmis, Raceni, Lampini, Centanni, Mola, Federici, que, assim que souberam da notícia do crime, correram primeiro à casa de Gueli, e ainda tinham nos rostos o horror do sangue espalhado nas salas e na escada invadidos pelos curiosos, e a febre do enorme escândalo.

    Dora Barmis, prorrompendo em lágrimas, jogou os braços no pescoço dele, todos os outros ficaram ao seu redor, solícitos e comovidos, e entraram assim em grupo na sala do palacete. Ali, Dora Barmis, que ainda mantinha o braço em seu pescoço, por pouco não o fez sentar em seu colo. Não parava de gemer entre lágrimas abundantes:

    — Pobrezinho... pobrezinho... pobrezinho...

    Enternecido por esse compadecimento e sentindo-se consolar aos poucos, o coração aquecido por aquele atestado de estima e de afeto de todos aqueles amigos literatos e jornalistas:

    — Que infâmia! — começou a dizer Giustino olhando um a um no rosto, piedosamente. — Oh, meus amigos, que infâmia! Esta traição! Todos vocês são testemunhas do que fiz por esta mulher! Aqui, aqui, ao nosso redor, até as coisas falam! Eu, tudo, por ela! Esta é a compensação! Voltei ontem de Paris... lá também, a glória, num dos melhores teatros da França... festas, banquetes, recepções... todos, assim, em volta de mim, para ouvir as notícias que dava dela, de sua vida, de seus trabalhos... volto, sim senhores! Oh, que infâmia, meu amigo, meu amigo, caro Baldani, obrigado! Que infâmia, sim! Que indignidade, obrigado! Caro Luna, obrigado também... Caro Betti, obrigado; obrigado a todos, amigos meus... O senhor também, Jàcono? Sim, uma verdadeira perfídia, obrigado! Oh, caro Zago, pobre Zago... vê? Vê? — Não! Gritou de repente, ao ver os quatro repórteres ocupados em copiar a carta da esposa, que devia ter caído de sua mão. — Não! Contem a todos, aos jornais e a toda a Itália! Saibam vocês também, e saibam também todos os meus amigos da França: aqui, ela, nesta carta, sim senhores, diz que me deixa tudo! Mas eu, eu deixo tudo a ela! Tenho nojo! Eu, eu dei tudo a ela... e me arruinei!

Deixo tudo aqui... casa, títulos, dinheiro... tudo, tudo... e volto para meu filho, sem nada, arruinado. Para meu filho... Nunca pensei nem no meu filho... eu, para ela! Para ela!

Neste ponto a Barmis não conseguiu mais se segurar, levantou-se e o abraçou freneticamente. Giustino, entre o atordoamento e a comoção de todos, caiu num pranto copioso, escondendo o rosto nos ombros de sua consoladora.

— Sublime, sublime, — dizia baixo Luna a Baldani, saindo da sala. — Sublime! Ah, é absolutamente necessário, pobrezinho, que alguma outra escritora o tome como secretário imediatamente! Pecado, pecado, que a Barmis não saiba escrever... É realmente sublime, pobrezinho!

CAPÍTULO VII.

FOGO APAGADO

1.

– *E 'l giudisi? douva t' l'as 'l giudisi, martuf?*[26]

O menino, a cavalo nas pernas de vovô Prever, olhava-o com olhos atentos e risonhos, segurando-se, depois logo levantava a mãozinha e com o indicador tocava a testa.

– *Bel e sì.*[27]

– *L'è nen vera!*[28] – gritava o velho, agarrando-o com suas grandes mãos e fingindo arrancar-lhe a barriguinha: – *T" l'as anvece sì, sì, sì...*[29]

O menino, com esta brincadeira tantas vezes repetida, se jogava de tanto rir.

A avó, ao ouvir aquelas frescas e ingênuas risadas infantis, voltava-se para olhar a cabecinha cacheada do netinho. Não ria demais? E tinha uma maldita mosca que zumbia tão alto e de mau agouro no quarto. Procurava-a em vão, então voltava os olhos tristes para o filho que estava junto à janela olhando para fora, com a cabeça enfiada nos ombros e as mãos nos bolsos, taciturno e sombrio.

Tinha voltado de Roma há nove meses, quase nu, com a roupa do corpo e pouca roupa de baixo. Mas se tivesse perdido apenas a roupa e o emprego! O coração, o cérebro, a vida, tudo, perdera tudo, atrás daquela mulher, que certamente devia ser má.

A senhora Velia já vivera sessenta e alguns anos, e nunca vira um homem reduzir-se àquele estado por uma mulher honesta e boa.

---

[26] Em dialeto piemontês no original: *E o juízo? Onde está o juízo, malandrinho?*
[27] Em dialeto piemontês no original: *Bem aqui.*
[28] Em dialeto piemontês no original: *Não é verdade!*
[29] Em dialeto piemontês no original: *Está aqui, aqui, aqui...*

Deus, nem um pouco de amor por aquele pequeno, por ela! Está lá, não quer pensar mais em nada. Olhava e parecia que não via, não ouvia, alienado de qualquer sentido, vazio, destruído, apagado.

Só por alguns traços deixados pela estadia dela na casa, parecia reanimar-se um pouco, e como um cão que se deita nos vestígios do dono morto, para reter o último cheiro, para que não vá embora também, ficava ali, e não tinha jeito de fazê-lo sair para se distrair.

Várias vezes Prever lhe propusera ir com Graziella, por alguns meses, por uma semana, por um dia que fosse, à casa na colina de Bràida, para ajudá-lo um pouco – sendo ele já velho – na administração dos bens. Ele se interessara um pouco por esta proposta, mais pelo peso de uma obrigação, com a qual se quisesse tornar cruelmente mais grave a infelicidade. Tanto que Prever logo o exonerara, apesar de dom Buti, o cura, sustentar que era preciso persistir, mesmo deixando-o acreditar que fizesse aquele trabalho por obrigação e com crueldade.

– *Meisiña*, – dizia, – *avei nen paura ch'a la treuva amera.*[30]

Remédio, o senhor Prever não queria ser, ou, se fosse o caso, gostaria de ser remédio doce. Tão amargo, não.

– *Grazious*! – dizia a madama Velia, assim que dom Buti ia embora. – *Chiel a ven con so canucial për meisiña, e mii dovria venì sì con i me count 'd cassa...*[31]

Dom Buti, de fato, visto que Giustino não quisera fazer-lhe uma visitinha na casa paroquial a dois passos dali, uma noite levara debaixo do capote o seu velho famoso telescópio para fazê-lo

---

[30] Em dialeto piemontês no original: *Remédio, não tema que ele ache amargo.*
[31] Em dialeto piemontês no original: *Obrigada. Ele vem com seu telescópio como remédio e eu devia vir com minhas contas...*

admirar a *gran potensa 'd Nosgnour*[32], como quando era pequeno e para fechar o olho esquerdo retorcia muito a boca:

— *Ratoujin, così!*[33]

Mas Giustino não se comovera ao ver o velho telescópio. Para não desgostar o bom homem, olhara "as grandes montanhas" da lua e sacudira levemente a cabeça, com os olhos franzidos, quando dom Buti repetira, com o costumeiro gesto, o refrão:

— *La gran potensa 'd Nosgnour, eh? la gran potensa 'd Nosgnour!*[34]

Ao refrão seguira-se um longo sermão cheio de ohs! e ehs! Porque com aquele sacudir de cabeça e franzir de olhos o grande poder de Deus parecera a dom Buti, senão propriamente colocado em dúvida, reconhecido como capaz de permitir que se fizesse muito mal a um pobre inocente. Giustino ficara impassível com o sermão, como se fosse uma coisa que dom Buti, na qualidade de sacerdote, devia fazer, e com a qual ele não tinha nada a ver, já que não tinha o dever sacerdotal e podia pensar *a seu modo*, como estava escrito no campanário da igreja.

Daquele obscuro torpor de espírito sacudira-o um pouco o novo médico que viera há pouco para Cargiore com uma senhora que ainda não se sabia bem se era sua esposa ou não. Devia ser rica *madama*, pois o doutor Lais alugara uma bela casa de uns senhores de Turim e dizia querer comprá-la. Alto, magro, rígido e preciso como um inglês, com bigodinhos ainda louros e cabelos já grisalhos, cheios, curtos, parecia exercitar a profissão só para fazer alguma coisa. Vestia-se com rica e simples elegância e usava sempre um par

---

[32] Em dialeto piemontês no original: *O grande poder de Nosso Senhor.*
[33] Em dialeto piemontês no original: *Assim, ratinho!*
[34] Em dialeto piemontês no original: *O grande poder de Nosso Senhor, hein? O grande poder de Nosso Senhor!*

de esplêndidas polainas de couro, das quais parecia sempre esquecer de afivelar em casa algum cadarço, para afivelá-lo fora, na rua ou nas visitas, e assim chamar atenção para elas. Gostava muito de literatura. Ao ser chamado por causa de um leve distúrbio do menino, sabendo que Boggiolo era marido da célebre escritora Silvia Roncella e que por muitos anos estivera em meio à literatura, enchera-o de perguntas e convidara-o à sua casa, onde sua senhora certamente teria muito prazer em ouvi-lo falar, amante apaixonada como era das belas letras e insaciável devoradora de livros.

— Se o senhor não vier! — dissera. — Sou capaz de trazer minha senhora aqui.

E realmente a trouxera. E os dois, ele que parecia um inglês, ela que parecia espanhola (era veneziana), toda laços e fitas, cheia de elogios, morena, com olhinhos vivazes e muito negros, os lábios carnudos e vermelhos, o narizinho reto, orgulhoso e impertinente, fizeram Giustino falar a noite toda, admirados por um lado, por outro irritados com certas notícias, com certas opiniões contrárias às suas apaixonadas simpatias de diletantes admiradores de província.
— *Me schiopa el fiel!* [35] — protestava ela. — Mas como? A Morlacchi... Flavia Morlacchi!... ninguém gostava dela em Roma? Mas seu romance *A vítima*... tão bonito!... Mas *Flocos de neve*... versos maravilhosos!... E a peça... como se chamava?... *Discórdia*, sim, sim, não, *A discórdia*... por Deus, aplaudidíssima em *Como, há quatro anos!*

O senhor Martino e dom Buti ficaram ouvindo e olhando com os olhos arregalados, a boca aberta, e a senhora Velia olhava consternada o seu Giustino que, mesmo sem querer, atiçado por aqueles dois, voltava a falar daquelas coisas e se inflamava, inflamava... Oh Deus, não. Ela preferia vê-lo triste, taciturno, afundado na dor, do

---

35 Em dialeto veneziano no original: *Isto me irrita!*

que assim, reanimado por aquela conversa. Fora, fora, tentação! Sentiu-se mais tranquila quando, alguns dias depois, Giustino lhes respondeu, quando tiveram o descaramento de mandar pedir pela criada um livro da esposa e convidá-lo para o almoço, que não tinha o livro e que não podia ir.

Dessa forma, livrou-se deles.

"O que vai acontecer hoje?", pensava a pequena senhora Velia, continuando a olhar o filho diante da janela, enquanto Vittorino fazia o diabo no colo de Prever.

Talvez aquele dia estivesse mais confuso do que o normal, porque de manhã — por uma distração da tonta da Graziella — descobrira uma carta que chegara há vários dias e não fora destruída como as outras, quando possível, escondido dele.

Ainda chegavam muitas e muitas cartas vindas de Roma, da França, da Alemanha... E a senhora Velia, ao chegarem, balançava a cabeça, como se avaliasse o mal que aquela mulher fizera a seu filho pela distância de onde chegavam.

Ele se jogava sobre aquelas cartas como um faminto, fechava-se no quarto e metia-se a responder. Mas depois não expedia aquelas cartas com a resposta diretamente à esposa. A senhora Velia soubera pelo senhor Martino, que ouvira de *monsù* Gariola, proprietário do posto de correio, que o filho as endereçava a um tal Raceni, em Roma. Talvez por meio deste amigo aconselhasse a esposa como devia agir.

Era realmente assim.

Depois de seu retorno a Cargiore, Giustino recebera até poucos meses antes frequentes cartas da Barmis e de Raceni, pelas quais, com suplício inenarrável, soubera em que desordem vivia a esposa em Roma.

Agora ele estava mais do que convencido de que entre Silvia e Gueli não acontecera nada de mal. Acreditava ter prova no fato de que Gueli, quase miraculosamente curado das duas feridas, apesar do braço direito amputado, voltara a viver com a Frezzi, libertada como inconsciente depois de cinco meses de cárcere preventivo, justamente pelas relações e as manobras do próprio Gueli.

Ah, se ele então, no primeiro momento, não se deixasse abater pelo escândalo e tivesse corrido a Óstia para buscar a esposa ainda sem outra culpa do que ter querido fugir dele! Não, não, não: ele não podia crer, apesar do engano do passeio a Orvieto, não podia crer que ela tivesse se metido com Gueli. Devia ter corrido a Óstia para trazer a esposa consigo, a qual certamente, então, não estaria assim perdida... Com quem ela vivia agora? A Barmis dizia que com Baldani; Raceni suspeitava de uma relação com Luna. Vivia aparentemente sozinha. O palacete, todos os móveis, vendidos. E nas últimas cartas Raceni dava a entender que ela devia estar com algum problema financeiro. Claro! Sem ele... Deviam roubar-lhe tudo! Talvez ela agora reconhecesse o que queria dizer ter ao seu lado um homem como ele! Tudo vendido... Pecado!... O palacete... os móveis de Ducrot...

Há cerca de dois meses nem a Barmis, nem Raceni escreviam mais, nem qualquer outro amigo de Roma. O que acontecera? Talvez não tivessem visto razão para continuar a se corresponder com alguém já quase desaparecido da vida. Primeiro cansara-se a Barmis, agora nem Raceni respondia.

Porém, naquele dia, ele não estava mais triste do que o normal nem por esse silêncio, nem pela razão suposta pela mãe.

Em casa, desde que voltara, não entravam mais jornais por causa da promessa feita à mãe de não lê-los mais. Depois se arrependera, e como! Mas não ousara manifestar o desejo de ler pelo menos os de

Turim por medo que a mãe acreditasse que ele ainda estivesse com o pensamento fixo naquela mulher. Enquanto a Barmis e Raceni lhe escreviam, não sofrera tanto com essa privação, mas agora...

Naquela manhã, num jornal antigo, de uns vinte dias atrás, em que Graziella levara para seu quarto os coletes e os punhos das camisas passados, lera duas notícias na seção de teatro que o perturbaram muito.

Uma era de Roma: a iminente representação no teatro Argentina da nova peça da esposa, aquela, aquela mesma que ele vira incompleta, *Só se for assim...* A outra, que em Turim, no teatro Alfieri, recitava a Companhia Carmi-Revelli.

Devorado pelo desejo de saber sobre a nova peça em Roma e talvez em outras cidades, talvez em Turim, com a Companha Carmi-Revelli, e de falar com a senhora Laura ou com Grimi, com qualquer pessoa, não sabia como dizer à mãe que na manhã seguinte pretendia ir a Turim. Temia que o senhor Prever quisesse acompanhá-lo. Sabia da consternação que a mãe vivia por causa dele. O que ela pensaria se ele lhe dissesse que queria ir assim tão longe, de repente, quando se negara até o dia anterior a dar um passo fora de casa... Além disso, tinha pouco dinheiro consigo, resto do dinheiro que trouxera da viagem a Paris. Envergonhava-se de admitir para si mesmo, imagine pedir à mãe por aquela razão, que não tinha mais do que uma pensãozinha deixada pelo marido, e agora, com ele também a lhe pesar, ia adiante com dificuldade, pobrezinha. O senhor Prever, sim, oferecia algum socorro de vez em quando, disfarçadamente, com uma desculpa ou outra. Mas se naquele momento a mãe estava sem dinheiro e precisasse pedir ajuda ao senhor Martino, ele certamente se ofereceria para acompanhá-lo.

Esperou que Prever, depois do jantar, fosse para casa e, para provocar um novo e mais insistente convite da mãe para que ele procurasse alguma distração, lamentou-se de um enorme peso na cabeça. Solícito, como esperava, veio o convite:

— Vá a Bràida, amanhã...

— Não, prefiro... prefiro ver gente. Esta solidão, talvez, me faça mal...

— Quer ir a Turim?

— Pode ser...

— Claro, logo, amanhã mesmo! — apressou-se em dizer a mãe. — Mando Graziella reservar um lugar no coche com *monsù* Gariola.

— Não, não, — disse Giustino. — Deixe. Vou a pé até Giaveno.

— Mas por quê?

— Porque... Deixe! Vai me fazer bem caminhar... estou em casa há tanto tempo. Melhor... para o trem de Giaveno... mamãe, eu...

A senhora Velia entendeu logo, levou a mão à cabeça e fechou os olhos, como para dizer: "Nem pensar!".

Quando entrou em seu quarto, acompanhado pela mãe que iluminava o caminho, percebeu que em cima da cômoda ela colocara três notas de dez liras.

— Oh, não! — exclamou. — Não preciso tanto! Pegue, pegue... Basta uma!

A velha mãe aproximou-se levantando as mãos, e com um sorriso triste e malicioso nos lábios e nos olhos:

— Você acredita mesmo, — disse, — que sua vida acabou, meu filho?... Você ainda é quase um rapaz... Vá! Vá!

E fechou a porta.

2.

Ao descer do trem, a primeira impressão que sentiu ao colocar os pés na cidade depois de nove meses de obscuro e profundo silêncio interior, de sepultamento na dor, foi de não saber mais caminhar entre o barulho e a confusão. Logo teve um atordoamento como que de pesada e escura embriaguez, a irritação, o enfado, a aversão que sente um doente obrigado a se mover com o zumbir dos remédios nos ouvidos em meio a pessoas sadias, vigorosas e indiferentes.

Olhava obliquamente aqui e ali por medo de que algum de seus antigos conhecidos, não literatos, o reconhecesse, e também pelo medo inverso de que algum de seus novos conhecidos, jornalistas e literatos, fingisse não reconhecê-lo. Muito mais cruel do que a ridícula comiseração daqueles seria o descaso desdenhoso destes, agora que ele não era mais nem sombra do que fora.

Ah, se um jornalista amigo, passando, o pegasse pelo braço, alegremente, como nos bons tempos e dissese:

"Ah, caro Boggiolo, quais as novas?".

E o fizesse contar o sucesso de Paris, que não pudera contar a ninguém e lhe deixara na garganta um nó de angústia que nunca mais se desfaria!

"E sua senhora? O que está escrevendo? Uma nova peça? Vamos, diga alguma coisa..."

Não sabia nem se a nova peça havia sido representada e que resultado tivera...

Foi até uma banca de jornais e comprou os jornais de Roma, Milão e os locais.

Não diziam nada.

Mas viu nos anúncios dos espetáculos nos jornais de Roma, no teatro Argentina: *Só se for assim...*

Ah, então tinha sido representado! Então tivera um bom sucesso! Se replicavam... Quem sabe quantas noites? Bom sucesso...

E passou a imaginar que, desta vez, devia ter sido Silvia que a colocara em cena. Logo viu, com o pensamento, o palco, de dia, durante os ensaios. Imaginou a impressão que ela tivera por nunca ter estado ali e se viu lá com ela, seu guia, entre os atores. Ela incerta, perdida; ele, ao contrário, já prático, seguro. Demonstrava toda sua segurança, o domínio que tinha do lugar e de tudo, e pedia que ela não se desesperasse com a falta de vontade e a lentidão deles, com os cortes no script, com as broncas do diretor... Eh, não era nada fácil combater com aqueles tipos! Era preciso pegá-los pela palavra e ter paciência se até o último momento mostravam não saber seu papel...

De repente, fechou o rosto. Pensou que talvez ela tivesse pedido ajuda a alguém para acompanhar os ensaios, talvez Baldani, talvez Luna ou Betti... Quem era naquele momento o seu amante? Com este pensamento, logo ficou muito fácil colocar a peça em cena, assistir aos ensaios, combater com os atores. Mas sim, certo, bela força, agora que ela, por causa dele, fizera seu nome, todas as portas foram abertas e todos os atores estavam em suas mãos, entre obediência e sorrisos. Bela força!

"Quero ver as contas! As contas! As contas!" exclamou para si. "Obediência, sorrisos... duvido! Uma mulher... e ainda, ora... sem marido... Mas as contas, quem cuida? Ela? Com a bela prática que tem? Ele deve cuidar, o belo... Vão comê-la viva! Sim, sim, quando você vai conseguir um palacete como aquele! Espere, espere..."

Abriu um jornal de Turim e viu que no teatro Alfieri a Companhia Carmi-Revelli dava as últimas récitas.

Ficou algum tempo com o jornal aberto diante dos olhos, indeciso entre ir ou não. O desejo de saber notícias da peça, de falar dela, de ouvir falarem, o empurrava; o segurava o pensamento de enfrentar a vista, as perguntas de todos aqueles atores. Como o receberiam? Antes caçoavam dele, mas ele então tinha o cabresto na mão, com o qual, depois de permitir esbravejarem um pouco como muitos cavalinhos fujões, podia num instante puxar o cabresto e atá-los domesticados ao carro do sucesso. Agora, entretanto...

Imerso nas recordações que já eram toda a sua vida, depois de um longo giro encontrou-se, guiado inconscientemente, diante do teatro Alfieri.

Talvez àquela hora tivesse ensaio. Dirigiu-se titubeante à entrada e fingiu ler no cartaz o título da peça que se representava naquela noite, depois o elenco dos personagens, por fim, criando coragem, como um autor estreante, pediu respeitosamente a alguém de guarda ali, que não conhecia, se a senhora Carmi estava no teatro.

— Ainda não, — respondeu ele.

Giustino ficou diante do cartaz sem ousar perguntar mais nada. Em outros tempos teria entrado no teatro, sem nem se dignar a olhar aquele Cérbero[36] lá!

— E o *cavaliere* Revelli? — perguntou pouco depois.

— Acabou de entrar.

— Tem ensaio, não?

— Ensaio, ensaio...

Sabia que Revelli era rigorosíssimo ao permitir a entrada de estranhos durante o ensaio. Certo, se tivesse entregue àquele homem um cartão de visita para entregar a Revelli, ele o faria entrar, mas ainda estaria exposto à curiosidade indiscreta e irreverente de todos.

---

[36] Trata-se do cão Cérbero, guardião mitológico da entrada do inferno.

Não quis. Melhor ficar ali como um mendigo esperando a Carmi, que não devia tardar muito, se os outros já tinham vindo.

De fato, a Carmi chegou pouco depois, de coche. Não esperava encontrá-lo ali, diante da porta e, ao ser cumprimentada, apenas inclinou a cabeça e foi adiante, sem reconhecê-lo.

— Senhora... — chamou Giustino, magoado.

A Carmi voltou-se, apertando um pouco os olhos míopes, e logo soltou um *oooh* de espanto.

— Você, Boggiolo? Como está aqui? Como?

— Eh... — fez Giustino, abrindo um pouco os braços.

— Eu soube, eu soube, — retomou a Carmi com ansiedade piedosa. — Pobre amigo meu! Que coisa vil! Eu nunca poderia esperar, acredite. Não por ela, claro! Ah, eu sei da ingratidão daquela mulher! Mas por você, caro. Vamos, vamos, venha comigo. Estou atrasada!

Giustino hesitou, depois disse com voz trêmula e os olhos vidrados de lágrimas:

— Peço-lhe, senhora, não... não gostaria de ser visto...

— Tem razão — reconheceu a Carmi. — Espere, vamos por aqui.

Entraram no teatro quase escuro, atravessaram o corredor dos primeiros camarotes, lá no fundo a Carmi abriu a portinha do último camarote e disse a Boggiolo, baixinho:

— Espere aqui. Vou ao palco e já volto.

Giustino encolheu-se no fundo do camarote, no escuro, com as costas contra a parede do palco, para não ser visto pelos atores, cujas vozes ressoavam no teatro vazio.

— *Oh, senhora, oh, senhora,* — entoava como de costume Grimi, cobrindo a voz entediante do ponto, — *e isso lhe parece pouco?*

— *Mas não, não é pouco, caro senhor,* — sorria a pequena Grassi com sua vozinha terna.

E Revelli gritava:

— Mais arrastado! Mais arrastado! *Mas nããão, mas não é pouco, amigo...*

— O segundo *mas* não tem!

— Então coloque-o, por Deus! É natural!

Giustino ouvia aquelas vozes conhecidas que, mesmo sem querer, alternavam para dar vida ao personagem em cena; olhava a ampla vacuidade sonora do teatro em sombras; aspirava seu odor particular misto de umidade, pó e respiração humana estagnados, e aos poucos sentia crescer a angústia, como se o assaltasse na garganta a precisa recordação de uma vida que não podia mais ser sua, da qual não podia participar, a não ser assim, escondido, quase furtivamente ou por compaixão como há pouco. A Carmi reconhecera, e todos com ela certamente reconheceriam que ele não merecia ser tratado daquele modo, e essa piedade dos outros, se de um lado fazia-o sentir mais profunda e mais amarga a sua miséria, de outro a tornava mais cara, pois era quase uma sombra remanescente do que ele fora.

Esperou a Carmi por um bom tempo, pois ela devia ensaiar uma longa cena com Revelli. Quando finalmente ela chegou encontrou-o chorando, sentado, com os cotovelos nos joelhos e o rosto entre as mãos. Chorava em silêncio, mas com lágrimas quentes, abundantes e segurando os soluços.

— Vamos, vamos, — disse, colocando a mão em seu ombro. — Eu entendo, sim, pobre amigo, mas anime-se! Assim você não parece mais você, caro Boggiolo! Eu sei, você consagrou tudo àquela mulher, corpo e alma, agora...

— A ruína, entende? — prorrompeu Giustino, sufocando a voz e as lágrimas, — a ruína, a ruína de todo um edifício, senhora, construído por mim, pedra por pedra! Por mim, somente por mim! Na melhor parte, quando já estava tudo no lugar, e eu podia gozar a satisfação que havia feito, uma lufada à traição, uma lufada de loucura, creia, de loucura, com aquele velho, com aquele velho louco, que se prestou vilmente, talvez para se vingar, destruindo outra vida como a sua tinha sido destruída. Tudo abaixo, tudo, tudo!

— Acalme-se, acalme-se! — exortava-o também com gestos a Carmi.

— Deixe-me desabafar, por caridade! Não falo e não choro há nove meses! Destruíram-me, minha senhora! Agora não sou mais nada! Entreguei-me totalmente ao trabalho que só eu podia fazer, só eu, digo com orgulho, minha senhora, só eu porque não ligava para todas as bobagens, todos os caprichos, todos os grilos que saltam na mente desses literatos. Nunca esquentava a cabeça e deixava-os rirem se queriam rir, a senhora também riu de mim, não é? Todos riram de mim, mas o que me importava? Eu precisava construir! E consegui! E agora... e agora, entende?

Enquanto Boggiolo, no escuro do camarote, falava e chorava, dilacerado pela angústia, continuava, no palco, o ensaio. De repente, a Carmi percebeu, com um arrepio, a estranha contemporaneidade dos dois dramas, um verdadeiro, de um homem que se consumia em lágrimas, com as costas na parede do palco, de onde soavam falsas as vozes de outro drama falso, que ao paralelo imediato cansava e nauseava como um jogo vão, petulante e irreverente. Teve a tentação de aparecer no camarote e fazer sinal aos atores para que parassem e fossem até lá, para ver, assistir este outro drama verdadeiro. Aproximou-se de Boggiolo e de novo pediu que se acalmasse com boas palavras e ainda batendo a mão em suas costas.

— Sim, sim, obrigado, senhora... me acalmo, me acalmo, — disse Giustino, engolindo as lágrimas e enxugando os olhos. — Perdoe-me, senhora. Eu precisava, precisava mesmo desabafar. Perdoe-me. Agora estou calmo. Diga-me, esta peça... esta nova peça, *Só se for assim...* foi bem?...

— Ah, nem me fale! — protestou a Carmi. — Foi a mesma coisa, caro, a mesma coisa que fez para você! Nem me fale, deixemos para lá...

— Gostaria de saber o resultado... — insistiu, com timidez, Giustino, humilhado pela mesma pena.

— Silvia Roncella, meu amigo, é a ingratidão em pessoa! — sentenciou a Carmi. — Quem a levou ao sucesso? Diga, Boggiolo! Não fui apenas eu, sozinha, enquanto todos riam ou duvidavam do poder de sua inteligência e trabalho? Pois bem, ela pensou em todas as outras, menos em mim, para a nova peça! Veja bem, só estou dizendo isto porque sei que você também recebeu o mesmo. Para os outros — ah, eu tenho dignidade — para os outros digo que fui eu quem não quis saber. E agora não recito mais nem *A nova colônia*. Por graça de Deus, as pessoas vêm ao teatro por minha causa, para me ver, qualquer coisa que eu faça, não preciso dela! Falo somente porque todos abominam a ingratidão, e você pode me compreender.

Giustino ficou em silêncio por um tempo, balançando a cabeça, depois disse:

— Todos, sabe? Todos os amigos que me ajudaram, foram tratados assim por ela... Lembro da Barmis, ela também... Mas, esta nova peça... assim... como foi?

— Ah! — fez a Carmi. — Parece que... nada de extraordinário... Foi apenas sucesso de público. Algumas cenas, aqui e ali, parece que são boas... o final do último ato, especialmente, sim... salvou o trabalho... Não leu os jornais?

— Não senhora. Há nove meses. Estou fechado em casa... É a primeira vez que venho a Turim. Fico lá, perto de Giaveno, na minha aldeia, com minha mãe e meu filho...

— Ah, o senhor ficou com ele?

— Certo! Comigo... Sempre esteve lá, na verdade, com minha mãe.

— Muito bom, muito bom, — aprovou a Carmi. — E desde então você não teve mais notícias?

— Não, mais nenhuma. Por acaso soube que a nova peça foi representada. Comprei os jornais hoje e vi que haverá uma réplica em Roma...

— Em Milão também, por isso... — disse a Carmi.

— Ah, também foi representada em Milão?

— Sim, sim, com o mesmo sucesso.

— No Manzoni?

— Sim, no Manzoni. Dentro em pouco... espere, em três dias, virá de Milão a Companhia Fresi para encená-la aqui, neste teatro. A Roncella está em Milão agora e virá assistir a representação aqui.

Giustino ficou em pé de um salto, ofegante.

— Tem certeza?

— Sim, foi o que entendi... O quê?... Vai lhe causar... vai lhe causar um certo efeito, não? Entendo...

A Carmi também se levantara e o olhava com piedade.

— Ela virá?

— Dizem que sim! Eu acredito. Sua presença, depois do estardalhaço que fizeram sobre ela, pode ajudar muito, já que a peça é um pouco decadente. Além disso, o público não a conhece ainda e quer conhecê-la.

— Sim, sim... — disse Giustino, agitado — É natural... este é como o primeiro trabalho para ela... Talvez tenham lhe imposto... A Companhia Fresi virá em três dias?

— Sim, em três dias. No átrio tem um cartaz, não viu?

Giustino estava impaciente, agradeceu a Carmi pelo afetuoso acolhimento e foi embora, sentindo-se sufocar por aquela escuridão do teatro, perturbado como estava pela tremenda notícia que ela lhe dera.

Silvia em Turim! Iriam chamá-la ao palco depois da representação e ele a veria de novo!

Ao sair, sentiu faltarem-lhe as pernas, teve uma vertigem e levou as mãos ao rosto. Todo o sangue subira para a cabeça e seu coração martelava no peito. Iria vê-la de novo! Ah, quem sabe como se arranjava, agora, com aquela vida desordenada, batida pela tempestade! Quem sabe quanto mudara! Talvez não existisse mais nada nela da Silvia que ele conhecera!

Não. Talvez não viesse, sabendo que ele poderia descer de Cargiore a Turim, e... E se viesse justamente por isto? Para se reaproximar dele? Oh Deus, Deus... Como ele poderia perdoá-la depois de tanto escândalo? Como voltar a viver com ela, agora? Não, não... Não havia qualquer condição, ele se cobriria de vergonha, todos pensariam que ele voltava com ela para viver dela, mais uma vez torpemente. Não, não! Não era mais possível, infelizmente... Ela precisava entender. Mas ao partir não lhe deixara tudo? Por isso, os outros poderiam argumentar que ele não era um vil aproveitador. Dera a todos a prova de que não era capaz de viver com vergonha, de um dinheiro que também era seu em grande parte, fruto de seu trabalho, de seu sangue, e deixara para ela! Quem podia acusá-lo?

Este protesto de orgulho, com o qual contemporizava com crescente satisfação, era a desculpa com que sua consciência acolhia a secreta esperança de que Silvia viesse a Turim para voltar para ele.

Mas se ela estivesse vindo porque devia, por força de contrato com a Companhia Fresi? E talvez... quem sabe?... não estivesse sozinha, talvez alguém a acompanhasse, a amparasse naquele penosa viagem...

Não, não, ele não podia, não devia fazer nada. Só queria, a qualquer custo, voltar para Turim dali a algumas noites para assistir, escondido, a representação da peça, para revê-la de longe uma última vez...

3.

Escondido! À distância!

Um mar de gente, naquela suave noite de maio, entrava no teatro iluminado, os coches chegavam barulhentos e se apinhavam diante da porta, no contraste das luzes, o burburinho da multidão agitada.

Escondido, à distância, ele assistia àquele espetáculo. Mas aquela não era obra sua que tomara corpo e agora seguia por si, sem se importar com ele?

Sim, era obra sua, obra que o absorvera, sugara toda sua vida, até deixá-lo assim, vazio, apagado. E cabia a ele vê-la prosseguir, naquele mar de gente ansiosa, do qual nem podia se aproximar, misturar-se; expulso, rechaçado, ele, ele por quem aquele mar de gente se movera pela primeira vez, ele que a reunira e guiara pela primeira vez, naquela noite memorável no teatro Valle de Roma!

Agora devia esperar assim, escondido, à distância, que a multidão, fragorosa, impaciente, invadisse e enchesse o teatro, onde ele entraria furtivamente e por último, vergonhoso.

Dilacerado por aquele exílio, que estava entre um passo e o infinito, de sua própria vida, a qual vivia lá, fora dele, diante dele, e o fazia espectador inerte de sua miséria, de sua nulidade, Giustino teve um ímpeto de orgulho e pensou que – sim – sua obra continuava a andar sozinha. Mas como? Certamente não como se ele ainda a estivesse dirigindo, vigiando-a, governando-a, amparando-a por todos os lados! Queria ver de perto como ela continuava a andar sem ele! Que preparação tivera a *prima* da nova peça? Os jornais da noite anterior e da manhã falaram pouco... Se fosse ele! Sim, as pessoas continuavam a chegar, mas por quê? Pela lembrança de *A nova colônia*, do sucesso que ele conseguira e para ver, para conhecer a autora, aquela tímida, insociável, inexperiente garotinha de Taranto que ele, com seu trabalho, mostrara a todos e tornara célebre. Agora ele estava aqui, abandonado, escondido no escuro, enquanto ela estava lá, na luz da glória, cercada pela admiração de todos.

Naquele momento, devia estar lá, no palco. Quem sabe como estaria! O que dizia? Será possível que não pensava que ele viria de Cargiore, tão perto, para assistir à representação da peça? Oh Deus, Deus... voltava, deixando-o trêmulo, o pensamento que tivera ao saber que ela viria a Turim: que tivesse vindo para se reconciliar com ele, que esperasse, depois dos primeiros aplausos, uma furiosa aparição dele no palco e um abraço frenético diante de todos os atores comovidos. Depois, depois... oh Deus — sentia arrepios e um formigamento no corpo todo — as cortinas se abriam e os dois, ela e ele, de mãos dadas apareciam, inclinavam-se, reconciliados e felizes, para o povo que aclamava em delírio.

Loucuras! Loucuras! Mas, por outro lado, não passava de qualquer limite a impertinência dela, vir a Turim, debaixo dos olhos dele?

Ele ansiava saber, ver... Mas como podia ver daquele camarote de última fila, no centro, que conseguira no dia anterior?

Entrara correndo, subindo de quatro em quatro as escadas.

Mantinha-se no fundo para não ser visto. Sobre sua cabeça as galerias estalavam. Debaixo, dos camarotes, da plateia, vinha o burburinho, a agitação das grandes noitadas. O teatro devia estar cheio e esplêndido.

Ainda ofegante, mais pela emoção do que pela corrida, ele olhava as cortinas e gostaria de furá-las com os olhos. Ah, pagaria qualquer coisa para ouvir novamente o som da voz dela! Achava que não o reconheceria mais! Como ela falava agora? Como se vestia? O que dizia?

Assustou-se com o som prolongado da campainha, que correspondia ao aumento do clamor nas galerias. A cortina estava se abrindo!

Instintivamente, no silêncio repentino, ele se adiantou, olhou o palco, que representava a sala de redação de um jornal.

Ele conhecia o primeiro e também o segundo ato da peça, e sabia que ela não estava contente com eles. Talvez os tivesse refeito, ou talvez, se o sucesso da peça tinha sido medíocre, deixara-os assim como estavam, obrigada a encenar logo o trabalho para evitar dificuldades financeiras.

A primeira cena, entre Ersilia Arciani e o diretor do jornal Cesare D'Albis, era a mesma que ele conhecia. Mas a Fresi não representava o papel de Ersilia com a mesma rigidez que Silvia dera ao caráter da protagonista. Talvez ela mesma, Silvia, tivesse atenuado essa rigidez para tornar o personagem menos duro e mais simpático. Mas, evidentemente, não bastava. Em todo o teatro, desde as primeiras falas, já se difundira o gelo de uma desilusão.

Giustino o sentia, e de todo aquele gelo sentia subir-lhe um grande calor à cabeça, suava e se agitava, angustiado. Por Deus! Expor-se assim ao risco terrível de uma nova peça, depois do sucesso clamoroso da primeira, sem uma preparação adequada da imprensa, sem prevenir o público que a nova peça seria completamente diferente da primeira, a revelação de um novo aspecto da criatividade de Silvia Roncella. Essas eram as consequências: o público esperava a poesia selvagem de *A nova colônia*, a representação de costumes estranhos, de personagens insólitos. No entanto, estava diante de aspectos comuns da vida, prosaicos, e ficava frio, desenganado, descontente.

Ele deveria gostar, mas não, não! Porque o que ainda estava vivo nele estava naquela obra que via desmoronar, e sentia que era um pecado ele não poder mais colocar as mãos para ampará-la, reerguê-la, fazê-la triunfar de novo. Um pecado para a obra e uma feroz crueldade para ele!

Levantou-se de um salto a um assobio prolongado que se ouviu de repente de um lado da plateia, como um vento agitando todo o teatro, e recuou para o fundo do camarote com as mãos no rosto em chamas, como se o tivessem esbofeteado.

A obstinação com que Leonardo Arciani negava-se em concordar com o sogro chocava os espectadores. Mas talvez o grito final de Ersilia, que explicava essa obstinação: *"Papai, ele tem a filha, a filha: não pode concordar!"* salvasse o ato. Então entrava a Fresi. Silêncio. Guglielmo Groa e o genro quase se atracavam. O público, ainda sem compreender, agitava-se cada vez mais. E Giustino, tremendo, tinha vontade de gritar de seu camarote de última fila:

"Idiotas, ele não pode concordar! Tem a filha!".

Mas a Fresi gritava... muito bem! Assim... forte, com toda a alma, como uma chicotada... O público prorrompia num aaahhh prolongado... Como?... Não gostaram? Não... Muitos aplaudiam... A cortina descia entre aplausos, mas eram aplausos contestados, muitos também vaiavam... Oh, Deus, um assobio agudo, lancinante, das galerias... bendito, bendito assobio! Como reação, agora aumentavam os aplausos nas poltronas, nas frisas... Giustino, com o rosto inundado de lágrimas, convulso, retorcia as mãos, também tentado aplaudir furiosamente, mesmo impedido pela espera angustiada que lhe concentrava toda a alma nos olhos. Os atores voltavam... Não, ela não estava... Silvia não estava... Voltavam! Voltavam mais uma vez! Oh, Deus... Ela estava? Não... nem desta vez... Os aplausos caíam, e com os aplausos caía também Giustino numa cadeira do camarote, acabado, ofegante, como se tivesse corrido por uma hora. Do fogo que lhe queimava a testa saíam gotas de suor grossas como lágrimas. Fechado em si, buscava dar calma às entranhas contraídas, ao coração tumultuado, e um gemido entrecortado saía de sua garganta, como pela crueldade de um tormento impossível de suportar. Não conseguia ficar parado um instante. Levantava-se, apoiava-se na parede do camarote com os braços caídos, o lenço na mão, a cabeça pendurada... olhava a porta do camarote... levava o lenço à boca e o rasgava... Era prisioneiro ali... Não podia se deixar ver... Gostaria pelo menos de ouvir os comentários que se faziam daquele primeiro ato, chegar perto do palco, ver os que entravam para confortar a autora... Ah, naquele momento ela certamente não pensava nele, ele não existia para ela: era um na multidão, misturado com todos... Não, não, nem isso, ele também não podia fazer parte da multidão, ele não devia estar ali. E de fato não estava: fechado, escondido ali num camarote que todos deveriam acreditar vazio, o único vazio, pois ali estava alguém que não deveria estar... Que tentação, correr ao palco, abrir espaço e retomar seu lugar, a baqueta do comando! Um furor heróico o impelia a fazer coisas inauditas, nunca vistas, para mudar totalmente a sorte daquela noite, sob os olhos atônitos do público, demonstrar que estava ali, agora, ele, o autor do sucesso de *A nova colônia*...

  Tocava a campainha para o segundo ato. Recomeçava a batalha. Oh, Deus, como poderia assisti-lo, assim tão sem forças?

O público voltava para a sala agitado, turbulento. Se a primeira cena do segundo ato, entre pai e filha não agradasse, o trabalho cairia irreparavelmente.

A cortina se abriu.

O cenário representava o estúdio de Leonardo Arciani. Era dia, e a lamparina acesa por toda a noite, ainda ardia sobre a escrivaninha. Guglielmo Groa dormia, deitado numa poltrona, com um jornal no rosto. Entrava Ersilia, apagava a lamparina, acordava o pai e lhe dizia que o marido não voltara para casa. Diante das perguntas ásperas e incisivas do pai, como marteladas na rocha, rompia-se a dureza de Ersilia, e sua paixão retida começava a fluir. Ela falava com lânguida calma melancólica e defendia o marido, que, posto entre ela e a filha, escolhera a filha: *"A casa é onde estão os filhos!".*

Giustino, preso, fascinado pela profunda beleza daquela cena representada admiravelmente pela Fresi, não percebia que o público, agora, estava atentíssimo. Quando, ao final, explodiram os aplausos quentes, longos, unânimes, sentiu todo seu sangue, de repente, cair no coração e voltar à cabeça. A batalha estava vencida, mas ele se viu perdido. Se Silvia se apresentasse para agradecer ao público aqueles aplausos insistentes, ele não a veria: um véu caíra diante de seus olhos. Não, não, por sorte! A representação prosseguia. Ele, porém, não conseguiu mais prestar atenção. A ansiedade, a angústia, a inquietação, cresceram nele à medida que o ato progredia, aproximando-se do final, da estupenda cena entre o marido e a esposa, quando Ersilia, perdoando Leonardo, afasta-o dela: *"Agora, você não pode mais ficar aqui. Duas casas, não, eu aqui e sua filha lá, não. Não é mais possível, vá embora! Eu sei o que você deseja!".* Ah, como interpretava a Fresi! Leonardo ia embora, ela rompia num pranto de alegria, e caía o pano entre aplausos fragorosos.

— A autora! A autora!

Giustino com os braços cruzados sobre o peito, agarrando-os firmemente com as mãos, como que para impedir que o coração lhe saltasse fora, esperou gemendo que Silvia comparecesse à ribalta. O espasmo da espera tornava seu rosto feroz.

Ei-la! Não. Eram os atores. Os aplausos continuavam estrepitosamente.

— A autora! Venha a autora!

Ei-la! Ei-la! Ela? Sim, lá entre dois atores. Mal a via, assim do alto. A distância era muita e muita a comoção que lhe velava a vista! Chamavam-na de novo; lá está ela de novo; os dois atores retrocediam e a deixavam sozinha na ribalta, exposta, por muito tempo, à solene demonstração do público que aclamava em pé. Desta vez, Giustino pôde vê-la bem: estava ereta, pálida e não sorria, apenas inclinava a cabeça, lentamente, com uma dignidade não fria, mas plena de uma invencível tristeza.

Giustino não pensou mais em se esconder, assim que ela saiu da ribalta, saiu do camarote como um insano; precipitou-se escadas abaixo de encontro à multidão que saía da sala e entupia os corredores; abriu passagem com gestos furiosos, em meio ao espanto daqueles que foram empurrados para trás; ouviu gritos e risadas às suas costas; saiu do teatro quase correndo, com sensação de que uma treva vertiginosa lhe ocupava o cérebro, atravessada por jatos de luz; a sensação de um fogo que lhe devorava as entranhas e lhe dava na garganta uma ardência atroz.

Como um cão espancado, enfiou-se na primeira rua que encontrou, longa, reta, deserta. Começou a andar sem saber para onde, com os olhos fechados, coçando as têmporas com ambas as mãos e dizendo sem voz dentro da boca árida, como cortiça:

— Acabou... acabou... acabou...

Foi o que ficou por tê-la visto, impusera-se a ele como uma convicção absoluta: tudo terminara para ele, porque aquela não era mais Silvia, não, não, aquela não era mais Silvia. Era outra, da qual ele não podia mais se aproximar, distante, inalcançavelmente distante, acima dele, acima de todos, por aquela tristeza que a envolvia, isolada, tão ereta e austera, como saíra da tempestade. Outra, por quem ele não tinha mais razão de existir.

Onde andava? Onde tinha se enfiado? Olhou perdido para as casas silenciosas, escuras; olhou os lampiões vigilantes no silêncio; parou; esteve para cair; apoiou-se num muro, ainda olhando um dos lampiões; observou como um insensato a chama imóvel, depois, o círculo de luz na calçada; olhou ao longo da rua; mas por que tentar se orientar, se tudo estava acabado? Aonde devia ir? Para casa? Por quê? Devia continuar a viver, não é? Por quê? Ali, no vazio, no ócio, em Cargiore, por anos, anos e anos... O que lhe restava para dar algum sentido, algum valor à sua vida? Nenhum afeto, que não representasse um dever insuportável: pelo filho, pela mãe. Ele sentia mais necessidade desses afetos, o filho e a mãe sentiam essa necessidade, mas o que podia fazer por eles? Viver, não é? Viver para não deixar sua velha mãe morrer de dor... Quanto ao filho, se ele e a avó morressem, restava a mãe, e seria melhor para ele e também para ela. Com a criança ao lado, ela deveria forçosamente pensar nele, no pai, que tinha sido seu marido, e assim ele continuaria a existir para ela, com o filho, no filho.

Ah, como ir assim prostrado de Giaveno a Cargiore? Certamente sua mãe o estava esperando, sabe-se lá com quais tristes pensamentos por aquele seu desaparecimento... Tinha estado como um louco por todos aqueles dias, desde que soubera que Silvia viria a Turim. A mãe também soubera por meio de Prever, a quem alguém contara na aldeia, provavelmente o doutor Lais, que lera a notícia nos jornais. A mãe viera a seu quarto para pedir que ele não fosse à cidade naqueles dias. Ah, pobrezinha! Pobrezinha! Que espetáculo ele dera! Pusera-se a gritar, como um louco, que o deixasse em paz, que não precisava da proteção de ninguém, que não queria ser sufocado por todos aqueles cuidados, nem soterrado por todos aqueles conselhos. Por três dias não descera para almoçar ou jantar, fechado no quarto, sem querer ver ninguém, nem sentir nada.

Agora basta. Ao vê-la, perdera toda a esperança, o que lhe restava fazer? Voltar para seu filho, para sua mãe, e basta... basta para sempre!

Orientou-se, foi para a estação de trem que deveria levá-lo a Giaveno, chegou a tempo de pegar a última viagem.

Chegou a Giaveno cerca de meia-noite e pegou o caminho para Cargiore. Tudo era silêncio sob a lua, na fresca e suave noite de maio. Sentiu, mais do que espanto pela solidão atônita e quase estupefata no tênue clarão lunar, uma angústia cautelosa da misteriosa e fascinante beleza da noite variegada de sombras de lua e sonora de trinados argênteos. Em alguns trechos, certos secretos murmúrios de água e de folhas tornavam mais triste e mais atenta a angústia. Parecia-lhe que aqueles murmúrios não quisessem ser ouvidos nem ouvir o som de seus passos, e ele caminhava mais leve. De repente, por trás de um portão, um cão latiu ferozmente e o fez pular, tremer e gelar de susto. Logo outros cães começaram a latir de perto e de longe, protestando contra sua passagem àquela hora. Ao cessar o tremor, sentiu maior o extremo cansaço que lhe pesava nos membros; pensou a que se devia esse cansaço; pensou no caminho interminável que tinha à frente, e logo a beleza da noite se obscureceu, esvaiu-se seu fascínio, e afundou-se no vazio tenebroso de sua dor. Andou, andou por mais de uma hora sem nem ao menos parar para recuperar o fôlego. Ao final, não aguentou mais e sentou-se à beira do caminho. Estava muito cansado, não tinha forças nem para erguer a cabeça. Pouco a pouco, começou a distinguir o barulho profundo do Sangone, lá embaixo no vale, depois também o ciciar das folhas novas das castanheiras e o denso frescor dos bosques do vale, por fim o riso de um riacho, e sentiu de novo a ardência na boca. Arranhou-se para ter piedade de si mesmo, de seu espírito soturno e endurecido. Viu-se tão só pelo caminho, na noite, tão cansado e desesperado, que sentiu uma urgente necessidade de conforto. Levantou-se para encontrar logo a única pessoa que poderia consolá-lo. Mas precisou andar por mais uma hora, antes de divisar a cúpula oitavada da igreja, apontando para o céu como um dedo ameaçador. Quando chegou à igreja e voltou os olhos para sua casa, viu com espanto as luzes acesas de três janelas. Uma, sim, ele podia esperar, mas por que tantas?

No escuro, sentado no degrau da porta, encontrou Prever chorando copiosamente.

— Mamãe? — gritou.

Prever se levantou e com a cabeça baixa estendeu-lhe os braços:

— Rino... Rino... — gemeu entre soluços, por trás da barba emaranhada.

— Rino?... Mas como?... O que houve?

Libertando-se com raiva dos braços do velho, Giustino correu ao quarto do menino ainda gritando:

— O que houve? O que houve?

Parou na soleira, diante da confusão do quarto.

O menino tinha feito um banho frio naquele instante, e a avó o segurava no colo, envolto num lençol. O doutor Lais estava lá. Graziella e a ama choravam. O menino não chorava, tremia muito, com a cabecinha encaracolada ensopada de água, os olhos fechados, o rostinho corado, quase vermelho, inchado.

A mãe apenas levantou os olhos, e Giustino sentiu-se transpassar por aquele olhar.

— O que houve? O que houve? — perguntou com voz trêmula ao doutor. — O que aconteceu? Assim... de repente?

— Há dois dias... — fez o doutor.

— Dois dias?

A mãe olhou-o de novo.

— Eu não sei... não sei nada... — balbuciou Giustino ao médico, como para se desculpar. — Mas como? O que ele tem, doutor? Me diga! O que houve? O que houve?

Lais pegou-o pelo braço, fez um sinal com a cabeça, e o levou para a sala ao lado.

— O senhor vem de Turim, não é? Esteve no teatro?

— Sim, — murmurou Giustino, olhando-o, aturdido.

— Pois bem, — retomou Lais, hesitante. — Se a mãe estiver aqui...

— O quê?

— Penso que... é bom, talvez, avisá-la...

— Então, — gritou Giustino, — então Rino... o meu menino...

Responderam-lhe três acessos de choro da sala ao lado, e um quarto às suas costas, de Prever que havia entrado. Giustino voltou-se, caiu nos braços do velho e rompeu em prantos.

Lais voltou ao quarto da criança, que, recolocado na cama, apesar de apático, parecia dar os últimos suspiros. Já queimava novamente. Giustino entrou, detido em vão por Prever.

— Quero saber o que ele tem! Quero saber o que ele tem! — gritou ao doutor, tomado por uma raiva feroz.

Lais irritou-se e também gritou:

— O que ele tem? Febre maligna!

Seu tom e a cara diziam: "O senhor vem do teatro e tem coragem de me perguntar deste modo o que tem seu filho!".

— Mas como! Em três dias?

— Em três dias, claro! Espantado? É exatamente por isto que se chama maligna!... Fizemos de tudo... tentei...

— Meu Rino... meu Rino... Oh Deus, doutor... meu Rirì!

E Giustino caiu de joelhos ao lado do leito, tocando com a testa a mãozinha quente do menino, e entre os soluços pensou que nunca dera, nunca, todo seu coração àquele pequeno ser que ia embora, que vivera cerca de dois anos quase fora de sua alma, fora da alma da mãe, pobre criança, e encontrara refúgio apenas no amor da avó... Pouco antes ele pensara em dá-lo para a mãe! Mas nem ela o merecia, como ele também não o merecia! Por isso o menino ia embora... Não o mereciam, nenhum dos dois.

O doutor Lais ajudou-o a se levantar e com suave violência levou-o para o quarto ao lado.

— Voltarei ao nascer do dia, — disse-lhe. — Se quiser mandar um telegrama para a mãe... Me parece justo... Posso, se quiser, encarregar-me de passá-lo antes de voltar. Tome, escreva aqui.

Estendeu-lhe uma folha de seu bloco e a pena. Ele escreveu: "Venha logo. Seu filho está morrendo. Giustino".

4.

Todo o quartinho estava cheio de flores. Cheia de flores, também, a caminha onde jazia o cadaverzinho sob um véu azul. Quatro velas ardiam nos cantos, com dificuldade, como se as chamas penassem para respirar naquele ar perfumado demais. O pequeno morto também parecia oprimido: branco, com os globos dos olhinhos endurecidos sob as pálpebras lívidas.

Todas aquelas flores juntas não perfumavam mais: tinham empesteado o ar fechado daquele quartinho, atordoavam e nauseavam. O menino sob o véu azul, irremovivelmente abandonado àquele perfume empesteado, afundado nele, prisioneiro dele, só podia ser olhado à distância, à luz das quatro velas, cujo amarelado calor tornava quase visível e impenetrável o fétido influxo de todos aqueles odores.

Somente Graziella estava junto à porta olhando com olhos desfeitos pelo pranto o cadaverzinho, quando, perto das onze horas, como um vento repentino subiu pelas escadas, entre gemidos, roçar de roupas e soluços constantes desde o térreo, Silvia, amparada pelo doutor Lais. Entrou no quartinho e logo parou, pouco depois da soleira, levantou as mãos, como que para se proteger daquele espetáculo, e abriu a boca num grito, e outro, e outro, que não conseguiram sair de sua garganta. O doutor Lais sentiu-a desfalecer em seus braços, gritou:

— Uma cadeira!

Graziella a trouxe. Ambos, amparando-a, fizeram-na sentar, e Lais foi imediatamente até a janela, exclamando:

— Como é possível ficar assim? Aqui dentro não se respira! Ar, ar!

Voltou solícito para Silvia, a qual agora, sentada, com as mãos no rosto, a cabeça caída como uma condenada, que além do peso da dor sentisse remorso e vergonha, chorava sacudida por violentos soluços. Chorou assim por algum tempo, depois levantou a cabeça, segurando-a com as mãos, e olhou para a caminha. Levantou-se, aproximou-se do leito, dizendo ao doutor, que queria impedi-la:

— Não... não... deixe-me... deixe-me vê-lo...

Primeiro olhou através do véu, depois sem o véu, sufocando em soluços, segurando a respiração para sentir em si a morte do filho, que não reconhecia mais. Não podendo segurar por mais tempo essa suspensão de vida, inclinou-se para beijar a fronte do cadaverzinho e gemeu:

— Ah, como você está frio... como está frio...

E por dentro chorava: "Por que meu amor não pode aquecê-lo...".

— Frio... frio...

E acariciou os loiros cabelos cacheados, levemente.

O doutor Lais obrigou-a a se afastar da caminha. Ela olhou Graziella que chorava, mas viu por trás das lágrimas pela criança um olhar hostil para ela. Não se indignou, ao contrário, amou o ódio daquela velha que era um ato de amor pelo seu menino, e dirigiu-se ao doutor:

— Como foi? Como foi?

Lais levou-a para o quarto ao lado, o mesmo onde ela dormira nos meses de sua temporada lá. O pranto, então, que no quartinho do menino viera-lhe aos olhos, se não propriamente forçado, quase arrancado da violência do que via, ali rolou espontâneo e impetuoso. Ali, sentiu seu coração dilacerar pelas vivas recordações de seu filhinho, sentiu-se novamente mãe de verdade, com o mesmo coração de antes, quando a ama todas as manhãs levava-lhe o pequeno róseo e nu recém-saído do banho, e ela, apertando-o ao peito, pensava que logo deveria separar-se dele...

Enquanto isso, Lais lhe falava da doença imprevista, de quanto fizera para salvá-lo, e contava que mesmo para o pai aquela desgraça fora uma surpresa inesperada, pois na noite anterior ele estava no teatro para assistir à peça dela, sem saber que a criança estava tão gravemente doente.

Ao saber disso, Silvia levantou a cabeça, percorrida por um arrepio:

— Ontem à noite? No teatro? Como ele sabia?...

— Ah, senhora, — respondeu Lais. — Pela notícia de que a senhora viria a Turim...

E com a mão fez um gesto que significava: parecia fora de si.

— A mãe não disse nada, vendo-o assim, — acrescentou. — Não supôs realmente que se tratasse de um caso tão grave... Dá pena, acredite, dá pena! Assim que chegou ontem à noite, perto das duas, a pé de Giaveno, encontrou o menino moribundo. Eu lhe sugeri avisá-la por telegrama, aliás, eu mesmo passei o telegrama, quando o menino já, infelizmente... Expirou lá pelas seis... Está escutando? Está escutando?

Pela escada, de repente, soaram os soluços de Giustino em meio a um sapatear confuso e os gritos de outras pessoas que talvez tentassem detê-lo.

Silvia ficou em pé de um salto, perturbada, e se encolheu num canto, como se quisesse se esconder.

Amparado por dom Buti, Prever e pela mãe, Giustino surgiu à porta quase inconsciente, com a roupa e os cabelos em desalinho, o rosto banhado de lágrimas. Olhou ameaçadoramente para o doutor Lais e disse:

— Onde está?

Assim que a viu, seu peito começou a estremecer, as pernas e o queixo tremiam com um tremor crescente até que o pranto foi aos poucos alterando os traços de seu rosto até atingir a garganta, convulso, mas quando Prever e dom Buti tentaram tirá-lo dali, livrou-se deles furiosamente:

— Não, aqui! — gritou.

Ficou assim por um instante, apático, perplexo, depois, ofegando, precipitou-se sobre Silvia e a abraçou ferozmente.

Silvia não se moveu, enrijeceu-se para resistir ao martírio que aquele ímpeto desesperado lhe causava, fechou os olhos por piedade, depois abriu-os para assegurar à mãe que não temesse por ela, que não abraçava, deixava-se abraçar por piedade, e saberia conter essa piedade.

— Você viu? Você viu? — soluçava Giustino, apertando-a cada vez mais. — Ele se foi... Rirì se foi, porque nós não estávamos... você não estava... eu também não estava... então o pobrezinho disse: "O que faço aqui?" e foi embora... Se ele a visse agora aqui... Venha! Venha! Se ele a visse aqui...

Levou-a pela mão ao quarto do menino, como se a vinda dela e a alegria que ele sentia pudessem fazer o milagre de trazer novamente a criança à vida.

Caiu novamente de joelhos diante do leito, afundando o rosto entre as flores.

Silvia sentiu-se desfalecer. O doutor Lais acorreu, amparou-a, levou-a novamente para o quarto ao lado. Giustino também foi retirado de junto do leito por dom Buti e Prever e levado para baixo.

— Silvia! Silvia! — continuava a chamar, sofrendo a violência daqueles dois sem mais coragem para se rebelar, agora que revira morto o seu filho.

Ao som de seu nome que se afastava, Silvia sentiu-se chamada do fundo da vida passada ali um ano atrás: a felicidade de então trazia o pressentimento obscuro desta desgraça, e este pressentimento agora a chamava assim, em prantos: — *Silvia!... Silvia!...* — de longe. Ah, tivesse podido ouvir então seu nome gritado assim, ela teria encontrado a força de resistir a qualquer tentação. Ficaria ali com seu pequeno, naquele ninho de paz entre os montes, seu pequeno não teria morrido, e nenhuma das coisas horrendas que aconteceram, teriam acontecido. Esta a mais horrenda de todas... ah, esta! Ainda, em meio a labaredas sufocantes de imaginação, ela se sentia queimar as carnes pela vergonha de um único abraço, tentado quase a frio, por uma horrível necessidade inelutável, lá em Óstia, que ficou desesperadamente incompleto. Sentia-se suja por isso, para sempre, mais do que se fosse culpada mil e mil vezes com todos aqueles jovens que se dizia que a tinham tomado e ainda tomavam como amante. A memória nojenta daquele único abraço incompleto incutira-lhe uma náusea invencível, uma abominação, na qual sempre naufragaria qualquer desejo de amor. Estava certa de que Giustino, se ela quisesse, se libertaria dos braços da mãe, de qualquer reserva de amor próprio, para voltar para ela. Mas não, ela não queria, tanto por ele quanto por ela, não devia! Agora até o último vínculo entre eles fora rompido pela morte e em vão ele se debatia entre os braços que queriam detê-lo. O doutor Lais fora chamado para ajudar. No quarto, jazia entre flores o seu menino morto. Subia gente para vê-lo: mulheres da aldeia, velhos, rapazes, e traziam mais flores, mais flores...

Pouco depois, o doutor Lais, excitado e ofegante, foi até ela com uma folha de papel na mão, o esboço de um telegrama, que o marido, gritando e debatendo-se, quisera escrever. E queria que ele, doutor Lais, fosse logo passá-lo, depois que ela visse.

— Um telegrama? — perguntou Silvia, espantada.

— Sim, aqui está.

E entregou a ela.

Era um telegrama para a Companhia Fresi. Muitas palavras estavam quase ilegíveis por causa das lágrimas que caíram em cima. Anunciava a morte do menino, pedindo que fossem suspensas as réplicas da peça, avisando o público do grave luto da autora. Estava assinado Boggiolo.

Silvia leu-o, ficou espantada e perplexa, sob o olhar do doutor que esperava.

— Devo passar?

Depois do abraço, ele sentia já ter voltado a ser seu marido.

— Assim não, — respondeu ao doutor. — Avise o público e se não se incomoda, passe-o, mas em meu nome, por favor...

O doutor Lais inclinou-se.

— Compreendo bem, — disse. — Farei, sem dúvida.

E saiu.

Mas depois de meia hora, Giustino subiu de novo, com um ar alienado, junto com um jornalista, aquele mesmo jovem jornalista que viera de Turim um ano atrás para descobrir a autora de *A nova colônia*.

— Ela está aqui! Ela está aqui! — disse, fazendo-o entrar no quarto. Voltando-se para Silvia: — Você o conhece, não?

O jovem, mortificado com aquela ansiedade indecorosa, quase hilária, que Boggiolo demonstrava naquele momento de luto, apesar do pobre homem ter também o rosto banhado de lágrimas, inclinou-se e estendeu a mão para Silvia, dizendo:

— Sinto muito, senhora, encontrá-la aqui com espírito tão diferente da primeira vez. Soube no teatro que a senhora viera para cá... Não esperava, que já...

Giustino interrompeu-o, pegando-o pelo braço:

— Ontem à noite, enquanto a peça era representada em Turim, — começou a dizer com um grande tremor na voz e nas mãos, mas com os olhos fixos nos dele, como se estivesse dando uma lição, — aqui a criança morria, nem eu nem ela sabíamos, entende? E ela, — continuou apontando para Silvia, — aqui, sabe por que veio pela primeira vez? Para o nascimento de nosso filho! E sabe quando nasceu nosso filho? Na mesma noite do triunfo de *A nova colônia*, exatamente na mesma noite, por isso o chamamos de Vittorio, Vittorino... Agora ela voltou pela morte dele! E quando aconteceu esta morte? Exatamente enquanto em Turim se representava a nova peça! Veja só! Veja só a fatalidade... Nasce e morre assim... Venha, venha aqui, vou lhe mostrar...

Tomado pelo ardor de sua profissão, naquele estado, causava espanto. O jovem jornalista olhava-o assustado.

— Aqui está! Aqui está o nosso anjinho! Vê como está bonito entre tantas flores? Estas são as tragédias da vida, caro senhor, as tragédias que pegam... Não há nenhuma necessidade de ir buscá-las em ilhas distantes, no meio de gente selvagem! Falo pelo público, sabe? Que não quer entender certas coisas... Vocês jornalistas deveriam explicar isso ao público, que se hoje uma escritora pode tirar uma tragédia... assim, da cabeça, uma tragédia selvagem, que pela novidade logo agrada a todos, amanhã ela mesma, a escritora, pode ser tomada por uma dessas tragédias da vida, que aniquilam uma pobre criança, o coração de um pai e de uma mãe, entende? Vocês deveriam explicar isso ao público, que fica frio diante da tragédia de um pai que tem uma filha fora de casa, de uma esposa que sabe não poder reaver o marido se não ficar com a filha dele, e vai até a amante do marido para pedi-la! Estas são tragédias... as tragédias... as tragédias da vida, caro senhor... Esta pobre mulher aqui, creia, não pode fazer nada... não... não sabe fazer valer as suas coisas... Eu, eu preciso, eu que conheço bem essas coisas... mas a cabeça, neste momento, me... me dói demais, creia... me dói demais... Emoções demais... demais, demais... e preciso dormir... É o cansaço, sabe? Que me faz falar assim... preciso mesmo dormir... não aguento mais... não aguento mais...

E saiu, curvo, com a cabeça entre as mãos, repetindo:

— Não aguento mais... não aguento mais...

— Oh, pobrezinho! — suspirou o jornalista, voltando com Silvia para o outro quarto. — Em que estado está!...

— Por caridade, — apressou-se a pedir Silvia, — não diga, não publique nada no jornal...

— Minha senhora! A senhora acha? — interrompeu-a levantando as mãos.

— É um duplo martírio para mim! — retomou Silvia quase sufocada. — Foi como um raio! E agora... este outro martírio...

— Realmente dá pena!

— Sim, por causa da piedade que sinto, quero ir embora, ir embora...

— Se quiser, senhora, tenho comigo...

— Não, não, amanhã, amanhã. Enquanto meu filho estiver aqui, eu fico. Aqui meu tio também está sepultado. Doía-me muito pensar que meu querido velho estivesse aqui, numa tumba não sua. Entendo que os mortos não são amigos nem inimigos. Mas eu pensava nele entre mortos não amigos. Agora terá consigo o sobrinho e não estará sozinho numa tumba estranha. Amanhã entregarei a ele o meu pequeno e, assim que estiver tudo acabado, vou-me embora...

— Quer que venha buscá-la amanhã? Eu gostaria muito.

— Obrigada, — disse Silvia. — Mas ainda não sei quando...

— Vou me informar, pode deixar. Até amanhã!

E o jovem jornalista saiu, satisfeito. Silvia fechou os olhos, nos lábios mais amargura do que desdém, e sacudiu a cabeça por um tempo. Pouco depois, Graziella trouxe-lhe, com os olhos baixos, algo para comer, mas ela nem quis levá-lo aos lábios. À tarde, teve o suplício da visita da esposa do doutor, mais do que derretida em mimos. Por sorte, no cansaço e no aturdimento, enquanto ela tentava confortá-la bobamente, encontrou uma nova fonte de pranto, ao voltar os olhos para um canto do quarto.

Sobre a cômoda, como que conversando entre si, estavam os brinquedos de Rirì: um cavalinho de papel-machê, sobre uma tabuinha com quatro rodas, uma cornetinha de lata, um barquinho, um palhacinho de corda. O cavalinho, com a cauda pelada, uma orelha rasgada e faltando uma rodinha, era o mais melancólico de todos. O barquinho com as velas abertas estava com a popa virada para ela e parecia muito distante, um grande barco num mar distante, de sonho, e andava assim de velas abertas naquele mar de sonho com a pequena alma de Rirì maravilhada e perdida... Mas como! Não! O palhacinho, rindo, dizia-lhe que não era verdade, que o tampo da cômoda não era o mar, e que a alma de Rirì não navegava nele.

Rirì deixara-os para fazer uma coisa muito séria, uma coisa que parecia inverossímil para uma criança: morrer! O cavalinho, apesar de manco e pelado, como era a sorte de todos os brinquedos, parecia balançar a cabeça, como se não conseguisse acreditar. E se a cornetinha tentasse chamá-lo daquele sono em meio a todas aquelas flores!... Mas ela também estava quebrada, não tocava mais... A boca de Rirì também não falava mais... as mãozinhas não se moviam mais... os olhos não se abriam mais... ele também um brinquedinho quebrado, Rirì!

O que teriam visto aqueles olhinhos de dois anos abertos ao espetáculo de um mundo tão grande? O que se guarda na memória das coisas vistas com olhos de dois anos? Agora, os olhinhos que olhavam sem guardar na memória as coisas vistas, estavam fechados para sempre. Fora havia tantas coisas para ver: os campos, os montes, o céu, a igreja. Rirì tinha ido embora daquele mundo grande que nunca foi seu, a não ser no pequeno cavalinho de papel-machê, sem cauda, no barquinho com as velas abertas, na corneta de lata, no palhacinho que ria e batia os pratos. E não conhecera o coração de sua mãe...

Chegou a noite. A esposa do doutor foi embora. Ela ficou sozinha no silêncio enorme da casa.

Aproximou-se da câmara mortuária. Graziella e a ama estavam lá: a primeira cochilava numa cadeira, a outra dizia o rosário. Silvia teve a repentina tentação de mandá-las dormir, de ficar ali sozinha com seu menino, fechar bem a janela e a porta, estender-se ao lado de seu pequeno, deixar-se tomar por seu gelo de morte e matar por todas aquelas flores. Com o aturdimento de seu perfume, que lhe pesava na cabeça, de repente sentira-se vencer por um desesperado cansaço de todas as coisas da vida, no tétrico silêncio daquela casa esmagada pelo pesadelo da morte. Porém, ao chegar à janela, teve a estranha sensação de que sua alma por todo aquele tempo tivesse permanecido fora, lá, e que ela a reencontrasse agora com um estupor e um refrigério infinito. Era a mesma alma que apreciara o espetáculo de outra noite de lua igual a esta. Mas havia na doçura do refrigério, agora, um desgosto mais intenso, uma necessidade mais urgente de se desfazer de tudo, e no estupor um mais contínuo despertar para novos ventos, para ventos mais vastos, de sonhos eternos. Olhou para a lua no céu que pendia sobre uma daquelas grandes montanhas, e no plácido puríssimo lume que alargava o céu, olhou, bebeu as poucas estrelas que brotavam como fontes da mais vívida luz. Baixou os olhos para a terra e reviu as montanhas ao fundo com os picos azuis erguidos para respirar na luz, reviu as árvores atônitas, os campos sonoros de água sob o límpido silêncio da lua. Tudo lhe pareceu irreal, e nessa irrealidade sua alma se propagasse tornando--se clarão, silêncio e orvalho.

Mas eis que uma escuridão enorme assomava aos poucos do fundo de seu espírito, diante daquela límpida irrealidade de sonho: o sentimento obscuro e profundo da vida, composto de tantas sensações inexprimíveis, lufadas, turbilhões e superposições na escuridão de mais densas trevas. Fora de todas as coisas que davam sentido à vida dos homens, havia na vida das coisas outro sentido que o homem não podia entender, era o que diziam aqueles astros com sua luz, aqueles verdes com seus odores, aquelas águas com seu murmurar: um sentido ancestral que assustava. Era preciso ir além de todas as coisas que davam sentido à vida dos homens para penetrar neste sentido ancestral da vida das coisas. Além das mesquinhas necessidades que os homens criavam, outras tristes necessidades gigantescas perfilando-se no fluir fascinante do tempo, como aquelas grandes montanhas lá, no encanto da verde silentíssima alba lunar. Nelas, ela deveria de agora em diante se fixar, enfrentar com elas os olhos inflexíveis da mente, dar voz a todas as coisas impressas de seu espírito, que sempre, até agora, haviam-lhe incutido pavor, e deixar a fatuidade dos míseros casos da existência cotidiana, a fatuidade dos homens que, sem perceber, vagueiam imersos no turbilhão imenso da vida.

 Toda a noite ela ficou junto à janela, até que a aurora fria aos poucos veio desmanchar e enrijecer as visões antes vaporosas de sonho. E a este frio enrijecimento das coisas tocadas pela luz do dia, ela também sentiu a divina fluidez do próprio ser se condensar, o choque da crua realidade, a terribilidade bruta e dura da matéria, a poderosa, ávida, destruidora ferocidade da natureza sob o olho implacável do sol que surgia. Esta terribilidade e esta ferocidade recuperavam agora seu pobre filho, para fazê-lo outra vez terra sob terra.

 Eis que traziam o caixão. O sino da igreja repicou em glória na luz do novo dia.

 Quanto demora um dia, para um morto que espera no leito o tempo de ser sepultado? Quanto demora o retorno da luz não mais vista desde o dia anterior? Esta o encontra já mais distante nas trevas da morte, já mais distante na dor dos sobreviventes. Por pouco agora a dor se aproximará e gritará ao horrendo espetáculo do fechamento do cadaverzinho no caixão já pronto, depois, logo após o sepultamento, voltará a se afastar, para se refazer depressa daquela breve aproximação cruel, até desaparecer aos poucos no tempo, onde esporadicamente a memória, voando, se preocupará em buscá-lo, o verá muito de longe e voltará oprimida e cansada, num suspiro de resignação...

O que Giustino, que dormira até então um sono de chumbo, vira no rosto de Silvia, no qual parecia ter-se espelhado a palidez da lua olhada da janela toda a noite? Ele ficou espantado diante dela, teve novamente no peito uma tremenda crise de choro, mas não se atreveu mais a abraçá-la como da primeira vez; em vez disso, jogou-se no chão sobre o cadáver do menino já composto no caixão, coberto de flores. Foi tirado dali por Prever. Graziella e a ama tiraram a avó. Ninguém se importou com ela, que teve a coragem de assistir a tudo até o fim, depois de ter beijado a morte na pequena, dura e gélida fronte da criança. Quando o tampo do caixão já estava fechado, chegou o jovem jornalista, e ela se comoveu um pouco com os cuidados dele, mas não quis se afastar.

— Agora... agora está feito, — disse. — Obrigada, deixe-me! Já vi tudo... Não há mais nada para ver... Um caixão e o meu amor de mãe, lá...

Um ímpeto de pranto subiu-lhe à garganta, saiu-lhe pelos olhos. Reprimiu-o quase raivosamente, com o lenço.

Assim que Giustino, amparado por Prever, ao pé da cova, em meio à gente que viera para o acompanhamento fúnebre, viu aparecer atrás do pequeno caixão o jovem jornalista ao lado de Silvia, compreendeu que ela, depois do sepultamento, não voltaria mais para casa. Então disse a Prever e aos que estavam ao seu redor:

— Esperem, esperem...

E correu para casa. A morte para ele não estava tanto naquele pequeno caixão, quanto no aspecto de Silvia, em sua partida definitiva. O que estava morto dele em seu filho era bem pouco em confronto do que dele morria com o afastamento da esposa. As duas dores eram para ele uma só, inseparáveis. Depositando a criança na tumba, ele devia depositar junto outra coisa, nas mãos dela: os últimos restos de sua vida.

Foi visto pouco depois voltar com um maço de papéis sob o braço. Com estes, amparado por Prever, seguiu o cortejo até a igreja, até o cemitério. Quando o cortejo se desfez, soltou-se do braço de Prever e aproximou-se vacilante de Silvia que se preparava para entrar no automóvel do jornalista.

— Aqui está, — disse, entregando os papéis, — tome... Eu... o que... o que faço com isso? Podem servir a você... São... são endereços de tradutores... notas minhas... apontamentos, cálculos... contratos... cartas... Poderão servir para... para que não a enganem... Quem sabe... quem sabe como a roubam... Tome... e... adeus! adeus! adeus!...

E se jogou soluçando nos braços de Prever que se aproximara.

©Copyright 2021
Todos os direitos reservados.

Capa, Projeto Gráfico e Editoração Eletrônica:
MauricioMallet Art & Design

Editora Nova Alexandria
www.editoranovaalexandria.com.br

Impresso em papel Nobrite 76g